AF144389

S. K. Reyem

Verhängnisvolle Post

Bibliografische Information der Deutschen National-bibliothek: Die Deutsche Nationalbibliothek verzeichnet diese Publikation in der Deutschen Nationalbibliografie; detaillierte bibliografische Daten sind im Internet über http://dnb.dnb.de abrufbar.

© 2015 S. K. Reyem

Umschlagkonzept: S. K. Reyem
Umschlagbild: S. K. Reyem
Satz: S. K. Reyem
Lektorat: S. K. Reyem

Herstellung und Verlag: BoD – Books on Demand, Norderstedt

ISBN: 978-3-7347-8345-6

Prolog

Er schlug seine Augen auf und sah sich in dem engen, weiß gestrichenen Zimmer, in dem er sich nun wiederfand, neugierig um. Es roch nach Krankenhaus. Mühsam versuchte er, sich daran zu erinnern, was geschehen war. Was war passiert? Wie war er hierher gekommen? Einen klaren Gedanken aber fasste sein Bewusstsein nicht.

Das Zimmer sah aus wie die kalten Zimmer in einem normalen Krankenhaus irgendwo in irgendeiner Stadt für gewöhnlich aussahen. Rechts neben seinem Krankenbett stand ein weiteres Bett, in dem jemand, mit dem Rücken zu ihm gewandt, lag.

Ihn selbst verbanden Kabel und Schläuche mit einigen Geräten, die unangenehme Geräusche von sich gaben und dessen Bildschirme für ihn unverständliche Kurven und nicht zu interpretierende Zahlenwerte zeigten.

Es roch nach Desinfektionsmitteln. Im Rücken seiner linken Hand steckte eine Flügelkanüle, deren hintere Verbindung wiederum über einen Schlauch zu einem Tropf führte, der hoch über seinem Kopf an einem Ständer hing. Einer seiner Oberschenkel fühlte sich vollkommen taub an, seine rechte Flanke schmerzte höllisch und sein Po, zumindest die eine Seite, brannte wie Feuer.

>>Was war bloß passiert?<<

Mitten in seine Erinnerungslücken hinein platzten zwei Herren, ein jüngerer mit seltsam hellen Haaren, ein älterer mit tiefschwarzen Haaren, offensichtlich Ärzte, was er an deren Kleidung und den mitgeführten Gerätschaften erkannte.

>>Hast du das Ding?<<, fragte der Jüngere.

>>Ja, die volle Dröhnung – Triptane, Serotonin und eine gehörige Portion Amphetamin und noch eine Prise Kokain<<, meinte der Ältere und setzte die Spritze an die Flügelkanüle.

Der Schmerz, den er bis gerade eben noch verspürte, war augenblicklich wie weggeflogen. Heiß durchfuhr es seine Adern. Er zuckte heftig mit seinem rechten Arm und seinem rechten Bein. Dann wurde es langsam, aber sicher, dunkel in ihm.

Ein letzter klarer, eigentlich unbedeutender Gedanke durchzuckte sein Hirn.

>>Die Karte! Hoffentlich wird sie irgendjemand mal finden.<<

Die beiden als Ärzte getarnten Männer verließen umgehend den Raum, um nur dreißig Sekunden später von anderen Ärzten und Schwestern abgelöst zu werden, die durch die alarmierenden Geräte, an denen er hing, herbeigerufen wurden.

Der Arzt mit dem grauen Vollbart wandte sich seinen drei Kollegen zu.

>>Sieht aus wie ein reversibles zerebrales Vasokonstriktionssyndrom. Waren bei ihm denn irgendwelche Risikofaktoren wie Migräne bekannt? Weiß jemand, ob er Antidepressiva oder Drogen genommen hat?<<

Die Ausführungen und Fragen des Chefarztes wurden jäh unterbrochen vom nächsten, schrillen Krankenalarm.

>>Kommt das nicht aus dem Zimmer der jungen Frau, die mit ihm eingeliefert wurde?<<

>>Sie ist tot<<, rief eine Schwester auf dem Gang.

Kapitel 1
03. Oktober 2008 in Essen

Eigentlich sollte es ein Feiertag werden, wie jeder andere auch - nicht schlecht, aber auch nicht irgendwie besonders. Niemand konnte ahnen, dass dieses Mal der 3. Oktober der Anfang eines, zumindest für als normal zu bezeichnende Menschen, spannenden Abenteuers werden würde. Die aufkommenden Ereignisse würden Dirk, sein ganzes Leben und seine Welt stark verändern.

Wie immer alle vierzehn Tage, befand sich Dirk auf dem Weg zu seinem Onkel Walter, dem Bruder seines Vaters. Es war ihm zu einer lieben Gewohnheit geworden, den Onkel, dem gesundheitlich so übel mitgespielt worden war, regelmäßig zu besuchen.

Onkel Walter erlitt vor nunmehr einunddreißig Jahren einen schweren Schlaganfall, der nicht nur zum Ausfall eines Großteils seines Bewegungsapparates führte, sondern, da es sich um einen Schlag ins Mittelhirn handelte, auch in Bezug auf Konzentrationsfähigkeit, Kommunikationsfähigkeit und Erinnerungsvermögen sein Unwesen trieb. Trotzdem und gegen die Erwartung aller Ärzte, schaffte er es bis heute, zu überleben.

Bevor ihn Ende April 1977 der Schlag traf, führte Walter ein ganz anderes Leben. In seiner Jugend, die erst so richtig nach dem 2. Weltkrieg begann, ergab sich keine Gelegenheit für ihn, einen Ausbildungsberuf zu erlernen. Vielleicht wollte er das ja auch gar nicht – wer weiß? So arbeitete er ungelernt bei einer in Essen ansässigen überregionalen Tageszeitung, sehr viel Nachtschicht, und kam mit seiner Frau Jutta und seiner Tochter Renate damit so eben über die Runden.

Es reichte mit Müh und Not für eine kleine Wohnung, zwei Zimmer, Küche, Diele, Bad mit insgesamt 54 Quadratmetern in Essen-Altendorf. Walter fühlte damit keineswegs glücklich. Eigentlich genügte dieses Leben Walter nicht. Für sich selber und für seine Familie stellte er sich mehr, sehr viel mehr, vor. Ab und an und dann immer häufiger trieb es ihn deswegen immer früher am Tag in die Kneipen der Umgebung. Er sprach dem Alkohol zu und verlor mehr und mehr den Bezug zu seiner Familie. Er fühlte sich als Versager und nicht wenige Menschen in seiner Umgebung sahen das genauso.

Als Walter krank wurde, feierte Dirk gerade seinen siebten Geburtstag. Schon damals mochte er seinen Onkel sehr. Walter nahm ihn auf seinem Motorroller mit – besorgte Dirk extra dafür einen auf seinen Kinderkopf passenden Helm - und mit Walter konnte man über manche Dinge reden, über die man als Kind gerne mal mit einem Erwachsenen, aber nicht gerne mit seinen Eltern reden möchte.

Nichts konnte bis heute etwas daran ändern, dass Dirk seinen Onkel mochte, auch wenn in den letzten Jahren nicht mehr viel mit ihm anzufangen war.

Dirk, fast achtunddreißig Jahre alt, einhunderteinundachtzig Zentimeter groß, mit einem altersgerechten Gewicht ausgestattet, das aufgrund seiner sportlichen Aktivitäten eher von Muskeln als von Fett gebildet wurde, verkörperte zu dieser Zeit das, was man im durchaus positiven Sinne gehobene Mittelschicht, guter Durchschnitt oder normales Mittelmaß nennen könnte.

Dirk besaß, so würden es sicherlich viele Betrachter bestätigen, ein ebenmäßiges, aber eher hartes, männliches Gesicht. Damit galt er zwar nicht als typischer Frauentyp, im Umgang mit dem anderen Geschlecht bescherte ihm das aber keinerlei Probleme. Er arbeitete seit mehr als acht Jahren zusammen mit einem Kompagnon aus Berlin selbständig im Unternehmensberatungsgeschäft – mal lief es gut, mal lief es weniger gut. Vorher verdiente Dirk sein Geld als Angestellter bei verschiedenen langweiligen Unternehmen und in verschiedenen langweiligen Branchen.

Noch früher – und das wussten die Wenigsten – lebte Dirks in einer ganz anderen Welt. Mehrfach geriet er in Kneipenschlägereien und in Auseinandersetzungen rivalisierender Fußballfans. Nicht nur einmal beschuldigte man ihn, der Auslöser, die treibende Kraft dazu gewesen zu sein. Es war der ungezügelte Jähzorn, der ihn immer wieder in solch unangenehme Situationen brachte. Einige Therapien, drei Monate Jugendknast und die Liebe seiner Eltern brachte ihn auf den rechten Weg zurück. Heute behielt Dirk seine Wut jederzeit im Griff. Die Hooliganszene verließ er. Fußballspiele schaute er sich nur noch als normaler Zuschauer an. Kneipen mied er. Trotzdem bekam Dirk manchmal Angst, wieder in alte, gewalttätige Muster zu verfallen.

Drei Dinge konnte Dirk nicht ausstehen: Gewalt gegen Frauen, Berliner Ballen und konservative Parteien.

Er trug sein mittelblondes Haar mal länger, mal kürzer und dazu einen Dreitagebart. Dirk wohnte nicht weit entfernt vom Baldeneysee, einem Essener Naherholungsgebiet, in einer netten Wohnung in Essen-Heisingen.

Dirk lebte allein. Er liebte es, Single zu sein. Feste Bindungen oder gar ein Zusammenleben mit einer Partnerin, so glaubte er zu jener Zeit, wollte er nicht eingehen. Nur in diesem einen Punkt unterschied er sich wirklich von seinem Onkel. Aber auch das würde sich bald ändern.

Dabei verbrachte Dirk seine Zeit sehr gerne mit den Frauen, die in seiner Umgebung lebten. Noch am Morgen rief Karina, eine gutaussehende rothaarige Grundschullehrerin, an. Gegen sechs Uhr abends wollten sie sich treffen, um den Abend miteinander zu verbringen. Dirk hoffte insgeheim, dass mehr als der gemeinsame Abend dabei für ihn heraussprang – Karina stand so sehr auf seine blauen Augen. Bei ihrem letzten Treffen hatte sie ihm das zum Abschied ins Ohr geflüstert. Vorsichtshalber besorgte er für das nächste Mal Frühstück für zwei Personen. Karina ahnte nichts davon, dass sich Dirk auch schon mal mit Anne, einer gutaussehenden blonden Architektin traf. Aber das ist eine andere Geschichte.

So zuverlässig Dirk seinen Job erledigte und so bieder sein Lebenswandel auf seine direkte Umgebung wirkte, so zerrissen fühlte er sich manchmal ob seiner schlagenden Vergangenheit und der Treue zu den Frauen.

Nun saß Dirk in seinem mit grüner Metallic-Farbe lackierten Peugeot 404 Cabriolet – einem Auto, das fast so viele Jahre zählte wie er. Wundervoll, jetzt so im Herbst. Die gelben und roten Blätter an den Bäumen, die kühle Luft und dieses etwas bläuliche Licht, was man nur im Herbst sehen kann. Dirk liebte diese Jahreszeit, was vielleicht auch daran lag, dass er im Oktober Geburtstag feierte.

Dirk wusste bereits, dass er heute mal wieder bei seinem Onkel aufräumen sollte. Onkel Walter zählte, genau wie seine Frau Jutta, inzwischen 74 Jahre. Die Tochter der beiden, Renate, kümmerte sich schon lange nicht mehr um sie und besuchte sie seit Jahren nicht mehr. Mittlerweile bestand zur gesamten Familie kein Kontakt mehr.

Walter und Jutta befanden sich zwar in der Lage, die täglich anfallenden Aufgaben zu bewältigen, aber ab und an musste in den ganzen Laden wieder Ordnung gebracht werden. Jutta schaffte es nicht immer und Walter stellte mit seiner Behinderung leider eher eine Quelle für Arbeit als eine Hilfe bei ihrer Bewältigung dar.

Dirk machte die Arbeit nichts aus, er machte das gerne. Dadurch ergab sich für ihn immer die gute Gelegenheit, in den alten Sachen von Onkel und Tante zu kramen und um das ein oder andere über die alten Sachen und deren Geschichten zu erfragen und zu erfahren.

Und dann am Abend Karina – besser konnte ein Wochenende, es war Freitag, gar nicht beginnen.

Kapitel 2
17. April 1977 kurz vor Mittag in Halle an der Saale/DDR

Sie wartete schon den ganzen Vormittag auf Walter. Walter würde ganz sicher gleich vorbeikommen, so wie er es immer alle vier Wochen tat. Mittlerweile stellte sie keine Fragen mehr. Das hatte sie sich schweren Herzens abgewöhnt. Klar, die seltsame Geschichte, die er ihr erzählte, die glaubte sie schon lange nicht mehr. „Ich arbeite im Gummikombinat Thüringen in Waltershausen und alle vier Wochen besuche ich meine alte und kranke Oma in Halle". Wer glaubte denn ein solches Märchen? Astrid entschied sich dafür, das Märchen doch lieber zu glauben, obwohl sie sich darüber ärgerte, dass Walter sie für so naiv hielt. Sie lebte seit Jahren allein. Beziehungsstress gehörte früher viel zu oft zu ihrem jungen Leben. Den ließ sie lieber hinter sich. Nur hin und wieder ein wenig Nähe und natürlich Sex. Der Walter wollte doch eigentlich auch nichts anderes, da war sie sich sicher, und im Bett lief es mit ihm ziemlich gut.

Ja, Walter würde kommen – daran gab es nichts zu zweifeln. Etwas Besonderes wollte sie ihm diesmal präsentieren. Darauf würde er stehen. Schon an der Tür zu ihrer Wohnung wollte sie ihn empfangen. Bekleidet mit ihrem seidenen Bademantel und nichts darunter. Den Bademantel brachte ihr einst ein Verflossener als Mitbringsel aus Nord-Vietnam mit. Walter würde sie zur Begrüßung küssen wollen, sie würde den Bademantel öffnen und ihn langsam herabgleiten lassen. Ihr langes blondes Jahr würde ihre Schultern und kleinen Brüste umspielen. Darauf stand Walter. Sie würden nicht viel reden und gleich im Flur…

Die allgemein als bildhübsch bezeichnete Astrid erlebte gerade ihr sechsundzwanzigstes Frühjahr. Ihre wasserblauen Augen und die langen blonden Haare unterstrichen den nordischen Typ. Ihre Körperlänge von einhundertvierundsiebzig Zentimetern, gepaart mit Konfektionsgröße sechsunddreißig, war auch nicht zu verachten. Walter mochte besonders ihre slawisch wirkenden hoch liegenden Wangenknochen und das kleine Grübchen, direkt auf der Spitze des Kinns.

Nach dem Besuch der polytechnischen Oberschule wurde sie Erzieherin und arbeitete nun in einem Kindergarten in der Nähe des Bahnhofs – nette Gründerzeitvilla unter hohen Pappeln. Ganz ähnlich kam auch ihre Wohnung in der Büschdorfer Straße daher. Ein Altbau, hohe Räume und schwere Holztüren, vierte Etage.

Manchmal fragte sie sich, ob sie Walter vielleicht doch richtig liebte und ob es nicht vielleicht doch eine gemeinsame Zukunft mit ihm geben könnte, obwohl er bereits 43 Jahre alt war. Aus der Sicht ihres Alters war das verdammt alt. Aber dann kam er ihr wieder so komisch vor. Obwohl, die dunkelbraunen Haare und die ebenso dunklen Augen... und... dann klingelte es an der Tür.

Endlich, ganz aufgeregt in Erwartung des Kommenden raffte sie noch einmal den seidenen Bademantel vor ihren Brüsten zusammen und öffnete die alte, schwere Tür zum Treppenhaus, um eine Sekunde später zu bereuen, nicht durch den Sucher gesehen zu haben. Eine weitere Sekunde später brach sie tot zusammen.

Die in grauen Anzügen gekleideten und vollkommen durchschnittlich wirkenden zwei Herren von der Verwaltung Aufklärung, so hieß die militärische Aufklärung der NVA, die dann Astrids Wohnung betraten und die noch rauchende Pistole in der Hand des einen, nahm sie gar nicht mehr richtig wahr.

Astrids hübsche, kleine Wohnung war ebenso schnell durchsucht wie verwüstet. Von der Diele aus gesehen, lagen hinten links die Küche aus den sechziger Jahren und rechts das Wohnzimmer mit der gemütlichen Couch. Alle Schränke waren aufgerissen, kein Bild mehr an der Wand. Selbst im Schlafzimmer mit dem breiten Bett war die Matratze aufgeschnitten.

Das Objekt der Begierde aber, was es auch sein mochte, oder irgendeinen Hinweis auf den Verbleib von Walter, fanden die beiden Durchschnittstypen allerdings nicht.

Unverrichteter Dinge, zumindest was die Suche der beiden Herren nach Walter anging, verließen sie wieder genauso leise, wie sie gekommen waren, das Haus. Von nun an bezogen sie ihren Wachposten vor dem Haus. Sie würden wissen, wenn Walter auftauchen würde.

Kapitel 3
18. April 1977 kurz nach Mittag in Halle an der Saale/DDR

Wenn da nicht immer dieser innerliche Druck gewesen wäre, dieser Wunsch nach fremder Haut, diese Bestätigung durch die Frauen, wenn es daheim gut gelaufen wäre und nicht der Alkohol ihn von seiner Familie entfernt hätte und wenn Astrid nicht so ein besonders tolles Exemplar der Gattung Frau gewesen wäre, dann wäre Walter seiner in Westdeutschland lebenden Ehefrau vielleicht treu geblieben. Und er hätte auch die Gefahren beachtet, die sich für ihn durch sein Auftauchen in der Deutschen Demokratischen Republik und seinen kleinen Nebenjob dort ergaben.

Seine arglose Familie wusste nicht, wo er sich wirklich herumtrieb. Die nahm an, er wäre mal wieder nach West-Berlin gefahren, die Stadt, die er angeblich so sehr liebte. Aber er befand sich nicht in Berlin, er trieb sich in Halle an der Saale herum. Diese Astrid zog in an wie der Honig die Fliegen.

Außerdem sollte er erst am nächsten Tag in Karl-Marx-Stadt sein und darüber hinaus wusste doch Oberst Hans-Jürgen Koch vom Ministerium für Staatssicherheit, was er so trieb in der DDR und in der BRD. Dieser kleine Ausflug zu Astrid konnte da nicht schlimm sein und die Übernachtungsspesen würde er ja auch sparen. So lief Walter, innerlich schon sehr angespannt und ziemlich erregt, nur noch wenige hundert Meter von Astrids Wohnung entfernt, durch die Straßen der Stadt.

Von seinen monatlichen Einnahmen als Helfer des Maschineneinrichters bei der Essener Tageszeitung konnte Walter seine Frau und seine Tochter nicht so verwöhnen, wie er es sich vorstellte. Eigentlich konnte von Verwöhnen gar nicht die Rede sein. Es reichte gerade so zum Überleben. Und dann sprach ihn eines Tages in seiner Stammkneipe an der Ecke Haedenkampstraße - Eulerstraße dieser nette Herr an. Und der stellte genau die Art Mann dar, die er mochte, die er selber gerne gewesen wäre. Für dessen Ansprache fühlte sich Walter sehr empfänglich. Etwas angeberisch zwar, das konnte man an dem goldenen Siegelring an der linken Hand mit den dicken Fingern gut ablesen, aber offenbar auch gut mit Geld ausgestattet – teurer Anzug, italienische Schuhe aus Rindsleder und eine Brille, die wie alles andere als ein billiges Kassengestell aussah.

Walter hoffte, jetzt alle seine Wünsche und Träume und auch die seiner Frau und seiner Tochter erfüllen zu können. Da er sowieso bei jeder Gelegenheit – was selten genug vorkam – gerne reiste, erklärte er sich schnell dazu bereit, für ein paar Deutsche Mark Informationen von West nach Ost und von Ost nach West zu schaffen. Seine Leidenschaft, am liebsten ohne Familie und mit dem Zug zu reisen, bezeichneten Freunde zwar gerne als Flucht vor der Ehefrau, aber das spielte für ihn keine Rolle.

Das Ganze bedeutete auch überhaupt keine Gefahr, weil beide Seiten – das Ministerium für Staatssicherheit im Osten und der Bundesnachrichtendienst im Westen - davon wussten. Es gab eben doch Dinge zwischen beiden deutschen Staaten, die inoffizielle Wege gehen mussten. Um was es sich im Einzelnen handelte, brauchte ihn ja nicht zu interessieren. Vaterlandsverrat, nein, das bedeutete es für Walter nicht. Ein schlechtes Gewissen bereitete ihm das nicht. War doch irgendwie offiziell und beide Staaten waren doch Deutschland. Walter kam nicht auf die Idee, genau deswegen ausgesucht worden zu sein, weil er etwas zu leichtgläubig wirkte und ihn oftmals finanzielle Probleme drückten. Allerdings wäre ihm das auch egal gewesen. Schließlich stammte eine Reihe seiner Vorfahren aus dem heutigen Polen und aus den Grenzregionen an der Oder. Und Zug fahren, einen Brief oder ein Paket, eine Tasche oder einen Beutel mitnehmen und dafür auch noch eintausend Deutsche Mark plus Spesen zu kassieren, das war doch etwas.

So befand sich Walter jetzt, vierzig Monate später, nur noch wenige hundert Meter von Astrids Wohnung entfernt. Astrid, die er auf recht altmodische Art und Weise vor etwas mehr als einem Jahr in einem Café in der Hallenser Innenstadt kennen und dann lieben gelernt hatte, wartete sicher schon auf ihn.

Kapitel 4
03. Oktober 2008, am Nachmittag in Essen

So etwa gegen ein Uhr mittags erreichte Dirk die Wohnung seines Onkels und seiner Tante. Wie immer werkelte die Tante in der Küche. Dirks Tante Jutta war eher eine in allen Belangen bescheidene Frau. Sie gebar eine Tochter, die auf den Namen Renate hörte. Als diese ihren zehnten Geburtstag feierte, zog es die kleine Familie aus einem kleinen Dorf mit acht Häusern vom Bergischen Land in die Großstadt Essen. In der Stadt arbeitete Dirks Tante oft und gerne in ihrem Ausbildungsberuf als Konditorin in einer kleinen Bäckerei. Dirk liebte ihren Kuchen.

Dirk ging gleich, nachdem er seine Tante herzlich begrüßt und den süßlichen Backgeruch geatmet hatte, gerade durch ins Wohnzimmer. Dort stand an der linken Wand, gegenüber dem Fenster, anstelle der alten, braunen Couch jetzt das Krankenbett von Onkel Walter. Sein Tagesablauf sah seit einigen Jahren ewig gleich aus. Zweimal am Tag kam der Pflegedienst, um sich um die Einnahme seiner Medizin, auch mal ums Baden oder sonst etwas zu kümmern. Dazwischen beschäftigte Walter sich damit, aus dem Bett herauszukommen, wenn er drin lag und hinein zu kommen, wenn er nicht drin lag. Dass sein folgenschwerer Schlaganfall direkt ins Mittelhirn, der ihn in diesen ziemlich bedauernswerten Zustand befördert hatte, auch im Zusammenhang mit einer Ansichtskarte aus Chemnitz stand und diese Karte nicht nur Einfluss auf Walters Leben nahm, sondern Dirks Leben noch verändern würde, konnte Dirk da noch nicht ansatzweise ahnen.

>>Hallo Walter, was liegt an?<<

>>Hol mich hier raus<<, antwortete der so Angesprochene.

>>Nun bleib mal ruhig! Morgen spielt Rot-Weiss-Essen, lass uns darüber reden<<, schlug Dirk vor.

>>Jo<<, kam Walters kurze und immer wieder gerne genommene Antwort.

>>Hol mich hier raus<<, sagte er dann.

Mittlerweile erschien nach verrichteter Arbeit in der Küche auch Dirks Tante Jutta im Wohnzimmer. Frisch gekochten Kaffee brachte sie ebenso wie ein paar Kekse mit.

>>Er ist heute wieder völlig daneben<<, meinte sie.

>>Dirk, kannst du mir heute mal das linke Fach da aufräumen?<<, sagte sie als nächstes und zeigte auf den alten dunklen Wohnzimmerschrank rechts an der Wand.

>>Da ist lauter alter Kram von Walter drin. Den braucht er nicht mehr und ich habe keinen Platz.<<

>>Gerne<<, antwortete Dirk und freute sich insgeheim darauf, ein wenig in den alten Sachen von Walter herumkramen und forschen zu können.

Was Dirk schließlich bei seiner Aufräumaktion fand, fand er nicht so berauschend. Allerhand alter Papierkram, der nur wenig Aufregung versprach und ein paar alte vergilbte Bilder, auf denen die Familie abgebildet war. Dann fiel ihm aber die Karte auf, die ganz hinten an der Rückwand des Schrankes lag. Es handelte sich dabei um eine Ansichtskarte, die Karl-Marx-Stadt, das heutige Chemnitz, in den siebziger Jahren zeigte. Sie war nicht adressiert und eine Briefmarke klebte in der rechten oberen Ecke. Die Karte enthielt einen kleinen Text, der damit anfing, an eine „liebe A" gerichtet zu sein.

Hoppla, um wen handelt es sich denn bei der lieben A, dachte Dirk so bei sich. Was suchte Walter denn in den Siebzigern während des Kalten Krieges in Chemnitz? Da konnte man doch zu der Zeit nicht einfach so hinfahren, wie man wollte. Diese Karte würde Dirk sich mal genauer ansehen wollen. Verbarg der alte Charmeur am Ende doch noch irgendwelche Geheimnisse?

Dirk steckte sich die Karte hinten in die Gesäßtasche seiner Hose, um sie später in Ruhe zu untersuchen und vergaß sie dort bald.

Kapitel 5
18. April 1977 kurz nach Mittag in Halle an der Saale/DDR

Nur noch um die nächste Ecke, dachte Walter. Seine Astrid würde wie immer auf ihn warten. Zwischen ihnen lag ein Altersunterschied von siebzehn Jahren. Das machte ihn stolz, obwohl es sich dabei nicht um seinen Verdienst handelte. Gedanken an seine Familie daheim, die ihm manchmal ein schlechtes Gewissen bereiteten, blendete er heute lieber aus. Er versuchte es in der Vergangenheit mehrfach, aber er konnte Astrid einfach nicht widerstehen und es regte sich etwas an ihm – er wurde immer schneller….

Noch um die nächste Ecke und da sahen sie ihn schon. Es hatte sich also für die beiden Durchschnittstypen gelohnt, zu warten. Walter, der nichts Böses ahnte, sah sie seinerseits natürlich nicht. Erstens war er mit seinen Gedanken schon ganz woanders als auf der Straße und zweitens wären ihm die beiden Typen in ihrem blau-weißen Trabant 601 de luxe sowieso nicht aufgefallen. Und selbst wenn, er wähnte sich sicher – voll der Gnaden durch den Staat.

Der dickere der beiden Durchschnittstypen, der mit den dünnen blonden Haaren, frohlockte, als er Walter erkannte. Jetzt würde Walter ins Haus gehen, die Wohnungstür von Astrids Wohnung würde offen stehen, er würde hineingehen, hier und dort ein paar Fingerabdrücke hinterlassen und schließlich ganz hinten im Bad Astrids Leiche finden. Wahrscheinlich würde er die Leiche anfassen, zumindest war sie so abgelegt. Dann würden sie hinter Walter auftauchen, selbstredend zufällig und würden ihn, auf frischer Tat erwischt, verhaften. Ihm die Waffe, mit der Astrid ermordet worden war, unterzujubeln, das stellte das kleinste aller Probleme dar.

Tatsächlich ging Walter ins Haus. Was sonst? Die beiden Durchschnittstypen stiegen derweil etwas hastig aus ihrem Auto aus. Zwei knallende Trabant-Türen – nichts besonderes.

So wie geplant fand Walter die Wohnungstür offenstehend vor. Aber… Viel gab es als Grenzgänger zwischen den politischen Mächten seiner Zeit nicht zu lernen, nicht viel bei denen im Westen und schon gar nichts bei denen im Osten. Na ja, ein kleiner Kurier, was musste der schon können, welches Handwerkszeug musste man so einem schon mitgeben? Einmal aber hörte Walter gut zu. Wahrscheinlich zur Belohnung erhielt Walter eines Tages eine Einladung zu einer der eigentlich streng geheimen Tagungen für Fachpersonal der westeuropäischen Nachrichtendienste nach Hamburg. In einer zum Versammlungsort umgebauten Fabrikhalle wurden verschiedene und für Walter interessante Vorträge gegeben. Eine offene Tür da, wo eigentlich eine geschlossene Tür hingehörte, erst recht dann, wenn man Astrids Einbruchs-Phobie kannte, bedeutete nichts Gutes. Da durfte man nicht so einfach durchgehen. Das merkte Walter sofort. Aber was jetzt? Zurück zur Straße? Ging da nicht soeben die schwere Haustür? Nach oben? Aber wie geht es da weiter?

Dieser Wandschrank linker Hand im Flur, vielleicht lag darin die Lösung. Sollte sich dann alles in Wohlgefallen auflösen, dann könnte Walter das seiner Astrid immer noch irgendwie als Überraschung verkaufen. Also ab in den großen Wandschrank. Das, was Walter auf dem kurzen Weg in den Flur vom Rest der Wohnung erkannte, sah ziemlich unordentlich aus. Astrid zeigte sich zwar meistens unordentlich, das wusste Walter, aber so ein Chaos hätte sie doch nie hinterlassen. Außerdem roch es hier so ungewöhnlich.

Jetzt kauerte Walter im Wandschrank und er kam sich ausgesprochen dumm dabei vor. Die beiden Durchschnittstypen erreichten derweil auch die Wohnungstür. Walter hörte ein Schaben – da kam doch jemand hinein.

In amerikanischen Spielfilmen ständen jetzt wenigstens ein geladener Revolver zur Verfügung oder man besäße einen schwarzen Gürtel in einer japanischen Kampfsportart oder es gab zumindest eine gerade entdeckte Geheimtür zum Verschwinden. Walter verfügte über nichts dergleichen, nur Todesangst und einen kleinen, allerdings spitzen Brieföffner, den er in seinem Versteck entdeckte, nachdem er sich auf ihn gesetzt hatte. Und es half ihm noch etwas, nämlich die Unordnung von Astrid in ihren Schränken. Was so alles hier im Schrank lag. Schnell machte er sich so klein wie möglich und zog sich so viele in den Schrank geworfene Kleidungsstücke über sich wie möglich. Walter schwitzte vor Angst und sorgte sich bald darum, dass man sein hastiges Atmen auch außerhalb des Schrankes hören könnte.

Die Durchschnittstypen schlichen derweil durch den Flur, nichts ahnend von Walters Versteck ganz in ihrer Nähe. Sie schlichen an dem großen Wandschrank vorbei und durch die anderen, ihnen schon bekannten Räume – warfen einen Blick auf die Leiche, es roch nach Blut. Nur Walter sahen sie nicht. Und Durchschnittstypen sind halt Durchschnittstypen. Auf die Idee, Walter könnte sich versteckt haben, kamen sie überhaupt erst gar nicht.

>>Der hat sich bestimmt nach oben verdünnisiert<<, rief der eine.

>>Nach unten kann der ja nicht, da kommen wir gerade her. Der ist ja nicht unsichtbar<< meckerte der andere.

>>Wenn der nicht mehr hier ist, was machen wir mit der Leiche seines Schnatterinchens? Ich will die Schlampe nicht umsonst erschossen haben<<, fragte wieder der eine.

>>Liegen lassen<<, antwortete der andere.

Raus waren sie und Walter hörte das Poltern ihrer schweren Schuhe auf der Treppe nach oben.

Starr vor Angst, den Brieföffner in beiden Händen vor sich haltend und von einer Reihe Kleidungsstücke Astrids bedeckt saß er da. Astrid war tot? Was war hier los?, schoss es ihm durch den Kopf. Ihm wurde ganz übel und er musste sich beinahe übergeben. Das Würgen in seinem Hals schaffte er aber, zu unterdrücken. Er musste konzentriert bleiben und er musste hier weg! Walter fühlte beißende Angst und tiefe Trauer in sich, aber er durfte nicht panisch werden. Vorsichtig, ganz langsam öffnete er die Schranktür. Seine beiden Schuhe in der einen, den Brieföffner in der zitternden anderen Hand schlich Walter in Richtung Bad. Wo befand sich Astrid? Vielleicht konnte sie noch gerettet werden. Ein Blick auf die tote, im Bad liegende Freundin überzeugte Walter vom Gegenteil. Tränen schossen ihm in die Augen.

>>Erst mal weg hier<<, flüsterte er vor sich hin und drehte sich in Richtung Treppenhaus.

Walter stürmte die Treppe hinab und dann, natürlich die Schuhe wieder an, auf die Straße und direkt nach links. Dann noch einmal schnell links um die

Ecke - dort lag die Innenstadt von Halle, da könnte er vielleicht unbemerkt verschwinden.

Kapitel 6
8. Oktober 2008 in Essen

Der beste Fußballverein der Welt in rot-weißen Farben gewann in einer norddeutschen Kleinstadt recht hoch und näherte sich erfreulicherweise der Tabellenspitze. Der Abend und die Nacht vor fünf Tagen mit der rothaarigen Karina brachte Dirk außerdem das erhoffte größtmögliche Vergnügen. Dirk verspürte seitdem ausgesprochen gute Laune. Da kam ihm die Ansichtskarte wieder in den Sinn. Die müsste doch noch in der Tasche seiner Hose stecken.

Welche Geschichte steckte denn bloß hinter dieser Karte? Soweit Dirk es wusste, gab es keinerlei, weder in den Jahren um 1970 oder jetzt, im Osten des Landes lebende Verwandtschaft. Im Zuge des Kalten Krieges schrieb man sich auch keine Ansichtskarten von Ost nach West. Wie gelangte einst diese Karte in Walters Besitz, zumal sie ja auch einen persönlichen Text enthielt? Walter ein Kartensammler? Nein, das hätte Dirk gewusst. Was veranlasste ihn also dazu, diese eine Karte über so lange Jahre in seinem Schrank aufzubewahren?

Dirk konnte nichts Bemerkenswertes an der Karte feststellen. Er saß in seinem kleinen Wohnzimmer auf der orangenen Couch und bestaunte die Postkarte aus Karl-Marx-Stadt. Was sollte daran besonders sein? Auf der Vorderseite sah man einen übergroßen Kopf von Karl Marx auf einem Sockel vor einem Gebäude mit neun Etagen stehen. An diesem Gebäude prangte eine riesige Tafel, die aussah wie Schiefer oder Guss, auf der in Deutsch zu lesen stand: „Proletarier aller Länder vereinigt Euch". Auch in anderen Sprachen stand dort etwas zu lesen – vermutlich der gleiche Spruch. Auf den Stufen vor diesem Denkmal saßen ein paar junge Frauen, die Dirk nicht weiter beachtete und an einem der Fenster, links in der fünften Etage standen, zwar etwas klein, aber deutlich zu erkennen, drei Männer. Einer der Männer hielt offensichtlich ein kleines Kind auf dem Arm. Es handelte sich um eine Schwarz-Weiß-Aufnahme. Wahrscheinlich war die tausendfach gedruckt und verkauft worden.

Auf der Rückseite stand dieser Text:

>>Liebe A., da Du ein Fan des großen Denkers bist und ich heute diese schöne Karte von Dr. Nischl gefunden habe, sende ich sie Dir gerne. Kuss, Dein W.<<

Auf der Karte fand sich keine Adresse. Oben rechts in der Ecke fand sich eine abgestempelte, grüne 10-Pfennig-Briefmarke der Deutschen Demokratischen Republik mit dem Motiv von Walter Ulbricht, dem Staatsratsvorsitzenden der DDR von 1960 bis 1973. Nichts Auffälliges, wie Dirk zu diesem Zeitpunkt fand.

Kapitel 7
18. April 1977 in Halle an der Saale/DDR

Die beiden Durchschnittstypen, von denen Walter gar nicht wusste, wer oder was sie waren, schienen ihn nicht zu verfolgen. Sie wussten wohl nicht, wo er sich genau aufhielt. Als sie nach oben gegangen waren, verließ er das Haus, in dem sich Astrids Wohnung befand, nach unten. Vielleicht bekamen sie das gar nicht mit und suchten ihn noch immer innerhalb des Gebäudes. Ganz sicher aber würden sie nach ihm überall suchen. Woher konnten sie sein? Was wollten sie von ihm? Und was wollten sie von Astrid? Die Fragen beschäftigten Walter, während er weiterlief.

Astrid? Vielleicht liebte er sie nicht innig genug und vielleicht ging es Walter in allererster Linie nur um seine eigene sexuelle Befriedigung, aber doch setzte ihr Tod ihm zu. Er fühlte sich elendig, wollte heulen und eine plötzliche Sehnsucht nach Astrid wühlte in ihm – er hatte sie nicht mehr lebend gesehen. Einen anderen Liebhaber, der nun aus Eifersucht getötet hätte, den gab es nicht. Daran besaß Walter keine Zweifel. Das Erscheinen der beiden Durchschnittstypen, die er aus dem Schrank heraus belauscht hatte, sprach auch nicht für das Motiv Eifersucht.

Nein, die jagten ihn. Aber warum? Er erinnerte sich nicht, jemandem auf die Füße getreten zu haben. Mal transportierte er einen Umschlag von Ost nach West, mal einen von West nach Ost. Beide Seiten, die Behörden der BRD und die der DDR, benutzten ihn und beide Seiten wussten davon, dass dies auch die andere Seite tat. Das machte ihn ja so wertvoll. Er verhielt sich neutral zwischen den Blöcken und er quatschte niemals, wusste auch nicht, worüber er hätte quatschen sollen.

Für Astrid konnte Walter nichts mehr tun, außer dass er sie in seinem Herzen behielt. Walter überkam das Gefühl, jetzt schnellstens hinaus aus der DDR zu müssen, er musste nach Hause, er musste zu seiner Familie. Denen im Westen konnte er vielleicht am meisten trauen, oder?

In Walters Besitz befanden sich diese Ausreisepapiere, mit denen er über jede DDR-Grenze reisen konnte. Er musste schnell sein, schnell genug, bevor jeder Grenzer an jeder Grenze ihn auf seiner Liste hätte oder seine Papiere gesperrt wären. Der kürzeste Weg wäre der über den Flughafen Leipzig – nicht ganz dreiundzwanzig Kilometer von Halle entfernt. Das könnte er notfalls zu Fuß gut schaffen, es würde aber viel Zeit kosten. So machte er sich sofort auf den Weg in Richtung Flughafen.

Nach gut fünf Kilometern, meistens über Seitenstraßen, sah er sie an der Dölbauer Landstraße stehen – eine Schwalbe, Modell KR 51/1 S in Blau, schön mit halbautomatischer Fliehkraftkupplung zum Anfahren. Das Knacken des Mopeds stellte Walter vor keine Probleme. Es würde ihn flotter zum Flughafen bringen, als er vorhin noch gedacht hatte.

Kapitel 8
8. Oktober 2008 in Essen

Ein sehr guter und langjähriger Freund von Dirk, Udo Stein, bald vierzig Jahre alt und in der Deutschen Demokratischen Republik geboren und zeitlebens dort in einem kleinen, verschlafenen Örtchen zwischen Waltershausen und Gotha in Thüringen wohnhaft, konnte vielleicht mehr als Dirk mit der Karte anfangen. Vor allem könnte er etwas über „Dr. Nischl" sagen – so hoffte Dirk. Er scannte die Ansichtskarte schnell mit seinem Multifunktionsgerät ein. Mit der Bitte, diese einer genauen Betrachtung zu unterziehen und dabei besondere Aufmerksamkeit auf Besonderheiten zu geben, sendete Dirk kurz danach die gescannte Karte per Email an Udo.

Udo, ein baumlanger schlanker Kerl, ausgebildet als gelernter Dachdeckermeister, arbeitete schon seit vielen Jahren als Bauleiter für eine Dachdeckerfirma in Erfurt. Da die Firma, für die Udo tätig war, Baustellen in ganz Deutschland bediente, kam er ordentlich im Lande herum.

Kapitel 9
18. April 1977 in Halle an der Saale/DDR

Die geklaute Schwalbe brachte es tatsächlich auf sechzig Kilometer pro Stunde, aber Walter wollte ja nicht weiter auffallen, also fuhr er lieber piano. Bisher gab es für Walter keinen Grund, sich Gedanken über den Überwachungsstaat DDR zu machen. Jetzt aber sah er an jeder Ecke jemanden stehen, der ihn möglicherweise beobachtete und er fühlte sich von jedem Auto verfolgt.

>>War der Flughafen wirklich eine gute Idee?<<, sagte Walter laut zu sich selbst.

>>Mit der Schwalbe bis zur Deutsch-Deutschen Grenze und dann irgendwie rüber machen, ist das die bessere Idee?<<

Mist, dachte Walter weiter. Was tun?

Da fiel ihm schon wieder seine Astrid ein und seine Augen füllten sich mit der einen oder anderen Träne.

Schon von weitem konnte Walter, als er Gröbers erreichte, das Blaulicht auf einem Weiß-Grün lackierten Polizeiwagen, einem Wolga GAZ 24, erkennen. Weiter hinten auf der Wiese stand ein UAZ 469. Die konnten auch gut von der Transportpolizei-Schule sein, die es in Halle gab und auf Übung sein. Aber vielleicht auch nicht. Walter war kein Held, kein Agent mit irgendeiner 00-Berechtigung und mit Bruce Willis wollte und konnte er auch nicht mithalten. So kam ein Durchbruch durch feindliche Linien, unbewaffnet und auf der Schwalbe, nicht in Frage. Abhauen, genauso wie in Halle, war wieder angesagt. Und das tat Walter.

Links über einen Feldweg mit tief ausgefahrenen Fahrspuren. Zum Glück regnete es nicht und die Spuren füllten sich nicht mit Regenwasser. Nach gut siebenhundert Metern erreichte er ein kleines Wäldchen mit Laubbäumen. Dahinter taten sich wieder weite Felder auf. Wenn sie ihn auf der Straße schon nicht bemerkten, dann würde er auch hier nicht auffallen. So schnell die Schwalbe und er konnten, fuhr er weiter.

Nach rund fünfundvierzig Minuten erreichte Walter das Örtchen Tollwitz, östlich von Bad Dürrenberg. Verfolger bemerkte er bis hierhin nicht. Also gönnte er sich eine kleine Pause, um neue Pläne schmieden zu können. Er lehnte seine Schwalbe an eine uralte Weide, die direkt am Persebach stand und setzte sich ins trockene Gras. Die Uhr schlug mittlerweile drei am Nachmittag. Weit würde er nicht mehr kommen, egal für welche Richtung er sich entscheiden würde.

Was führte er an Ausrüstung mit? An Banknoten besaß er einhundertfünfundfünfzig DDR-Mark – zwei Fünfziger, zwei Zwanziger, einen Zehner und einen Fünfer. Hinzu kamen eine Hand voll Alu-Chips. Und Westgeld? Zweihundert D-Mark hatte er dabei. Normalerweise wurde er nicht weiter kontrolliert und so sollte es eigentlich auch nicht zu einem Problem werden, Westgeld mitzuführen. Nun, jetzt war nicht „normalerweise". Walters Bewaffnung bestand aus dem Brieföffner aus Astrids Wandschrank. Dann verfügte er noch über die entwendete Schwalbe und mit ihr über etwas Bordwerkzeug sowie eine Luftpumpe, die unter dem Sitz lag. Der Tank des Mopeds war noch gut gefüllt. Weiter führte er eine Packung Papiertaschentücher, ein Ost- und ein West-Pass, sein Passierschein und ein Dokument in italienischer Sprache mit sich, das ihm einst eine Kollege aus Mailand zusteckte, der einen ähnlichen Job wie er, nur zwischen Italien und der DDR, erledigte.

Eine Bleibe für die nächste Nacht, hier in diesem Dorf, musste her. Langsam fuhr er die kleinen Straßen des Ortes ab, immer ein Auge auf eine Übernachtungsmöglichkeit geworfen. Nur vierhundert Meter von der alten Weide entfernt fand er es. Ein altes, graues Haus, zwei Etagen, ausgebauter Dachboden, Sirene auf dem Dach – aber, und das war das absolut Entscheidende, offensichtlich unbewohnt. Ein paar Fenster sahen neu aus, andere alt. Neben der Eingangstür standen zwei alte Parkbänke, grob zusammengezimmert, und ein Multicar 22 mit Schneeschieber und Streuaufsatz. Nun, der wurde im April nicht mehr gebraucht, setzte aber trotzdem ein Zeichen dafür, dass Menschen hier jederzeit vorbei kommen konnten. Eine bessere Gelegenheit würde sich aber vielleicht nicht mehr finden lassen. Die Schwalbe stellte Walter auf die Rückseite des Hauses zwischen die Bäume – sie würde nicht weiter auffallen. Ganz weit hinten, das Fenster direkt an der Mauer und dem Zaun, das merkt niemand so schnell, wenn er es aufdrücken würde.

Kapitel 10
11. Oktober 2008 in Essen

Als Dirk, wie er es jeden Morgen tat, nach dem Frühstück den Laptop aufklappte, um die neuesten Fußballnachrichten zu lesen, kam ihm sofort dieser kleine Ton ins Ohr, der neu angekommene E-Mails ankündigt. Udo hatte geantwortet. Dirk rief die E-Mail auf. Was er las, konnte ihn aber nicht wirklich befriedigen. Seine insgeheim gehegte Hoffnung, umfangreich informiert zu werden, erfüllte sich nicht. Dirks Freund Udo konnte auch nichts Auffälliges an der Karte feststellen. Die Bezeichnung Nischl stand für nichts anderes, als für den lokale Spitzname des Denkmals. Der sollte sich angeblich von der mitteldeutschen Bezeichnung für Kopf beziehungsweise Schädel ableiten. Was der alles weiß. Dirk war keinen einzigen Schritt vorwärts gekommen.

Als er wenig später, heute beging er seinen Geburtstag, das Haus verließ, um im Ort ein paar Kleinigkeiten für den Besuch von ein paar Freunden und seiner Familie am Wochenende einzukaufen, fielen Dirk gleich die zwei Typen mit kurzgeschorenen Haaren im Auto auf der gegenüberliegenden Straßenseite auf. Wer sitzt schon in dieser Gegend – Essen-Heisingen - gegen zehn Uhr in einem dunkelgrünen Ford Mondeo '07 Stufenheck, trägt gelbe Krawatten und liest Zeitung. Irgendeine weitere Bedeutung maß Dirk dem aber nicht bei.

Das änderte sich aber schlagartig, als er wenige hundert Meter von zu Hause entfernt feststellte, dass er mal wieder keine Brille auf der Nase trug. Ohne die sieht es sich letztendlich schlecht. Also musste er noch mal nach Hause zurück.

In dem Ford saß niemand mehr, die Tür zum Haus stand auf und Dirk beschlich gleich so ein komisches Gefühl. Nachdenklich, langsam und so geräuschlos wie eben möglich, stieg er die steinerne Treppe hoch. Auch in der ersten Etage stand die Wohnungstür zu Dirks Wohnung auf – da stimmte doch etwas nicht. Durch den Türspalt konnte er ein ziemliches Durcheinander erkennen. Lagen da nicht seine Hemden? Und dann hörte Dirk auch schon deutlich zu vernehmende Stimmen aus dem Arbeitszimmer, links neben der Wohnungstür. Man rechnete wohl nicht damit, dass Dirk so schnell zurückkommen würde, oder?

>>Beeil dich<<, sagte der Jüngere,

>>Warum? Wenn der Kerl hier auftaucht, schlitze ich den eh auf. Dann fackeln wir hier alles ab und es ist egal, wo er die Karte versteckt hat<<, entgegnete der andere darauf.

In Dirk stieg die Wut, aber er musste registrieren, dass es den beiden Männern in seiner Wohnung egal oder sogar recht gewesen wäre, wenn er zurückgekommen wäre. Lieber machte er sich nicht bemerkbar und hörte weiter zu.

>>Ja, ja<<, sagte wieder der Erste, >>du kannst meinetwegen auch mit ihm noch etwas spielen, bevor du ihn umlegst. Sicher muss aber sein, dass diese Karte verschwindet.<<

Der andere, bereits dreiundsechzig Jahre alt, schnalzte mit der Zunge.

>>Na ja, irgendwann taucht er ja hier wieder auf. Kommt vorher die Polizei vorbei, na und, zeigen wir halt unsere Ausweise und gut ist. Der Blödmann dach-

te wohl wirklich, wir kommen nicht dahinter, wenn etwas über unsere Karte im Netz auftaucht.<<

Er lachte dabei laut auf.

>>Den Onkel von dem Blödmann haben wir schön verarztet, mit seinem angeblichen Schlaganfall. Aber bei dem hier mache ich endgültig Schluss. Sonst taucht irgendwann wieder einer mit dieser Karte auf. Und diesen Typ in Thüringen und seine Familie schnappen wir uns auch noch.<<

Was bedeutete das denn? Dirk bekam einen riesigen Schreck. Mit denen konnte er sich nicht mal eben anlegen, obwohl Dirk bisher nie einer Auseinandersetzung aus dem Wege gegangen war und auch alle körperlichen Voraussetzungen für eine deftige Schlägerei mitbrachte. Hier erschien es besser zu sein, Fersengeld zu geben. Also leise die Treppe runter und die Nachbarin, die unten ihre Tür gerade öffnete, nicht weiter beachtet und nicht wie sonst freundlich gegrüßt, verzog Dirk sich wieder.

Ich muss erst mal weg hier, dachte er.

Kapitel 11
19. April 1977 zwischen Halle an der Saale und Gera/DDR

Klarer als gestern schienen Walters Gedanken nach
einer schlechten Nacht auf hartem Boden nicht geworden zu sein. Immer wieder sah er im Traum Astrids Antlitz vor sich. Wenn er davon dann wach wurde, dachte er an sie und wurde traurig, was ihn nicht
besser schlafen ließ.

Das italienische Stück Papier – vielleicht konnte
man damit über die Grenze kommen. „Passare" stand
in dicken Buchstaben ganz oben darauf. Hörte sich an
wie „Passieren". Ein Italiener, mit etwas Glück und
drei zugedrückten Augen konnte man ihn durchaus für
einen solchen halten, nähme dann aber eher einen
südlichen anstelle eines direkt nach Westen führenden
Grenzübergangs. Wenn sie ihn erwarten würden, dann
doch wohl auch eher an denen, die Richtung Heimat
führten. Der Grenzübergang Hirschberg-Rudolphstein
eignete sich vielleicht am ehesten für Walter. Da geschah am meisten, da herrschte für die Grenzer bei
ihren Kontrollen der größte Stress, da würde er es
versuchen müssen. Das bedeutete aber zunächst, dass
er soweit wie möglich mit der Schwalbe an die Grenze heranfahren musste. Auftanken, das würde ihm
schon gelingen, er führte ja etwas Geld mit sich. Dann
würde er ordentliche Klamotten brauchen und jemanden, der ihn im Auto mitnehmen würde. Ha, alles
ganz einfach. Es mussten so geschätzte einhundert-
dreißig oder einhundertvierzig Kilometer bis zu seinem anvisierten Ziel sein.

Als er das leerstehende Haus, in dem er übernachtet hatte, verließ, bemerkte ihn niemand. Ein leichter Nebel lag noch über den Feldern und der normale Mensch schlief noch um diese frühe Zeit. Wenn er nur wüsste, ob ihm irgendwer direkt auf den Fersen wäre!

Wo es irgendwie ging, mied Walter Ortschaften und erst recht Menschen. Die nächsten Stunden sah er kein einziges Fahrzeug das ihm verdächtig erschien und keine Personen in Uniform. Über die Orte Lützen und Muschwitz erreichte er schließlich die Gegend um Nonnewitz. Dreißig Kilometer schaffte er ungehindert. Doch nun lagen die Städte Zeitz und Gera auf seinem Weg. Ja, die wollte er umfahren, aber trotzdem würde er hier natürlich viel mehr Menschen auf den Straßen begegnen als in der ländlicheren Umgebung. Und da, wo Menschen lebten, da gab es auch Polizei oder Militär und dort traf man die Guck und Horch, wie man hier gerne die Mitarbeiter des Ministeriums für Staatssicherheit nannte. Walter befürchtete, dass die Menschen hier grundsätzlich noch viel misstrauischer daherkamen als auf dem Lande. Eigentlich wirkte er ja unauffällig und eine Schwalbe sah man letztendlich an jeder Ecke. Selbst dann, wenn die Schwalbe als gestohlen gemeldet worden war, würde niemand hier beim Anblick des Mopeds darauf kommen, dass es genau diese ist, die vermisst würde. Aber eines passte nicht ins Bild. Durch seinen Aufenthalt in Astrids Wandschrank, seine überstürzte Flucht und seine Nacht auf dem Fußboden des nicht mehr ganz so intakten Hauses in Tollwitz, war seine Kleidung ziemlich verschmutzt. Er brauchte etwas neues, etwas frisches zum Anziehen. Sicher würde es in Zeitz einen Intershop geben. Die Intershops, das wusste er von seinen Kollegen, standen durchs Ministerium für Staatssicherheit unter ständiger Überwachung. Aber völlig risikolos würde er hier sowieso nicht raus kommen. Er musste es riskieren und auf sein Glück hoffen.

Als Walter sich, langsam die Straße herunterfahrend, den ersten Häusern der Stadt näherte, fiel sein Blick in der Nähe einer Tongrube auf einen älteren Herren – ja, so konnte man das sagen. An der Straße stand aufrecht ein Mann von geschätzten fünfundachtzig Jahren im dunklen Anzug. Als Walter vor ihm anhielt, fuhr dessen Blick etwas abschätzend an Walter herab. Es gefiel im offenbar nicht sonderlich, was er da sah. Walter fragte den alten Herren danach, ob es einem Intershop in der Nähe gäbe und bekam nur eine knappe Antwort.

>>Drei Kilometer, am Altmarkt, mitten im Ort.<<

Ohne Walter eines weiteres Blickes zu würdigen, drehte der Mann sich weg. Als Walter sich, nachdem er wieder angefahren war, zu dem Mann umdrehte, eilte der gerade ins Haus. Hoffentlich bedeutete das nichts Schlechtes.

Der Altmarkt, der jetzt Friedensplatz hieß, war nicht schwer zu finden. Direkt im Hotel „Zum schwarzen Bären" befand sich der gesuchte Intershop. Sieben Stufen, an zwei kleinen Bärenstatuen vorbei durch die schwere Holztür und Walter wäre drin, im Hotel. Das zweite Gebäude rechts daneben besaß eine Art Wintergarten, geschlossenen Balkon, Vorbau oder so etwas. Das Gebäude aber zwischen dem Hotel und diesem hatte so etwas nicht. Und genau da stand ein gelber Saporoshez SAS-965, der dem westlichen Fiat 500 sehr ähnlich sah.

Italienisch passt ja irgendwie, dachte Walter.

So gar nicht ins Bild passte aber der am gelben Fahrzeug stehende Fahrer des Buckligen, wie man das Fahrzeug hier nannte. Der blonde Hüne – der maß mindestens zwei Meter zehn – trug einen hellgrauen Anzug aus einem leichten, sehr feinen Stoff und eine Sonnenbrille, obwohl die Sonne gar nicht schien. Dazu wirkte er ebenso breit, wie lang – und der Grund dafür waren Muskeln, kein bisschen Fett. Der kam ganz sicher von irgendeiner Aufsichtsbehörde. Walter hielt nicht sofort an, fuhr lieber vorbei. Dafür gab es zwei Gründe. Zum einen wollte er die Schwalbe in Sicherheit wissen – würde man ihn hier erwischen, sollte wenigstens das Moped in einem Versteck und damit später verfügbar bleiben – zum anderen wollte er sich, wie auch immer, das musste er noch herausfinden, dem Laden unauffälliger nähern. Wenn ihn hier der Muskelmann vor dem Hotel erwartete, dann wartete dieser auf einen Mann in etwas staubiger Kleidung auf einer Schwalbe.

Ohne wirklich aufzufallen, konnte Walter Richtung Roßmarkt verschwinden. Hier ließ sich die Schwalbe gut und unauffällig am Rande abstellen. Es war früher Nachmittag, genau die Zeit, zu der diejenigen, die sich einen Intershop leisten konnten, gerne einkaufen gingen. Walter wartete geduldig an der nächsten Straßenecke in der Nähe des Hotels. Der Hüne konnte ihn hier nicht sehen.

Endlich, nach mehr als fünfunddreißig Minuten schien es so, als ob zwei ältere Damen auf den Laden zusteuern würden. Der Hüne saß mittlerweile bei offener Tür, die Füße draußen, in seinem kleinen Auto und konnte die sieben Stufen Treppenaufgang zum Hotel gar nicht so richtig einsehen.

Die sich da auftuende Chance wollte Walter sich nicht entgehen lassen. Die älteren Damen wurden kurzerhand eingehakt. Beide Damen protestierten nicht, sondern der unerwartete Kavalier erfreute sie eher. Walter plapperte auch sofort auf die zwei Damen ein, so dass jemand, der die Szene von außen betrachtete, meinen musste, dass alle Drei gute Bekannte wären. Mit den Damen am Arm steuerte Walter unbehelligt auf das Hotel und den darin befindlichen Laden zu und erreichte ihn schließlich, ohne dass der Hüne reagierte.

Kapitel 12
11. Oktober 2008, nachmittags in Essen

Links in die nächste Straße hinein, dann über den kleinen Friedhof und hinten an der Kreuzstraße wieder raus – das war sicherlich der kürzeste Weg. Rechts herum aber, weiter die Bahnhofstraße entlang, da passierte mehr und man konnte besser „untertauchen". Dies, wenn man das, was Dirk nun versuchte zu tun, überhaupt untertauchen nennen konnte. Dabei wusste Dirk überhaupt nicht, ob die beiden Männer, die gerade seine Wohnung verwüsteten und hinter ihm her waren, sein Aussehen kannten. Auf dem Parkplatz hinter einem ortsansässigen Supermarkt fühlte er sich erst einmal soweit sicher, um die missliche Lage zu überdenken und um ein paar Pläne zu schmieden.

Dirk schwitzte. Die Situation fühlte sich so unwirklich an. Sollte er vielleicht doch zurückgehen und die Männer zur Rede stellen? Doch Dirk wurde es immer klarer, dass er das hier nicht irgendwie alleine würde stemmen können. Der Einbruch in seine Wohnung, die geäußerte Tötungsabsicht, das Nennen der Ansichtskarte seines Onkels und die gemachten Andeutungen, die sich um Walters Schlaganfall drehten, waren Grund genug, das zu glauben.

Zur Polizei? Die beiden Galgenvögel in seiner Wohnung meinten, dass ihm dies nichts nutzen würde und sie ihn trotzdem erwischen würden. Falls dies so stimmen würde, wäre der Gang zur Polizei nicht hilfreich. Der Mann von Dirks Nichte Serena, Mattes, arbeitete doch bei der Polizei. Den konnte man fragen, vielleicht kam der auf eine gute Idee.

Vorher aber, das stand fest, musste Dirk seinen Freund Udo in Thüringen warnen. Dirk wusste zwar nicht, wie er ihm klar machen sollte, was hier geschehen war und dass hier Gefahr drohte – der normale Mitbürger kommt doch gar nicht auf solche Ideen – aber er musste versuchen, ihn davon zu überzeugen. Wenn diese Galgenvögel sich in der Lage befanden, den E-Mail-Verkehr an Udo mitzubekommen, dann würden sie sicherlich auch das Handy orten oder abhören oder... Dirk brauchte also eine Telefonzelle. Wo die Lelei den Baderweg kreuzt, da stand eine, das wusste er. Ein gutes Stück Weg und für sein Gefühl viel zu nahe an seiner Wohnung, aber er musste es wagen.

Vielleicht wussten die Verfolger, falls sie ihn überhaupt verfolgen würden, ja gar nicht, wie er aussah, kam es ihm erneut in den Sinn. Also los. Den einen Kilometer schaffte er völlig problemlos. Kurz bevor er sich in die Telefonzelle quetschten konnte, sah Dirk sie dann doch. Der grüne Mondeo rollte langsam von rechts kommend die Lelei herunter. Jetzt half nur noch ein schnelles Versteck.

Als wäre er in seinen allerbesten Jahren, hechtete er über die Gartenhecke direkt neben ihm. Die Hecke maß einen Meter vierzig. Dirk schaffte es so eben und freute sich dabei über sein Glück, auf der anderen Seite im Gras und nicht auf den zahlreich vorhandenen Blumentöpfen und Gartenzwergen gelandet zu sein. Trotzdem gestaltete sich die Landung unsanft. Sich spontan abzurollen, gehörte nicht zu Dirks Fähigkeiten. Er wartete, bis der Mondeo, ohne das einer der Insassen auch nur in seine Richtung schaute, an ihm vorbeigerollt war.

Niemand hatte ihn bemerkt. Seine Jeans wies jetzt mehrere grüne Flecken, seine Lederjacke einen kleinen Riss am linken Ärmel und er selber eine Reihe blauer Flecken auf. Sein jetzt hoher Adrenalinspiegel verhinderte aber, dass er das überhaupt wahrnahm.

Udo Stein ging zum Glück sofort ans Telefon. Dirk erklärte ihm, was geschehen war und zu seiner Überraschung sagte Udo ohne jegliche Aufregung, dass er sowieso die nächsten Tage mit seiner Frau Inge und seinen beiden Töchtern an der Unstrut zelten wolle. Sie wären ja, wie Dirk wüsste, die heißesten Fans des Wintercampings und würden jetzt sofort losfahren.

Dirk wollte einen späteren Treffpunkt festlegen, traute aber öffentlichen Fernsprechern ebenso wenig wie Wahlversprechen von Politikern.

>>Wir treffen uns da, wo ich seinerzeit ohne Helm Motorrad gefahren bin – in dem Hotel, in dem ich damals wohnte. Erinnerst du dich? Genau heute in einer Woche um drei Uhr nachmittags.<<

Udo wusste sofort, was Dirk damit meinte. Nicht ohne ihm zu seinem Geburtstag zu gratulieren, verabschiedet sich Udo dann kurz und knapp und ohne weitere Nachfragen. Dirk wunderte sich zwar etwas über die Reaktion seines Freundes, kannte ihn aber als trockenen Typen, den so schnell nichts erschüttern konnte. So stand Dirk nun in dieser Telefonzelle und wusste eigentlich nur, dass er in einer Woche in Thüringen sein wollte.

An sein Auto - das stand ja zuhause direkt vor der Haustür - traute er sich nicht heran. Aber sein Motorrad, das stand bei Dirks Schwester Brigitte in der Garage. Und der Zufall wollte es, dass im selben Haus auch Mattes, der Polizist wohnte. Er musste es also bis Essen-Frohnhausen schaffen.

Kapitel 13
19. April 1977 in Zeitz/DDR

Der Intershop-Laden im Hotel, davon gab es eine ganze Menge – so zum Beispiel in Cottbus im Hotel Lausitz oder in Dresden im Hotel Bellevue – stellte für Walters Vorhaben und in seiner aktuellen Situation einen gewaltigen Vorteil dar. Es handelte sich nicht nur um ein Geschäft, in dem er sich mit etwas Glück neu einkleiden konnte, sondern die Tatsache, dass es sich auch um ein Hotel handelte, machte es ihm viel leichter, sich umzuziehen und unbemerkt wieder zu verschwinden. Allerdings gab es, abgesehen von dem Hünen vor der Tür, auch einen weiteren großen Nachteil – in Intershops und erst recht in Interhotels, also dort, wo der offizielle Besuch aus dem Westen untergebracht war, trieben sich auch eine Menge MfS-Mitarbeiter herum.

Von den beiden älteren Damen verabschiedete er sich freundlich, nachdem er sie an die Rezeption, die links vom Eingang lag, gebracht hatte.

Der Rezeption gegenüber lag das Ziel seiner Begierde, der Intershop. Dabei handelte es sich um einen karg eingerichteten Raum. Rundum Regale mit allerlei Westware. Walter schnappte sich einen Korb, zeigte seinen Reisepass und betrat die Auslagefläche. Ganz hinten links fand Walter, was er suchte. Eine dunkelgraue Bundfaltenhose, einen dazu einigermaßen passenden Blazer mit entsprechend großen Schulterpolstern, ein weißes Hemd, flache Stiefeletten und einen ebenso grauen Wollfilzhut mit kleiner Krempe. Er hatte Glück, dass dieser Laden eine solche Kollektion aufweisen konnte. Die Hose passte wie angegossen. Das Geschäft führte Schuhe in seiner Größe. Nur die Kragenweite des Hemdes engte ihn ein, was nicht weiter auffiel, wenn er den obersten Knopf offen ließ. Der Blazer und der Hut waren vielleicht eine Nummer zu groß, zum Verbergen aber genau richtig.

Nach Zahlung von einhundertzehn D-Mark, ging Walter so ausgestattet zur Rezeption des Hotels und fragte nach einem freien Zimmer. Im April buchten hier nicht viele Gäste und es gab keine Probleme bei der Belegung des Zimmers, auch wenn der junge Mann an der Rezeption ihn ob seiner nicht ganz sauberen Kleidung – er trug ja noch die alte Kleidung - etwas beäugte. Walter faselte etwas von Sturz und Staub, zeige seinen Reisepass und bekam den Zimmerschlüssel ausgehändigt. Für ihn stand fest, dass der junge Mann an der Rezeption seine Daten umgehend an die entsprechenden Stellen und Aufsichtsbehörden des Ortes weiterreichen würde. Dann wüssten sie, wo er sich befand und, das war das Schlimmste, sie kannten seine vermutliche Route. Viel Zeit stand ihm nicht zur Verfügung und vielleicht würde er die Route ändern müssen.

Die Angst, die immer mehr von Walter Besitz nahm, sorgte dafür, dass er die Ausstattung des Hotelzimmers, er weilte in Nummer vierzehn in der ersten Etage direkt neben dem Treppenaufgang, mit keinem weiteren Blick würdigte. Die neuen Klamotten an, die alten in die Tüte, die man ihm freundlicherweise mitgegeben hatte. Dann zurück über die alte Steintreppe, durch die Rezeption, durch die schwere Holztür und die letzten sieben Stufen hinab auf die Straße. Natürlich gab er den Zimmerschlüssel nicht an der Rezeption ab, tat er doch so, als ob er nur einen Spaziergang machen wollte und in Bälde zurückkehren wollte.

Auf der Straße war nicht viel los. Der Hüne saß zu Walters Freude hintenüber gesackt und schlief. So konnte er nicht sehen, dass Walter sich den gerade erstandenen Hut tief ins Gesicht gezogen und den Kragen seiner Jacke hochgeschlagen hatte. Dann stellten die letzten zweihundert Meter zur abgestellten Schwalbe auch kein Problem mehr dar.

Es lagen noch keine vierhundert Meter hinter ihm, da hörte er bereits den Motorenlärm mehrerer Fahrzeuge hinter sich. Walter vernahm quietschende Reifen, als die Autos vor dem Hotel abrupt anhielten. Er war noch einmal, für diesen Augenblick, davongekommen. Was wollten die bloß von ihm?

Kapitel 14
11. Oktober 2008, früh abends in Essen

Dirk trug seine alten, schwarzen Walking-Schuhe. Zum Glück, denn in ihnen konnte er ein paar Meter mehr zu Fuß besser zurücklegen als in seinen anderen Schuhen. Die Distanz zwischen Essen-Heisingen und seiner Schwester in Essen-Frohnhausen betrug gute zehn Kilometer. Ohne öffentliche Verkehrsmittel würde er das nicht so ohne weiteres bis zum Abend schaffen. Aber gleich in Heisingen in den Bus einsteigen, wollte er auch nicht. Vielleicht würden sie genau da auf ihn warten. Bis Essen-Stadtwald wollte Dirk zu Fuß gehen und von dort aus mit dem Bus weiterfahren – so der Plan.

Erst ein Stück am See entlang, dann den Hügel hoch und durch den Schellenberger Wald bis nach Stadtwald - dafür brauchte Dirk gut eine Stunde. Zigmal drehte er sich um, fühlte sich verfolgt und gehetzt. Doch er sah niemanden, was allerdings nichts heißen musste.

Der Bus, der siebzehn Minuten später kam, benötigte noch einmal weitere siebenunddreißig Minuten, bis Dirk an der Haltestelle Gervinusplatz mitten in Frohnhausen austeigen konnte.

Wussten seine Verfolger eigentlich etwas von seiner Schwester? Beobachteten sie auch deren Wohnung? Eine Entfernung von eineinhalb Kilometer lag noch vor ihm. Dann würde er sich von hinten, über den Sportplatz und über die Gärten, dem Haus nähern, das mal sein Elternhaus gewesen war. Hier hatte er als Kind gespielt. Hier kannte er sich aus.

Vom Gervinusplatz aus bewegte sich Dirk erst einmal in Richtung Norden, also etwas weg von seinem Ziel, welches im Westen von ihm lag. Nach etwa vierhundertfünfzig Metern bog er links in eine kleine Straße, die Stüwestraße ab – vor ihrem Tod wohnten hier seine Großeltern väterlicherseits. Mehrmals drehte er sich um, konnte aber wiederum keinen einzigen Verfolger feststellen. Offensichtlich konnte er sich hier frei bewegen. Nach weiteren siebenhundert Metern durch kleinere Straßen erreichte Dirk eine der Bezirkssportanlagen des Stadtteils.

Ein großer Rasenplatz zum Fußballspielen, mehrere Kunstrasenplätze, einige Tennisplätze und ein Handballleistungszentrum gehörten zu der Anlage. Es war Samstag. Viele Besucher von Sportveranstaltungen hielten sich hier auf. Das bedeutete, dass die Anlage mehr oder weniger in allen Bereichen öffentlich zugänglich sein sollte. Irgendeine Jugendmannschaft des VFB Frohnhausen stürmte gerade lärmend den Weg von den Umkleideräumen zu den Fußballplätzen hinunter. Offenbar gab es ein Lokalderby gegen den ebenfalls auf dieser Anlage beheimateten SC Phönix. Für den Verein hatte Dirk in seiner Jugend selber Fußball gespielt, konnte dabei aber keine sonderlich großen Erfolge erringen. Ein paar Mütter und Väter sowie eine Handvoll neutraler Zuschauer bevölkerten ebenfalls die Plätze. Auch einige Tennisspieler übten sich darin, ihren kleinen Filzball über das Netz zu schlagen. So fiel es nicht weiter auf, dass Dirk sich erst einmal dem großen Rasenplatz näherte und dann den Hütten zwischen der hinteren, kleinen Tribüne und dem unteren Kunstrasenplatz einen Besuch abstattete. Die Distanz von hier aus bis zu dem Haus, in dem seine Schwester und die anderen Personen seiner

Familie wohnten, betrug bestenfalls zweihundert Meter Luftlinie.

Früher, daran konnte Dirk sich schmerzhaft erinnern, wohnte hier direkt auf dem Sportplatz der Platzwart – ein unangenehmer Typ mit mehreren Schäferhunden. Dieser schien nichts anderes zu tun zu haben, als spielende Kinder mit seinen Hunden von der Anlage zu jagen. Damals schwor sich Dirk, dem Platzwart dies eines Tages heimzuzahlen. Jetzt wurde ihm das Geschehene wieder ins Gedächtnis gerufen.

Dirk befand sich, kurz nach seinem sechzehnten Geburtstag, mit seiner damaligen Freundin auf der Anlage, als plötzlich die Schäferhunde vor ihnen auftauchten. Dirk rief der Freundin sofort zu, dass sie schnell verschwinden mussten, doch die Hunde liefen schneller als sie. Einer der Köter erwischte seine Freundin an ihrer rechten Wade und biss zu. Dirk rannte noch ein paar Meter weiter. Doch dann stieg unbändige Wut in ihm hoch. Er blieb stehen, griff eine der Eckfahnen, die hier aufgestapelt lagen und drehte sich um. Einer der Schäferhunde stand direkt über seiner am Boden liegenden Freundin und fletschte die Zähne. Der zweite Hund stand unmittelbar vor Dirk. Im Hintergrund konnte er das Gelächter des Platzwartes hören.

>>Ich hab' doch gesagt, dass ihr hier nichts zu suchen habt!<<

Dirk sah entsetzt auf seine angstvoll heulende Freundin. Auch früher schon galt Dirk als jähzornig und leicht zu reizen. Jetzt aber flippte er vollkommen aus. Mit der spitzen Eckfahne drangsalierte er den vor ihm, mit blutunterlaufenen Augen stehenden Hund dermaßen, dass dieser Reißaus nahm. Ein gewaltiger Hieb auf den Schädel des bei seiner Freundin stehenden Köters jagte diesen ebenfalls in die Flucht. Nur kurze Zeit später stand Dirk in Angesicht zu Angesicht mit dem Platzwart, dessen Gelächter verstummt war. Wie im Rausch drosch Dirk ihm seine Faust an den Kopf. Erst herbeieilende Passanten verhinderten Schlimmeres.

Beide, der Platzwart und Dirk, gingen nicht straffrei aus.

Dirk erschrak so sehr ob seiner eigenen Brutalität, dass er sich fortan in Therapie begab. Nie mehr wollte er so ausrasten. Aber auch nie mehr wollte er eine Freundin im Stich lassen, auch wenige Sekunden nicht.

Mittlerweile bewohnte niemand mehr die früheren Gebäude des Platzwartes und sie dienten nur noch als Lagerstätten. Umso besser für Dirk. In einem unbeobachteten Moment – Dirk tat so, als ob seine Notdurft keinerlei Aufschub mehr erlaubte – verschwand er in den Büschen hinter den Gebäuden. Wenn er nun ein wenig Glück hätte, dann würden die Zäune an den angrenzenden Gärten nicht unüberwindbar für ihn sein.

Und so trat es auch ein. Dirk suchte sich einen Garten aus, der nur von einer kleinen Hecke und einem kleinen Jägerzaun umschlossen wurde. Im Garten selber wuchsen ein paar eng beieinanderstehende Obstbäume und einige mannshohe Sträucher. Er musste von hier die an das Grundstück angrenzende Straße erreichen. Auf der anderen Straßenseite, daran konnte er sich erinnern, gab es zwischen zwei Einfamilienhäusern früher einen Gang auf die Hinterhöfe des Komplexes und wenn sich nicht zu viel verändert hatte, sollte es von dort ein Leichtes werden, das Haus seiner Schwester zu erreichen.

Mittlerweile musste es später als sechs Uhr abends sein. Es dämmerte längst. Nun gut, das schadete nicht. Dirk schwang sich über den kleinen Jägerzaun und schlich von Baum zu Baum und von Strauch zu Strauch langsam den niedrigen Häusern am Anfang der Gärten entgegen.

Ein >>Was machen sie denn da?<<, hielt ihn auf.

Kapitel 15
19. April 1977 in Zeitz/DDR, gegen Abend

Weit würde Walter auf der Straße nicht mehr kommen. Es würde nicht lange dauern, bis seine Häscher festgestellt hatten, dass sie ihn im Hotel nicht mehr antreffen konnten. Sie würden in der Folge alle Straßen, die aus der Stadt führten, ganz schnell im Blick haben. Nach wenigen hundert Metern auf der geklauten Schwalbe bog Walter daher erst einmal in den Mühlgraben ab.

Als er nach sieben oder acht Minuten die langsam vor sich hin fließende Weiße Elster erreichte, stellte er die Schwalbe zwischen zwei Bäumen, die den Fluss säumten, ab und setzte sich ins Gras. Ihm blieb nichts anderes übrig, als seine Pläne zu ändern. Dadurch, dass sie ihm in Zeitz auf die Schliche gekommen waren, konnten seine Verfolger davon ausgehen, dass er sich in Richtung Süden bewegen wollte. Walter überlegte, ob er sich weiter östlich halten solle, um dann über die Tschechoslowakei und Ungarn sein Glück zu versuchen. Dieser Weg wäre aber insgesamt so sehr weit – bestimmt gute achthundert Kilometer auf sozusagen feindlichem Terrain. Schnell verwarf Walter diese neue Idee. Zwischen hier und Herleshausen, direkt im Westen, lagen bestenfalls einhundertsiebzig Kilometer. Gen Westen entpuppte sich vielleicht auch nicht als gute Idee, aber wo wäre hier schon ein sicherer Weg gewesen, was wäre hier schon eine gute Idee gewesen? Währenddessen sich seine Gedanken immer wieder um Astrid und um Herleshausen drehten, nickte Walter ein.

Als Walter wieder erwachte, dunkelte es bereits draußen. In Richtung Zeitz sah er immer wieder die Scheinwerfer herumfahrender Autos. Suchten die ihn, oder fuhren hier immer so viele Fahrzeuge?

Walter schwang sich erneut auf seine Schwalbe. Es gab größere Flüsse als die Weiße Elster, aber breit genug, um nicht einfach darüber waten oder hindurchfahren zu können, schien sie hier schon zu sein. Eine Brücke musste her. Schon zwei Kilometer weiter südlich fand Walter das, was er suchte und auf das er hoffte. Vor ihm erstreckte sich zwar keine Brücke über den Fluss, aber immerhin ein Wehr. Auch das würde ihm zur Flussüberquerung reichen.

Fröhlich, das erste Mal musste er nicht an Astrid denken, hielt er auf das Wehr zu. Als noch gut einhundert Meter vor ihm lagen, sah er das kurze Aufflackern von Streichhölzern und die Glut einer Zigarette direkt am Wehr. Walter, der sowieso ohne Licht fuhr, stoppte sofort sein Moped. Vielleicht rechnete er damit, dass er für die Staatssicherheit wichtig genug sein könnte, dass diese die Brücken überwachen würde. Aber auch solche kleinen Wehre?

Walter stellte die Schwalbe an den Wegrand, um die letzten Meter zu Fuß zurückzulegen. Als er sich wenige Meter vor dem Wehr befand, hörte er die Stimme:

>>Halt! Was machen sie hier? Polizei! Ausweis!<<

>>Ich gehe hier nur spazieren. Was ist denn los?<<, sagte Walter spontan.

>>Schnauze, Ausweis habe ich gesagt.<<

Und dabei blickte Walter in eine aufflackernde Taschenlampe, die ihm direkt ins Gesicht strahlte. Walter wusste nicht recht, was er nun tun sollte. Als er seine Papiere aus der Jackentasche nehmen wollte, fielen diese ihm aus Versehen vor seine Füße in den Staub des Weges. Er bückte sich danach und der grelle Strahl der Taschenlampe folgte seinen Bewegungen. Im Gras neben dem Weg sah Walter einen Knüppel liegen. Ein abgesägter Ast eines Baumes, gut einen Meter zwanzig lang und armdick. Blätter und kleinere Äste trug der dicke Ast bereits nicht mehr. Beim Beschneiden der umliegenden Bäume war der Ast wohl liegen geblieben. Dreißig Zentimeter bis zum Gegner und zuschlagen oder jetzt aufgeben?

Walter begegnete anderen Menschen gegenüber nie gewalttätig. Niemand bildete ihn jemals in irgendeiner Form an Waffen aus. Für den Zweiten Weltkrieg zu jung und für die dann neu aufgebaute Bundeswehr zu alt, zog man ihn nie zu den Soldaten ein. Gut, in seiner Kindheit gab es das ein oder andere kleine Scharmützel zwischen den Kindern seiner Straße mit den Kindern anderer Straßen, aber hier das, das war Ernst. Hier ging es um Knast oder Freiheit oder sogar um Leben oder Tod.

Walter reagierte mehr instinktiv, als überlegt. Ein kleiner Schritt nach rechts, den Ast gegriffen und in einer einzigen Bewegung nach oben geschwungen, traf es den Polizisten, oder welchen Beruf die Wache sonst normalerweise ausübte, mit voller Wucht zwischen Kinn und Schläfe. Ein zum Teil knackendes und zum Teil reißendes Geräusch und der Polizist sank, mehr als das er fiel, zu Boden. Walter machte einen weiteren Schritt auf ihn zu. Die Taschenlampe war dem Polizisten aus der Hand geglitten, Walter nahm sie an sich und leuchtete auf den am Boden liegenden Mann. Dieser war nicht bewusstlos und wies jetzt einen klaffenden, stark blutenden Riss an seiner linken Wange auf. Er hielt sich den Kiefer und Blut sickerte ihm durch die Finger. Sein Widerstand war gebrochen. Walter drückt ihm den Ast auf die Kehle.

>>Jetzt bist du dran mit den Papieren. Langsam, sehr langsam rausholen und falls da eine Waffe ist, die auch.<<

Walter fühlte sich nicht ganz wohl bei der Sache – jetzt kam auch noch schwere Körperverletzung dazu. Der Polizist zog erst langsam seine Brieftasche aus der linken Innentasche seiner beigen Windjacke hervor und dann mit spitzen Fingern eine matt glänzende Makarow aus einem braunen Unterschnallholster rechts. Walter nahm die Makarow und das Holster an sich. Der schmerzverzerrt dreinblickende Polizist tat ihm schon leid. Trotzdem gab er ihm den nächsten Befehl.

>>Gürtel aus der Hose ziehen!<<

Der Angesprochene tat wie ihm geheißen. Walter verschnürte die Arme des Polizisten so gut er konnte mit dem Gürtel auf dessen Rücken. Dazu musste dieser seine Gesichtswunde loslassen, was ihm sichtbar schwer fiel. Mit den Schnürriemen der beiden braunen Halbschuhe des bereits Gefesselten band Walter dem Polizisten die Beine an den Fußknöcheln zusammen – eher provisorisch, aber so gut es ging. Der nun unentwegt stöhnende Bewegungslose wurde nun von Walter neben den Weg in die niedrige Böschung gerollt. Wenn er sich nicht selbst befreien könnte, würde man ihn bald suchen und finden, hoffte Walter.

Mit Papieren und Pistole, jetzt galt Walter auch noch als schwer bewaffnet, sah sich Walter das Wehr näher an. Darüber springen, das wäre kein großes Problem. Aber die Schwalbe könnte er da hinüber nicht mitnehmen. Zurückfahren und dann an irgendeiner anderen Stelle, einem anderen Wehr, einer anderen Brücke eine neue Begegnung mit der Polizei riskieren, das bedeutete auch keine gute Lösung.

Nicht ganz frei von aufsteigender Panik machte sich Walter nun lieber zu Fuß auf den Weg. Seine Schwalbe hatte er, auch wenn er sie nicht sein Eigen nennen konnte, bereits ins Herz geschlossen und sie hätte ihm noch gute Dienste leisten können. Sie zurückzulassen passte ihm überhaupt nicht.

Nur neunhundert Meter weiter, am Ortseingang von Salsitz, fand Walter eine augenscheinlich verlassene und weit genug von den Wohnhäusern entfernt stehende Scheune. Es war spät geworden, Müdigkeit überfiel ihn und er zitterte am ganzen Körper – Polizisten zusammenschlagen kam in seinem Leben auch nicht jeden Tag vor. In einer Ecke der Scheune machte er sich ein kleines, aber für die Umstände feines Lager aus Stroh. Er hoffte, bis zum Morgen unbemerkt zu bleiben und schlief bald erschöpft ein.

Kapitel 16
11. Oktober 2008, abends in Essen

>>Hey, was machen sie da, habe ich gefragt.<<

Dirk zog es vor, aus der Deckung zu kommen. Auf der Gartenterrasse des Einfamilienhauses, welches zu dem Garten gehörte, in dem er sich gerade befand, stand ein Mann im königsblauen Jogginganzug, in etwa in Dirks Alter und dazu lang und schlank.

>>Ist das nicht der lange Andreas?<<, fragte sich Dirk. >>Auch ganz schön alt geworden<<, schoss es ihm durch den Kopf.

Den langen Andreas konnte er in Jugendtagen nie leiden. Andreas zählte gut zwei Jahre mehr als Dirk. Früher störte er die auf der Straße spielenden Kinder gerne und beschäftigte sich lieber mit den netten Mädchen der Umgebung. Das kam bei denen, die eben noch draußen spielten, nicht gut an. Mehrfach gab es früher Prügeleien zwischen Dirk oder seinen Freunden mit Andreas oder seinen Freunden. Immer, wenn sie aufeinander trafen, gab es Ärger – auf der Straße, auf dem Spielplatz oder auf dem Fußballplatz. Selbst als die Tür eines nahe gelegenen alten Hochbunkers aus dem letzten Krieg offen stand, kam man sich in die Quere. Es gab eine kurze, aber heftige Prügelei auf der Treppe zwischen zweiter und dritter Etage des Bunkers. Nicht immer siegte Dirk bei den Prügeleien gegen die etwas älteren Kinder. Später dann wurde Andreas ein großer Anhänger eines Fußballvereins aus einer Essener Nachbarstadt, den Dirk nie leiden konnte. Jetzt wurde Dirk durch die Farbe des Jogginganzuges, den Andreas trug, wieder daran erinnert.

Nun kam er aus der Deckung und näherte sich dem langen Andreas. Der erkannte ihn ob der Jahre und der Dunkelheit nicht sofort.

>>Gut, dass ich sie antreffe<<, sagte Dirk in Richtung Andreas und stieg die drei Stufen zur Terrasse hinaus. Jetzt stand er direkt vor Andreas, der ihn erwartungsvoll ansah. Und seine Erwartung wurde sicherlich übertroffen. Ohne ein weiteres Wort nahm Dirk seinen ganzen Mut und seine alte Wut auf Andreas aus früheren Tagen zusammen, ballte seine rechte Faust und schlug Andreas mit aller Wucht direkt auf die Nase. Der Getroffene schrie spitz auf, sackte etwas zusammen und hielt sich die Nase, aus der das Blut hervorspritzte wie aus einer lange geschüttelten Mineralwasserflasche mit Kohlensäure, die zu plötzlich geöffnet worden war.

Dirk machte sofort auf dem Absatz kehrt, lief die drei Stufen der Terrasse hinunter, drehte nach rechts und verschwand zwischen den Häusern in Richtung Straße. Hinter sich hörte er Andreas laut, aber etwas röchelnd schreien.

>>Überfall, Hilfe!<<

Klar, dass der jetzt die Polizei rufen würde. Bald würde es hier bestimmt nur so von Polizisten wimmeln. Vielleicht war das aber nicht nur ein Nachteil. Sollte das Haus seiner Schwester beobachtet werden – Dirk wusste überhaupt nicht, ob das Blödsinn oder Realität sein konnte – würden sich die Beobachter im Angesicht der Polizeipräsenz auch etwas zurückhalten müssen.

Dirk haderte mit sich. Ja, die Situation, in der er steckte, kam ihm sehr verzwickt vor. Das durfte aber noch lange kein Grund sein, in alte Muster zu verfallen und alte Rechnungen zu begleichen. Jetzt tat ihm der lange Andreas leid. Für Entschuldigungen war jetzt aber keine Zeit und Dirks Angst besiegte sein schlechtes Gewissen.

Die Straße, in der Dirks Schwester wohnte, lag nun nach Verlassen von Andreas' Grundstück direkt vor ihm. Dirk aber wählte nicht den direkten Weg, sondern den Weg nach rechts, die andere Straße entlang und etwas den Berg hinab. Wusste er doch, dass der Weg auf die Höfe etwas tiefer die Straße herab, nach links weg gehen würde – falls es den Weg überhaupt noch gab.

Schon fünfundsiebzig Meter weiter fand Dirk den gesuchten Weg. Den gab es tatsächlich noch. Schnell lief er an den Häusern links und rechts vorbei. In der Dunkelheit der ihn nun umgebenden Bäume und Sträucher konnte er erst einmal innehalten, sich ausruhen und lauschen. Zunächst umgab Dirk völlige Stille. Dann aber hörte er in der Ferne sich rasch nähernde Polizeisirenen. Das galt bestimmt ihm beziehungsweise seinem Überfall auf Andreas. Trotz seines schlechten Gewissens und der Gefahr lächelte Dirk ein wenig. Die späte Genugtuung, dem alten Erzfeind Andreas eins auf die Nase gehauen zu haben, tat doch auch gut.

Einhundert Meter über alte Trampelpfade und Gartenwege – da hatte sich aber auch rein gar nichts geändert und er kannte die Wege alle noch – stand er auf dem Hof des Hauses seiner Schwester, seinem ehemaligen Elternhaus. Jetzt galt es vorsichtig oder zumindest leise zu sein.

Von hier aus gab es zwei Zugänge zum Haus. Den einen, eine Treppe hinab und dann durch den Keller, brauchte Dirk gar nicht erst versuchen. Diese gut gesicherte Tür war mehrfach verriegelt. Der zweite Zugang führte durch eine später eingebaute Terrassentür ins Kindezimmer der Parterrewohnung. In dieser Wohnung wohnten seine Nichte Serena und ihr Ehemann Mattes. Das Kinderzimmer wurde bewohnt von Antonius, ihrem kleinen, dreijährigen Sohn. Der schlief bestimmt schon. Wie sein Vater, nicht zuletzt auch als Polizist, reagieren würde, wenn – auch bei dem sich nun draußen einstellenden Radau – ein ihm zunächst Unbekannter beziehungsweise Unerwarteter ins Kinderzimmer seines Sohnes einbricht, das wollte Dirk nicht herausfinden.

Blieb nur die dritte Möglichkeit, die Dirk soeben einfiel. Eine an das Haus angebaute Doppelgarage führte, wenn man sie erklomm, auf die Fensterhöhe der Parterrewohnung. Dies funktionierte nur deshalb, weil sich das Haus an der Ecke zweier Straßen befand, von der eine Straße einen Berg hinabging. So lag die Einfahrt der Garage tiefer als der Eingang zum Haus. Wenn man nun auf die Garagen kletterte und hier vorsichtig ans Fenster klopfte...

Etwas mühevoll stieg Dirk auf das Garagendach, an einer Regenrinne konnte er sich hochziehen. Von der Straße hörte er den Lärm von mindestens drei durcheinander redenden Streifenwagenbesatzungen und von dem immer noch kreischenden Andreas.

Das gesamte dreistöckige Haus war mit grauen Plastik-Rollläden ausgestattet. Diese waren allesamt heruntergelassen. Damit fiel das „ans Fenster klopfen" erst einmal aus. Ganz vorsichtig, denn das machte einen Höllenlärm, klopfte Dirk vor diese Rollläden. Einmal, zweimal, dann etwas heftiger – und nochmal. Dann regte sich innen etwas. Ein Fenster wurde geöffnet und die elektrisch zu bedienenden Rollläden bewegten sich behäbig nach oben.

>>Was...?<<, hörte Dirk die Stimme von Mattes.
>>Ich bin's, Dirk, lass mich rein.<<

Kapitel 17
20. April 1977 in Salsitz und.../DDR

Als Walter nach seiner Nacht auf dem Stroh aufwachte musste es irgendwann zwischen fünf und sechs Uhr morgens sein. Die Zeit drängte. Er sollte wieder aufzubrechen. Draußen schien alles ruhig zu sein. Den verschnürten Kollegen am Wehr hatte man wohl noch nicht gefunden und er hatte sich wohl auch nicht befreien können.

Walter wusste, dass er zu Fuß ganz gut zurechtkam. Wandern, was ja auch irgendwie mit Reisen zu tun hatte, zählte zu seinen Leidenschaften. In früheren, glücklicheren Tagen unternahm er nicht nur einmal Fernwanderungen zusammen mit seiner Frau Jutta. Später reichte ihr Geld für Reisen jedweder Art nicht mehr aus, was ihn letztendlich auch in die jetzige Lage getrieben hatte. Mit ordentlicher Ausrüstung, das wusste Walter, könnte er täglich fünfunddreißig bis vierzig Kilometer schaffen. Über eine gute Ausrüstung verfügte er allerdings nicht. Mit den Halbschuhen, die er trug, glaubte er keine Chance zu haben, weiter als täglich zwanzig Kilometer zu kommen, bevor ihn die Füße so sehr schmerzten, dass es ihm am Weiterlaufen hindern würde. Aber wer weiß, vielleicht ließen sich ja unterwegs noch andere, brauchbarere, Schuhe auftreiben.

Aufgrund seines sehr guten Orientierungssinns sah Walter keine Schwierigkeit darin, die richtige Richtung zu finden und auch einzuhalten. Also machte er sich über Feldwege und kleine Straßen, so weit ab vom normalen Leben wie es ging, auf den Weg gen Westen.

Bis zum Mittag schaffte er es schon bis nach Königshofen, nördlich von Eisenberg. Niemand begegnete ihm und niemand hatte ihn gesehen. Seinen Füßen ging es noch überraschend gut. Trotzdem wollte Walter versuchen, sich in Eisenberg bessere Schuhe zu organisieren.

In der Nähe des zentralen Marktes fand Walter, was er suchte. Er erstand in einem Schuhladen ein Paar Tramper Klettis und dazu ein Paar Römersandalen, die er dann anziehen wollte, wenn er seine Füße entlasten musste. Dazu kaufte Walter im selben Geschäft noch einen kleinen, ledernen Wanderrucksack. Endlich konnte er seine achtschüssige Makarow und seine Halbschuhe, die er jetzt auszog, gut verstauen und leichter transportieren. Bisher steckte die Makarow in ihrem Holster in der linken Tasche seiner Jacke. Das beulte die Tasche über alle Maßen aus und zog die linke Seite seiner Jacke wegen des ungleichen Gewichts auffällig herunter.

Walter stärkte sich in der Nähe ordentlich mit einem goldgelben, knusprigen Broiler und verbrachte den Rest des Tages damit, sich der Stadt Jena Kilometer um Kilometer zu nähern.

Walter schaffte es bis zum Örtchen Bürgel. Im Hotel „Zur Sonne" fragte Walter nach einem Zimmer. Er wollte es wagen, diesmal sozusagen offiziell zu übernachten. Das Hotel würde einen Meldeschein ausfüllen müssen und die Daten an die Behörden senden. Müsste er aber wieder in einer Scheune oder sonst wo auf dem Fußboden übernachten, sähe seine Kleidung wieder verdreckt aus und er müsste erneut einkaufen, um nicht unangenehm aufzufallen. Das wollte Walter vermeiden. Der Gedanke an eine Nacht in einem weichen Bett war ebenso nicht zu verachten.

Auch wusste er nicht sicher, wie das Verkaufspersonal in den Geschäften reagierte, wenn ein Fremder bei ihnen einkaufte. Dass er nicht von hier kam, konnte man in Thüringen anhand der Aussprache der hier wohnenden Bevölkerung nur zu leicht feststellen. Auch wenn Walter sich mit dem einen oder anderen Wort bemühte, konnte man hören, dass er aus der Fremde kam.

Die grauhaarige, ältere Dame an der Rezeption gab ihm gerne das gewünschte Zimmer.

>>Es reicht, wenn sie mir ihren Ausweis morgen geben, ruhen Sie sich doch erst einmal aus<<, meinte sie.

Damit fühlte sich Walter für diese Nacht erst einmal sicher – so dachte er.

Als er in der Kneipe des Hotels gegen sieben Uhr abends ein paar leckere Schnittchen mit Bauernwurst aß, fiel sein Blick auf den älteren Herren, der ihm gegenüber an einem der anderen Tische saß. Dieser zählte gut und gerne fünfundsechzig bis siebzig Jahre. Seine Haarfarbe aber trotzte dem Alter – da zeigte sich mehr schwarz als grau. Genauso verhielt es sich mit dem dichten Vollbart, den der Alte stolz trug. Das Besondere an ihm waren aber seine tief dunkelblauen Augen, welche die Umgebung aufmerksam beobachteten und mehr als einmal an Walter ein paar Sekunden zu lange hängen blieben. Beobachtet zu werden, wirkte auf Walter einerseits zwar ausgesprochen unangenehm, andererseits aber strahlten die ihn beobachtenden Augen so gütig, so vertrauensbildend, dass es dann wieder ok erschien, angestarrt zu werden. Walter hätte auch keinerlei Möglichkeiten gehabt, etwas zu unternehmen. Zwinkerte ihm der alte Herr jetzt sogar zu? Walter fühlte sich nicht sicher. Alle anderen Gäste im Raum, die drei jungen Frauen hinten rechts, der junge Mann am Tisch neben Walter und das Pärchen mittleren Alters neben dem alten Herrn zeigten kein größeres Interesse an Walter.

Nachdem der alte Herr seine Suppe gelöffelt hatte, griff er nach seinem Bier, stand auf und steuerte auf den Tisch von Walter zu.

>>Is hier noch nen Platz frei<<, sagte der ältere Herr in einer Mundart, die Walter am ehesten dem Ruhrgebiet zugeordnet hätte. Aber hier konnte man damit ja eigentlich nicht rechnen.

>>Bitteschön<<, erwiderte Walter und wies auf einen Platz an seinem Tisch ihm gegenüber.

>>Danke<<, sagte der Alte und setzte sich nicht gegenüber, sondern direkt links neben Walter.

>>Mein Name is Marcel, Marcel Heinz<<, sagte der Alte und hielt Walter die Hand hin. Walter ergriff diese und stellte sich selber als Walter Meyerhofer vor.

>>Ich bin eigentlich aus...<<, wollte Walter weiter ausführen.

>>Pst<<, sagte der Alte, >>ich weiß dat, kann dir den Westler auf hundert Metern ansehen.<<

Walter erwiderte lieber nichts.

>>Wirße verfolgt? Musse hier raus?<<, fragte der ältere Herr weiter, >>kann dir helfen, musse nur sagen.<<

Walter befand sich ja nun wirklich nicht in einer glücklichen Lage. Seine Freundin lag ermordet in ihrer Wohnung, er wurde verfolgt und er musste über die Grenze. Aber diesem Alten so mir nichts dir nichts trauen, bestand darin der richtige Weg?

>>Wie kommen sie denn darauf, Marcel?<<, meinte Walter.

>>Komm, lass gut sein Junge. Ich bin doch nich blind. Den anderen hier kanze wat vormachen, mir aba nich. Weiß nich, watte hier machs, aba du muss rüba und ich kann dir helfen.<<

>>Nehmen wir einmal an, es wäre so, wie sie sagen<<, meinte Walter uninteressiert und bemühte sich dabei, so hochdeutsch zu sprechen, dass Marcel nicht auf seine wahre Herkunft schließen konnte.

>>Was dann?<<

>>Dann bring ich dich rüba. Du wärs nich der Erste. Fallze Intresse has, kommze um dreiundzwanzig Uhr mit all deine Klamotten anne Ecke vonne Hintergasse und Kreuzgasse.<<

Bevor Walter wieder etwas sagen konnte, stand der Alte auf, nahm einen letzten Schluck aus seinem Bierglas, knallte das Glas auf den Tisch und verschwand zur Straße.

Walter überlegte noch, was er tun sollte, da ging die Tür zur Straße erneut auf und zwei uniformierte Volkspolizisten betraten das Restaurant. Der ältere der beiden Polizisten, ein etwas untersetzt wirkender und mürrisch dreinblickender Mann Ende Dreißig, musterte alle Anwesenden kritisch und steuerte dann auf das Pärchen mittleren Alters zu, während der jüngere Polizist, etwa fünfundzwanzig Jahre alt, hellblond und ohne erkennbaren Bartwuchs, am Eingang stehen blieb.

>>Ausweise bitte!<<, sagte der ältere Polizist zu dem Pärchen

Das Pärchen, ein wenig ängstlich wirkend, folgte der Aufforderung. Der Polizist betrachtete die Ausweise der Reihe nach eingehend und gab sie dann wortlos zurück. Dann drehte er sich um, ließ seinen Blick durch den Raum schweifen und blieb schließlich an Walter hängen. Er griff sich an die Unterlippe, knetete diese etwas und kniff sein linkes Auge halb zusammen. Es sah aus, als überlege er, ob er Walter nun kontrollieren solle oder nicht. Walter bemühte sich, sich nichts anmerken zu lassen. In Wirklichkeit rasten die Gedanken durch seinen Kopf. Einen Ausweis könnte er zeigen. Aber wie die Polizei darauf nun reagieren würde, das wusste Walter nicht. Seine Schusswaffe, die am Wehr erbeutete Makarow, lag oben in seinem Zimmer. Polizisten bedrohen oder gar auf sie schießen, das wollte Walter auf gar keinen Fall riskieren.

Währenddessen Walters Gehirn raste und noch nach Auswegen suchte, drehte sich der ältere Polizist unvermittelt um und steuerte auf den Ausgang zu. Dort angekommen, drehte er sich noch einmal um, schaute zu Walter, verzog noch einmal etwas sein Gesicht und ging durch die Tür. Der jüngere Polizist folgte ihm mit ausdrucksloser Miene.

Sicher wartete auf die beiden Polizisten auf ihrer Dienststelle schon der Fahndungsaufruf nach Walter. Sie würden sich erinnern können und wären in wenigen Minuten wieder hier, um Walter zu verhaften. Walter sah keine andere Möglichkeit, als dem älteren Herrn von vorhin, dem Marcel Heinz, Vertrauen zu schenken.

Es war jetzt zweiundzwanzig Uhr. Walter bezahlte schnell seine Mahlzeit, ging auf sein Zimmer und packte seine wenigen Habseligkeiten zusammen. Unbemerkt verließ er das Hotel, um nach der Kreuzgasse und der Hintergasse Ausschau zuhalten. Kurz nach seinem Verlassen des Hotels stürmten die beiden Polizisten, der ältere und der jüngere, ins Restaurant.

Um dreiundzwanzig Uhr hatte Walter die besagte Straßenecke in dem kleinen Örtchen längst gefunden. Im Schatten eines Balkons wartete Walter auf Marcel. Und tatsächlich, pünktlich näherte sich aus der Dunkelheit von der Kreuzgasse her eine Person, die Marcel hätte sein können.

>>Da bisse ja, sei ruhig und komm<<, sagte die bekannte Stimme.

Kapitel 18
11. Oktober 2008, spätabends in Essen

Serena und Mattes hörten aufmerksam zu, bis Dirk die ausführliche Erzählung seiner Geschichte des Tages beendete. Manchmal stellten Serena oder Mattes ungläubig die eine oder andere Frage, die meiste Zeit aber hörten sie ruhig zu. Dirk schloss seine Ausführungen mit dem Erklimmen der Garage und dem Lärm der herbeigerufenen Polizei.

>>Warte mal<<, sagte Mattes, zog sich seine Schuhe und eine Jacke an und verließ wortlos die Wohnung.

Draußen fragte er seine Kollegen auf der Straße, die ja nach demjenigen suchten, der eine Straße weiter einen Hausbesitzer überfallen, geschlagen und verletzt hatte, nach der Lage und dem Grund ihres Kommens. Nach einiger Zeit kam er zurück.

>>Da sind auch zwei Kerle in Zivil, die ich nicht kenne und die scheinen richtig was zu sagen zu haben. Die sind irgendwie staatlich und haben mich gleich so komisch angeguckt. Und Kripo ist auch da. Normal ist das nicht. Zu so einem Fall kommen die sonst nicht. Wenn du zur Polizei gehst, helfen die dir vielleicht nicht, die nehmen dich hops.<<

Dirk schaute etwas zerknirscht.

>>Besser du haust ab, so wie du es geplant hast. Meine Knarre kann ich dir nicht geben, ist klar. Aber Serena und ich werden die Horde draußen ablenken, bis du auf deinem Motorrad sitzt und abgehauen bist.<<

Zum Glück lagerte Dirk seine Sicherheitskleidung fürs Motorrad immer hier, weil hier eben auch seine Maschine in der Garage stand.

Das Haus, in dem sich Dirk gerade befand, war ein Eckhaus. Er zog sich um und raffte seine Sachen zusammen. Es stellte kein Problem dar, ungesehen in die Garage zu kommen.

Er startete seine silbergraue Yamaha, eine FJR1300 mit relativ leisem Motor. Dirk schaltete kein Licht ein, rollte aus der Garage und dachte dabei an den Teil der Familie, den er hier zurücklassen würde.

>>Mensch, passt ja auf!<<

Dirk ließ das Motorrad rechts die Straße hinabrollen. Erst an der nächsten Straßenecke startete er durch. Er würde irgendwo ein wenig schlafen und morgen weitersehen. Ganz in der Nähe wohnte Axel, ein Rechtsanwalt, mit dem Dirk in seiner Kinder- und Jugendzeit gespielt hatte und mit dem er erste Erfahrungen mit dem anderen Geschlecht teilte. Der würde ihm sicherlich helfen, wohnte aber gleich um die Ecke und damit viel zu nahe dran. In Mülheim an der Ruhr kannte Dirk einen Getränkegroßhändler, mit dem er gemeinsam vor Jahren in Duisburg und Bochum studierte. Darin bestand eine Möglichkeit. Der würde hoffentlich keine Fragen stellen und ihn im Getränkelager ein Lager für die Nacht herrichten lassen.

Für heute war Dirk seinen Verfolgern, von denen er nicht einmal wirklich wusste, was sie eigentlich von ihm wollten und warum sie ihn verfolgten, entkommen. In den nächsten Tagen, so nahm Dirk es sich vor, würde er seine Flucht fortsetzen, so lange, bis sie ihn erwischen würden, oder bis er den Spieß würde umdrehen können. Sein Kampfeinsatz bei Andreas machte ihn mutig. Er sollte in ein paar Tagen sowieso Udo treffen. Sie würden gemeinsam die Karte entschlüsseln, und dann würden die Kerle schon sehen.

Bei dem Gedanken, dass der Schlaganfall seines Onkels keine Krankheitsfolge war, sondern herbeigeführt worden war – so deuteten es ja die Kerle in seiner Wohnung an – wurde seine Wut nur größer. Familiensinn wurde in seiner Familie seit jeher groß geschrieben. Wenn Walter das nicht mehr regeln konnte, dann musste Dirk das eben tun. Nun dürstete es ihn nach Rache, auch wenn er sich nicht vorstellen konnte, mit wem er sich da anlegen würde. Aber das zählte in diesem Augenblick für ihn nicht. Schließlich hatten die angefangen.

Kapitel 19
21. April 1977 in Bürgel und.../DDR

Eine Stunde und fünfzehn Minuten vergingen, während Walter und Marcel wortlos nebeneinander hermarschierten. Schließlich erreichten sie die Spitze des alten Gleisberges. Der alte Gleisberg liegt knapp zehn Kilometer Luftlinie nordöstlich von Jena. Auf der Spitze des Berges existiert eine ur- und frühgeschichtliche Siedlungsanlage. Bei den archäologischen Ausgrabungsstätten befand sich auch ein Lager mit einer Reihe von Zelten. Marcel steuerte auf eines der großen Zelte in der Mitte des Lagers zu und Walter folgte ihm. Marcel wies auf eine Liege an der rechten Außenwand des Zeltes.

>>Dort kanze liegen.<<

Walter setzte sich auf seine ihm zugewiesene Liege und Marcel setzte sich im gegenüber auf eine ebensolche.

>>Erzähl ma<<, forderte Marcel ihn auf.

Walter, der sich schon längst dazu entschieden hatte, alles auf die Karte Marcel zu setzen, erzählte seine Geschichte – sprach über seine Beweggründe, in die DDR zu reisen, über seine Freundin Astrid, deren Tod und alles, was er danach erleben musste.

Marcel hörte Walter zu und unterbrach ihn nicht ein einziges Mal.

>>Allet klar, wir pennen jez noch en bisken un reden morgenfrüh weita<<.

Marcel stand auf, nickte Walter zu und ließ ihn allein mit sich und seinen Gedanken, die sich nun wieder abwechselnd um die ermordete Astrid und um seine daheimgebliebene Frau Jutta drehten. Ihn plagte das schlechte Gewissen den beiden Frauen gegenüber.

Walter verlebte mal wieder eine ziemlich unruhige Nacht – wen wundert's? Zelten gehörte sowieso nicht zu seinen bevorzugten Beschäftigungen und er war gespannt darauf, mehr von Marcel und seinem Hilfsangebot zu erfahren. Hoffnung keimte in ihm.

Um Punkt sieben Uhr stand Marcel wieder vor ihm. Er brachte eine blanke Thermoskanne mit Kaffee und zwei mit leckerer Mettwurst belegte Brötchen mit und Walter genoss den Duft des Kaffees und speiste fürstlich mit Heißhunger.

>>Ich bin von Detlefs Organisation G-Gruppe<<, startete Marcel das Gespräch.

Walter wusste natürlich nicht, dass Detlef als einer der führenden Fluchthelfer für Fluchtversuche aus der DDR galt, fragte aber vorsichtshalber auch nicht nach.

>>Wir helfen, wenn Leute rüber machen müssen. Über die Jahre hab ich en Auge dafür entwickelt, wenn einer rüber machen muss. Polizeifunk hab ich och abjehört und als ich dik sah, eins und eins zusammenjezählt.<<

Marcel kam doch eher aus Berlin, dachte Walter so für sich, fragte aber auch jetzt lieber nicht weiter nach. Marcel gab Walter ein DIN-A4-Blatt mit handgeschriebenen Notizen.

>>Les dat durch. Mittach wirße abjeholt.<<

Ohne ein weiteres Wort packte Marcel seine Thermoskanne und verschwand, bevor Walter irgendein „Danke" hätte sagen können. Walter guckte etwas verloren, konzentrierte sich dann aber auf das Blatt Papier, welches er in den Händen hielt.

„Gegen zwölf Uhr werden Sie von Frau Berg abgeholt. Frau Berg wird folgendes zu Ihnen sagen: Ich komme, um meine fünf Liter Milch abzuholen. Sie werden darauf antworten: Die Milch ist sauer, aber ich habe sieben Liter Saft. Frau Berg wird fragen: Welcher Saft, etwa Birnensaft? Sie werden antworten: Nein, es ist Pflaumensaft. Prägen Sie sich diesen Wortwechsel genau ein. Sollte zu Ihnen jemand mit einem anderen Wortlaut kommen, flüchten Sie. Wird Frau Berg auf jemanden treffen, der den Wortwechsel nicht führen kann, wird sie ebenfalls flüchten. Frau Berg ist unsere Läuferin. Sie wird Sie in die Nähe der Staatsgrenze bringen und Ihnen weitere Anweisungen geben."

Wow, das kam ihm ja hoch professionell vor. Walter lächelte und lernte seinen Text, auch wenn er das ziemlich belustigend fand. In der Tat erschien um kurz vor zwölf eine junge, dunkelhaarige Frau, etwa Mitte zwanzig, im Zeltlager. Sie selbst wirkte ebenso unauffällig wie ihre Kleidung und ihre gesamte sonstige Erscheinung. Sie hielt direkt auf Walter zu, der vor seinem Zelt stand.

>>Ich bin Frau Berg.<<

Dann sagte sie genau die Worte, die Walter auf seinem DIN-A4-Blatt gelesen hatte und Walter antwortete entsprechend. Ein Lächeln huschte über das Gesicht von Frau Berg und Walter fand, dass sie doch nicht so unscheinbar aussah, wie es zuerst den Anschein gemacht hatte.

Nachdem Frau Berg Walter das DIN-A4-Blatt abgenommen und verbrannt und Walter seinen Rucksack schulterte, machten sie sich auf den Weg.

Nach etwa einem Kilometer forderte Frau Berg Walter auf, ihr seine Makarow auszuhändigen. Walter folgte der Aufforderung, allerdings nicht wirklich gerne. An das trügerische Gefühl von Sicherheit, was sich einstellt, wenn man bewaffnet ist, konnte man sich schnell gewöhnen. Frau Berg verstaute die Makarow in einer verschließbaren Tüte und vergrub, ca. dreißig Zentimeter tief, die Makarow am Wegesrand, direkt neben einem markanten Stein. Für Walter sah es so aus, als ob es sich bei seiner Tüte nicht um den einzigen dort vergrabenen Beutel handelte.

Nach einem weiteren Kilometer erreichten Walter und Frau Berg den kleinen Siebzig-Seelen-Ort Taupadel. Der mit dichtem Wald umschlossene Weg lag nun hinter ihnen. Hier parkte Frau Bergs Trabant 601 Universal. Diesen steuerte sie rasch nach gut achtzehn Kilometern auf die Autobahn Gera – Eisenach. Eine Unterhaltung kam, trotz mehrmaliger Versuche von Walter, nicht zustande.

Nach geschätzten sechzig Kilometern, irgendwo bei Erfurt, steuerte Frau Berg einen Parkplatz an. Der Trabant hielt an und Frau Berg wies Walter an, auszusteigen. Es würde sich jemand kümmern, meinte sie.

Walter tat wie im geheißen und stand nun wie verloren auf dem Parkplatz herum. Sofort kamen ihm wieder die Gedanken um Astrid und seine aktuelle Situation in den Sinn und er wusste gar nicht mehr, wie er da hineingeraten war. Hatte er jetzt vielleicht auch noch den Fehler begangen, diesen Fluchthelfern zu trauen? Was sollte er tun, wenn sie ihn jetzt einfach hier stehen ließen oder verpfiffen hätten?

Nach zehn Minuten fuhr ein Fahrzeug, ein roter Wartburg 353, den Parkplatz an. Ein junger Mann, fünfunddreißig Jahre alt, braune Haare, braune Augen, stieg mit ausdruckslosem Gesicht aus dem Fahrzeug aus und steuerte auf Walter zu. Er sprach mit einer dunklen sonoren Stimme.

>>Ich komme, um meine fünf Liter Milch abzuholen.<<

>>Die Milch ist sauer, aber ich habe sieben Liter Saft<<, reagierte Walter sofort. Endlich, es ging weiter.

>>Welcher Saft, etwa Birnensaft?<<

>>Nein, es ist Pflaumensaft.<<, vollendete Walter das Spiel.

>>Mein Name ist Ralf Jung<<, sagte der junge Mann daraufhin freundlich, >>steigen Sie bitte ein<<.

Walter verstaute seinen Rucksack auf dem Rücksitz und nahm selber auf dem Beifahrersitz Platz. Auch der junge Mann zeigte sich wortkarg und sprach kaum ein Wort. Walter wusste zwar immer noch nicht genau, was auf ihn zukam, er fühlte sich nun aber etwas sicherer. Wenn die ihn hätten ausliefern oder gar beseitigen wollen, hätten die das ja wohl schon längst getan. Er beschloss, sich auch auf Ralf Jung zu verlassen.

Die Fahrt auf der holprigen, aus Betonplatten bestehenden Autobahn verlief ruhig. Man sah ein paar andere Wartburg, mal einen Trabant und hin und wieder einen W50. Nach vierzig Minuten Fahrt bog Ralf Jung von der Autobahn ab und steuerte auf Gotha und etwas später auf Waltershausen zu. Als Walter das registrierte, musste er trotz seiner misslichen Lage in sich hinein schmunzeln. Waltershausen – Gummikombinat in Waltershausen – hatte er nicht gegenüber Astrid immer behauptet, er würde hier arbeiten? Jetzt sah es so aus, als ob er diesen Ort, Waltershausen, zum ersten Mal zu Gesicht bekäme. Walter kannte allerdings auch die Landkarte recht gut und wusste, dass man sich der deutsch-deutschen Grenze immer mehr näherte.

An einer Bushaltestelle in unmittelbarer Nähe zur Brauerei Lang, hielt Ralf Jung an. Walter wollte etwas sagen, aber Ralf Jung signalisierte ihm, ruhig zu sein. Nach wenigen Minuten näherte sich von hinten ein gelber VW-Käfer 1303 Karmann Cabrio. Auf das Auto war Walter selber schon immer scharf gewesen. Der gelbe Käfer hielt direkt hinter ihnen an. Zu Walters Überraschung zierte das Fahrzeug ein bundesdeutsches Nummernschild – WAF, das stand doch für den Kreis Warendorf.

Ralf Jung wies Walter an, das Fahrzeug zu wechseln und Walter griff nach seinen Sachen und tat wie ihm geheißen. Jetzt würde sicherlich wieder das Aufsagen der Sprüche um Milch und Saft folgen.

Doch so kam es nicht. Im VW saß eine blonde Frau mittleren Alters, die, mit einer außerordentlich großen und spitzen Nase ausgestattet, nervös an selbiger herumspielte.

>>Nennen sie mich Melanie<<, sagte sie direkt, nachdem Walter eingestiegen war.

>>Wir fahren jetzt nach Friedrichroda. Dort stelle ich das Fahrzeug in eine Scheune und dann können sie gucken, ob sie im Auto oder daneben übernachten wollen. Morgen früh, um sechs Uhr dreißig starten wir dann zur Grenze. Verhalten sie sich unauffällig.<<

Mit den letzten Worten startete sie den Motor, wendete den Käfer und fuhr mit Walter an Bord davon.

Melanie wollte gelassen wirken, was ihr aber überhaupt nicht gelang. Immer wieder nestelte sie abwechselnd an ihrer Nase und an ihren Haaren herum, schaute dabei immer wieder nervös in den Spiegel, als wolle sie feststellen, ob sie entstellt oder noch normal aussähe. Walter fragte, wie sie denn über die Grenze kommen würden, und Melanie wies über ihre Schulter nach hinten.

>>In der Ablage<<, sagte sie nur.

Kapitel 20
12. Oktober 2008, in Mülheim an der Ruhr

So gegen vier Uhr, nach ausgesprochen schlechtem Schlaf, wurde Dirk zwischen Bierkästen auf der einen und Wasserkästen auf der anderen Seite wach. Sein Freund, der Getränkegroßhändler, der keine Fragen stellte und sich mit einer knappen Erklärung zufrieden gab, hatte den Versuch, Dirk dazu einzuladen, beim ihm daheim zu übernachten, schnell aufgegeben. Dirk lehnte das vehement ab. Der Freund half Dirk noch, am hinteren Ende des Getränkelagers eine Art Burg aus Getränkekästen zu bauen, damit er, sollte es doch Verfolger geben, nicht so ohne Weiteres gesehen und gefunden werden könnte.

Schnell fielen Dirk die Ereignisse des gestrigen Tages wieder ein. Zwar merkte er die in ihm aufkommende Unruhe und Wut, wollte sich aber zusammenreißen, um die Lage in Ruhe zu analysieren und um Pläne zu schmieden. Er dachte an seine Familie, an seinen Onkel und die anderen. Dabei merkte er schmerzlich, dass ihm jemand an seiner Seite fehlte. Ja, mit Karina und Anne konnte man sich treffen. Das fühlte sich nett an. Aber als Frau fürs Leben kamen beide nicht infrage. So eine Partnerin, die er um Rat fragen konnte und die ihm zur Seite stand, die fehlte ihm jetzt.

Die Gedanken darum verwarf er schnell wieder. Jetzt war nicht die rechte Zeit dazu. Er musste etwas tun, musste selber aktiv werden. Auch wenn er sich bisher nur einen Tag auf der Flucht befand, konnte er ja nicht ewig weglaufen. Andererseits wusste er ja gar nicht wirklich, was hier gerade gespielt wurde. Dirk entschied sich deshalb, erst einmal Urlaub zu nehmen und seine Geburtstagsfeier musste ebenfalls abgesagt werden. Er würde auf „nicht so gesund" machen. Seine Auftragslage ließ das durchaus zu, und wenn er nicht zu ernsthaft „auf krank" machen würde, würde auch niemand von seiner Familie nach ihm sehen wollen. Das ließ sich per Smartphone regeln. Serena und Mattes würden nichts sagen. Das hatten sie so vereinbart. Dann müsste erst Udo Stein geholfen werden und die Bedeutung der Karte musste ergründet werden. Wenn das hinter ihm lag, so stellte sich Dirk vor, würde er seinen Verfolgern entgegentreten – wie auch immer das dann aussehen würde.

Heute Nachmittag würde an der Hafenstraße Rot-Weiss Essen gegen die lieben Preußen aus Münster spielen. Unter den Zuschauern bei früheren Spielen waren Dirk zwei Mitglieder der berüchtigten Rockerbande Amotinados aufgefallen, da diese auch zu den Fußballspielen ihre Kutten nicht ablegten und sich damit eindeutig kennzeichneten. Das gehörte zwar nicht in Dirks Welt und er fühlte gehörigen Respekt davor, die beiden Kanten anzusprechen, aber wen sonst sollte er fragen, wenn es um Waffen ging. Unbewaffnet wollte Dirk seinen Feldzug erst gar nicht starten. Die Amotinados waren eine von zwei oder drei berüchtigten Rockergruppen, die ihre Geschäfte überwiegend im Drogen- und Rotlichtmilieu tätigten, straff organisiert auftraten und dazu nicht als allzu kommunikativ galten. Alternativ hätte sich Dirk Pfeil und Bogen oder eine Zwille basteln, oder sich mit Knüppel und Messer bewaffnen können. Innerhalb von nur einem Tag sorgten seine Verfolger und die Karte seines Onkels dafür, dass Dirks Leben ordentlich durcheinandergeschüttelt wurde. Da bräuchte es, so meinte Dirk, schon eine richtige Waffe.

Dirk kontrollierte als nächstes seine Habseligkeiten. Im Portemonnaie entdeckte er neben seiner Dauerkarte für Rot-Weiss Essen, seiner Krankenkassenkarte und einigen anderen Karten für den Golfplatz und andere Vergnügen, mehrere Kredit- und EC-Karten sowie zweihundertsiebenundachtzig Euro und dreiundvierzig Cent. Dann fand er da noch einen Zahnstocher aus Kunststoff, den er immer mit sich trug und ein kleines Taschenmesser. Hinzu kam das Bordwerkzeug seines Motorrades und eine kleine Flasche Motoröl, die er immer unter dem Sitz der Maschine mit sich führte. Geld stellte somit erst einmal kein Problem dar. Für den Kauf einer Waffe würde er aber noch etwas mehr davon benötigen. Ob er mit den anderen Dingen etwas anfangen konnte, würde sich zeigen.

Als die Turmuhr der nahen Kirche sechs Uhr schlug, machte sich Dirk auf den Weg. Er wollte bereits weg sein, wenn der Geschäftsbetrieb im Lager beginnen würde. Dirk zog sich seine Schutzkleidung fürs Motorrad an, zog den Helm über, bestieg seine Yamaha, die vor der Tür parkte und fuhr Richtung Aktienstraße davon.

Beim nächsten Bäcker besorgte Dirk sich ein Frühstück. Einen guten Pott Kaffee gab es auch. Geschichten mit Agenten, die von der Polizei nichts zu befürchten hatten, kannte Dirk nur aus dem Fernsehen oder aus dem Kino, so überlegte Dirk, während er den heißen Kaffee trank. Die Helden im Fernsehen wussten auch immer, wie man dagegen ankämpfen musste. Dirk dagegen hatte keine Ahnung, verspürte aber, abgesehen von ein wenig Angst, eine gewisse Aufregung und sogar eine gewisse Abenteuerlust.

Dirks nächstes Ziel sollte ein Geldautomat in Duisburg sein. Möglicherweise könnten seine Verfolger ja feststellen, ob und wo er seine Karten einsetzte. Mit dem in Richtung Westen liegenden Duisburg wollte er sie gegebenenfalls ablenken. Dirk zog eintausendsechshundert Euro von seinem Konto und verstaute diese an verschiedenen Stellen in seiner Motorradjacke.

Nach kurzem Ausritt – in Uhlenhorst auf die A3 und am Kreuz Kaiserberg auf die A40 Richtung Essen – erreichte Dirk wieder die Aktienstraße. Er bog links ab und da war es nicht mehr allzu weit zum Stadion in Essen. Mittlerweile zeigte die Uhr seines Motorrades elf Uhr dreißig an. Um vierzehn Uhr würde das Spiel beginnen.

Dirk parkte seine Maschine an der legendären Hafenstraße 97 A, gegenüber dem alten Georg-Melches-Stadion an einem Zaun, an dem später mehrere Motorräder, Motorroller und Fahrräder von Stadionbesuchern einen Platz finden würden. Neben dem noch nicht geöffneten Kassenhäuschen ganz links, dort wo es die Eintrittskarten für die Haupttribüne gab, lehnte ein Mann mittleren Alters mit athletischer Figur an der Wand. Vielleicht war das gar nicht ungewöhnlich in diesen Stunden. Ungewöhnlich für den Besuch eines Fußballstadions sah aber sicherlich die Kleidung des Mannes aus. Er trug einen dunklen Anzug, ein weißes Hemd und eine gelbe, sehr auffällige Krawatte. Anzüge trug für gewöhnlich niemand der Besucher, die ins Stadion gingen. Ein Offizieller des Vereins Rot-Weiss Essen war das auch nicht. Die kannte Dirk alle.

>>Ist das nicht die gleiche Krawatte, die die beiden Kerle im Ford Mondeo trugen?<<, fragte sich Dirk laut.

Dirk drehte sich vorsichtshalber weg, so dass der Anzugträger ihn nur von hinten sehen konnte. Er zog seinen Helm aus und seine Fan-Mütze, eine Schirmmütze mit entsprechendem Aufdruck, an. Diese Mütze befand sich immer in den Koffern seines Motorrades. Jetzt zog er sie sich tief ins Gesicht. Dem Mann im dunklen Anzug fiel er nicht weiter auf. Der guckte abwechselnd nach links und rechts die Straße entlang, aber nicht zu Dirk herüber.

Weiter rechts, an der Stelle, an der es zur Nordtribüne um die Ecke geht, stand noch jemand. Nicht so gut zu erkennen für Dirk, aber die gelbe Krawatte konnte er nicht übersehen. Das war doch kein Zufall. Dirk sah nur zwei Möglichkeiten. Wegfahren oder abwarten, bis es voller werden würde und dann sein Glück versuchen, von den Herren unbemerkt ins Stadion zu gelangen. Ob die Beiden hier auf ihn warteten, stand ja gar nicht fest und das Spiel als solches versprach auch Einiges. Woher hätten denn seine Verfolger wissen sollen, dass er hier hin wollte. Bestimmt verfügten die doch auch nicht über so viele Leute, dass die alle, auch die entferntesten Möglichkeiten für ein Auftauchen Dirks, hätten abdecken können. Oder etwa doch? Dirk entschied sich, einfach am Motorrad, allerdings vorsichtshalber abfahrbereit, stehen zu bleiben.

In der nächsten Stunde geschah nichts. Die gelbe Krawatte links blieb ebenso stehen und guckte in die Gegend wie die gelbe Krawatte rechts. Dirk gehörte für die Beiden schon zum normalen Straßenbild. Ab dreizehn Uhr wurde es dann voller. Immer mehr Zuschauer strebten dem Stadion entgegen. Am Ende sollten es mehr als zehntausend sein.

Dirk überlegte, wie er an den Aufpassern mit gelber Krawatte, falls die auf ihn warteten, unbemerkt vorbeikommen könnte. Als er eine Horde singender und grölender Jungs, etwa dreißig, von Kopf bis Fuß rot-weiß gekleidet, langsam die Hafenstraße aus Richtung S-Bahnhof herunterkommen sah, kam ihm die zündende Idee. Seit je her waren die Fans von Rot-Weiss Essen nicht gut zu sprechen auf die Fans eines Clubs der Nachbarstadt Gelsenkirchen. Dirk wollte sich das jetzt zu Nutzen machen und überquerte langsam die Straße. Er brauchte genau den richtigen Augenblick.

Die dreißig Fans befanden sich gerade in Höhe der gelben Krawatte links, da ging Dirk die letzten Meter auf die Krawatte zu und baute sich direkt vor dem Träger auf. Er erhob seine Stimme, so laut es eben ging.

>>Was? Schalke hat schon immer Georg Melches ins Knie gefickt und Helmut Rahn war ein Arsch?<<

Georg Melches war einer der Vereinsgründer von Rot-Weiss Essen und der Namensgeber des Stadions. Er galt als die Kultfigur für die Fans und war somit ein Heiligtum. Helmut Rahn, der Held von Bern, zählte zu den bekanntesten und beliebtesten Spielern in der Geschichte von Rot-Weiss Essen. Eine solche Ansprache würden sich die harten Fans nicht gefallen lassen. Schon stand der erste neben Dirk, der selber mit dem Finger auf die gelbe Krawatte zeigt. Die wiederum schaute auf der einen Seite völlig verständnislos aus der Wäsche, auf der anderen Seite schien sie, die Krawatte, gerade Dirk zu erkennen. Schon flog der erste Becher Bier auf den dunklen Anzug der gelben

Krawatte und die erste Faust traf seine Nase. Ein weiterer Angreifer sprang ihn an, nahm ihn in den Schwitzkasten und zerrte ihn zu Boden. Noch ein oder zwei Tritte gegen den auf dem Boden liegenden und die Meute der Angreifer verschwand in der Menge der Umstehenden. Dirk nutzte die Verwirrung, um mit seiner Dauerkarte schnell ins Stadion zu gelangen.

Im Stadion konnte ihm erst einmal nicht viel passieren. Im Block A der Haupttribüne besaß er schon seit Jahren, unmittelbar neben der Pressetribüne, seinen festen Platz, den er dann auch erst einmal einnahm. Die Amotinados kamen nicht immer zu den Spielen.

Hoffentlich kommen sie heute, dachte Dirk.

In der Halbzeit würde er sie ansprechen wollen.

Um dreizehn Uhr fünfzig, zehn Minuten vor Spielbeginn, sah Dirk seine heißerwarteten Amotinados kommen. Die beiden Kanten gingen zu ihren Plätze in Block D.

Um vierzehn Uhr begann das Spiel. Um vierzehn Uhr einundzwanzig stand es, in der Höhe unerwartet, drei zu null für Rot-Weiss Essen. Die Stimmung im Stadion war gut und die singenden Fans auf der Osttribüne stimmten froh ihr Lied „Am Tag als FC Schalke starb..." an. Vielleicht hatte Dirk mit seiner Aktion vorhin dazu beigetragen, dass zu einem so frühen Zeitpunkt im Spiel, gerade wenn es gegen einen anderen Gegner ging, dieses Lied gesungen wurde. Nach zwei Minuten Nachspielzeit pfiff der Schiedsrichter um vierzehn Uhr siebenundvierzig zum Pausentee.

Aus Block D sah Dirk schon die beiden Amotinados kommen, die den Bierstand unterhalb von Block

A ansteuern wollten. Dirk begab sich ebenfalls auf den Weg dorthin.

Nun können zwei Personen keinen Kreis bilden und Dirk konnte es so leicht schaffen, sich einfach neben die beiden Amotinados zu stellen, die ihr Bier tranken und nun überrascht auf den neben ihnen auftauchenden Dirk guckten. Keine zehn Meter von der kleinen Gruppe entfernt stehend, erkannte Dirk den Krawattenträger. Vom Gelb der Krawatte war nicht viel übrig geblieben. Rot und Blau hießen nun die vorherrschenden Farben in seinem Gesicht. Als dieser erkannte, dass Dirk sich den Amotinados zuwandte, drehte er sich um und verschwand in der Menge.

>>Vermutlich glaubt er, die lasse ich jetzt auf ihn los<<, schmunzelte Dirk in sich hinein.

Die Amotinados guckten immer noch etwas verdattert und Dirk beugte sich flüsternd in deren Richtung.

>>Ich brauche ne Knarre.<<

>>Hau ab, wir gucken Fußball<<, sagte der erste Amotinado und wendete sich ab. Im Weggehen sagte der Zweite etwas zu Dirk.

>>Siebzehn Uhr an unserem Vereinsheim. Anklopfen und nach Gustav fragen.<<

Dann drehte auch er sich weg und ging seinem Kollegen hinterher. Wie einfach das gewesen war. Dirk jubilierte innerlich.

Na ja, dachte er, geht doch.

Ins Vereinsheim der Amotinados? Das konnte ja spannend werden. Dirk wusste, wo sich das Vereinsheim befand. Rein wollte er da eigentlich nicht, aber nun blieb ihm nichts anderes übrig. Dirk nahm zufrieden wieder seinen Platz zur zweiten Halbzeit ein.

Das Spiel endete pünktlich um fünfzehn Uhr fünfundvierzig mit einem deutlichen Sieg der Heimmannschaft.

Dirk stieß auf keine Probleme. Er erreichte sein Motorrad und schlängelte die Maschine durch die sich immer noch freuende Menge in Richtung Vogelheimer Straße. Seine Verfolger – er war sich sicher, dass die gelben Krawatten seine Verfolger waren – wussten zwar anhand seiner Kleidung, die ihnen aufgefallen sein musste, dass er mit einem Motorrad fuhr. Trotzdem verfolgte ihn nun niemand.

Bereits um sechzehn Uhr vierzig traf Dirk in der Nähe des Amotinado-Vereinsheims ein und hielt sich rund einhundert Meter entfernt, quer gegenüber, in einem Hauseingang auf. Gerade kamen die beiden Amotinados aus dem Stadion. Dieser Gustav, falls er überhaupt selber so hieß, schaute sich zu allen Seiten um und dann verschwanden beide Rocker im Vereinsheim.

Gerade als Dirk sich auf den Weg zum Eingang der Amotinado-Hochburg machen wollte, kam eine weiße Stretch-Limousine langsam die Straße herunter gefahren. Dirk wusste aus dem Fernsehen, dass die Bosse der Rocker gerne mit solchen Limousinen fuhren, wenn sie ihre dunklen Geschäfte zu erledigen suchten oder sich mit anderen Bossen aus anderen Städten trafen. Die übergroße Limousine hielt, wie es nicht anders zu erwarten war, unmittelbar vor dem Vereinsheim. Eine der Autotüren auf der rechten Seite schwang auf und ein großer, mit Muskeln bepackter, glatzköpfiger Rocker sprang aus dem Wagen, dann folgte ein kleinerer, dickerer Rocker, der die Kutte sicherlich nicht mehr vor dem Bauch schließen konnte und schließlich, Dirk traute seinen Augen kaum, kamen zwei Herren in dunklen Anzügen und gelben Krawatten zum Vorschein. Dann verspürte die gelbe Krawatte im Stadion gar keine Angst, als sie Dirk zusammen mit den Rockern gesehen hatte. Nein, sie zog sich zurück, weil sie wusste, dass Dirk nun an der Angel hing. Zufall oder nicht, das passt überhaupt nicht zusammen.

Mist, dachte Dirk, irgendwie läuft alles schief.

Dirk zog es vor, Reißaus zu nehmen. Zurück an seinem Motorrad, nahm Dirk voller Frust den direkten Weg zur nächsten Autobahn. Er wollte erst einmal raus, einfach nur weg gen Osten – nach Thüringen musste er ja sowieso, um dort seinen Freund Udo zu treffen.

Kapitel 21
22. April 1977 an der Zonen-
grenze/DDR

Walter hatte im Auto übernachtet und spürte jetzt schmerzhaft seine steifen Gelenke. In einer halben Stunde geht's los, dachte er.

Walter schaute sich schon mal die Ablage des Autos an, entwickelte aber keine Vorstellung davon, wie er da hineinkommen, und wie er da auch nur halbwegs Platz finden sollte.

Pünktlich um sechs Uhr dreißig betrat Melanie die Scheune durch das große Eingangstor. Es war ein sonniger, geradezu warmer Tag und Melanie trug ein mit roten Rosen bedrucktes, eng anliegendes Sommerkleid mit einem Ausschnitt, der nichts zeigte, aber alles, wovon Männer träumen, erahnen ließ. Ihre Haare hatte sie sich kess zu einer Hochfrisur gesteckt. Lippen und Augen waren vielleicht einen Hauch zu grell geschminkt. Sie lächelte Walter mit leuchtenden Augen an und fasste an ihre zu groß geratene Nase.

>>Alles nur Tarnung.<<

Dann machte sie sich direkt an dem VW zu schaffen. Melanie löste von innen zwei kaum zu sehende Schrauben, links und rechts an der Ablage. Dann griff sie, ebenfalls links und rechts, zwischen Sitzbank und Rückenlehne hindurch und löste dort jeweils eine Klemme. Anschließend konnte sie die komplette Ablage nach oben herausziehen. Unter dieser Ablage tat sich ein Hohlraum auf, der mit grobem, grünen Filz ausgeschlagen war. Der Hohlraum maß nicht mehr als einen Meter und fünfzig Zentimeter in der Länge, was fast der Breite des Fahrzeuges entsprach, Die Höhe betrug schätzungsweise fünfzig Zentimeter, die Breite ebenfalls.

Melanie zeigte auf den Hohlraum und wies Walter an, dort hineinzusteigen. Währenddessen Walter versuchte, sich in diesen Hohlraum zu zwängen, holte Melanie aus einer Ecke der Scheune eine zweite Ablage. Diese Ablage maß gegenüber der eben ausgebauten Ablage gute zwanzig Zentimeter weniger. Nach zwei oder drei Versuchen schaffte es Walter endlich.

Melanie sah, auf der Rückbank des Käfers kniend, zu ihm herab.

>>Wir haben etwa vierzig Kilometer vor der Brust. Dafür brauche ich vierzig Minuten. Dann sind wir an der Grenze. Du bleibst mucksmäuschenstill bis ich dich da raus hole, klar?<<

Ohne Walters Antwort abzuwarten, sprach sie weiter.

>>Du liegst direkt am Motor, das wird ganz schön heiß. Nach unten hast du drei kleine Luftlöcher, das muss reichen.<<

Auf Walters >>wird schon gut gehen<< senkte Melanie die neue Ablage in die richtige Position im Wagen und verschraubte diese wieder. Die beiden Klemmen, die Melanie bei der Herausnahme der alten Ablage zwischen Sitz und Rückbank gelöst hatte, blieben diesmal ungenutzt – dafür war die neue Ablage zu klein.

Als nächstes brachte Melanie drei schwere Koffer zur Rückbank des VWs. In einem steckten schwere Schuhe, aus einem weiteren lugten allerlei Kosmetikartikel hervor, einen anderen füllte derbe Winterkleidung aus. Die Koffer platzierte Melanie auf der Rückbank. Sie wollte damit ein wenig Gewicht simulieren für den Fall, dass die Grenzer das Auto auf die Waage schicken würden. Das taten sie manchmal, wenn es ihnen verdächtig erschien. Eine Tasche mit Wäsche vervollständigte das Gepäck-Ensemble. In die Ablage selbst legte Melanie schwere Bergsteigerschuhe, einen kleinen Rucksack, ein kräftiges Seil, ein paar Steigeisen und einen Eispickel. Oben auf platzierte sie einen Bergsteigerhelm.

Melanie verfügte über einen westdeutschen Pass und zählte durchaus in der deutschen Bergsteigerszene zu den bekannteren Gesichtern. Ihre Geschichte für den Grenzübertritt: Sie hatte zusammen mit ihren ostdeutschen Kolleginnen und Kollegen ein Training im Elbsandsteingebirge in der Nähe von Dresden hinter sich. Als Nachweis dafür konnte sie sogar eine Einladung des Deutschen Verbandes für Wandern, Bergsteigen und Orientierungslauf der DDR vorlegen. Jetzt wollte sie, nach einem kurzen Abstecher in der Heimat, in die Alpen.

Ohne solche Einladungen war es für eine Westdeutsche nicht so ohne weiteres möglich, die DDR zu bereisen. Wurden solche Einladungen aber ausgesprochen, was meist auf Initiative einzelner Personen geschah, dann waren Ein- und Ausreise, sofern man Transitstrecken bis zum jeweiligen Zielort nicht verlies, ab und an möglich. Die Fluchthilfeorganisation um Detlef machte sich das zunutze.

Schon nach fünfunddreißig Minuten erreichte Melanie mit ihrem VW den Grenzübergang Wartha / Herleshausen. Dieser Grenzübergang lag direkt neben den Eisenbahnlinien, bestand aus mehreren kleinen Häusern und dem entsprechenden Zaun- und Schrankenmaterial, wie es an der deutsch-deutschen Grenze zu dieser Zeit üblicherweise verbaut wurde.

Vor Melanie befanden sich drei Fahrzeuge - ein PKW, ebenfalls aus Westdeutschland, und zwei LKW. Alle vier fuhren mit langsamer Geschwindigkeit auf den Kontrollpunkt zu. Der Kontrollpunkt bestand aus einem kleinen Wärterhäuschen links, einer Schranke und einem Wachturm auf der rechten Seite. Der aufmerksam dreinschauende Wachmann auf dem betonierten Wachturm, bewaffnet mit einer Maschinenpistole KM 72, war deutlich zu erkennen. Im Wärterhäuschen, auch das konnte Melanie von ihrer Position bereits sehen, saßen zwei uniformierte Grenzer. Ein weiterer bewaffneter Grenzer stand an der Schranke, und noch ein weiterer Beamter kontrollierte direkt davor die Papiere des westdeutschen PKW. Dabei handelte es sich um einen grauen Ford Consul mit vier Insassen. Unterhalb des Wachturmes stand ein GAZ 69 ohne Fahrer. Die beiden LKW vor Melanie wurden nach rechts herausgewinkt. Nun stand sie mit ihrem Wagen direkt hinter dem Ford. Der Grenzbeamte sah sich intensiv die vier Ausweise der Insassen des Fords an und schaute dabei immer wieder in den Wagen und in die Gesichter der dort sitzenden Personen. Dann gab er die Pässe an einen der beiden Kollegen im Wärterhäuschen weiter, der seinerseits die Pässe kontrollierte. Der erste Grenzbeamte ging jetzt, mit einem Spiegel an einer langen Stange ausgerüstet, um den Ford herum. Damit wollte er unter den Wagen schauen. Nachdem das wohl zu seiner Zufriedenheit erledigt war, stellte er sich wieder in seine alte Position. Nach unendlich langen Minuten gab der Grenzbeamte im Wärterhäuschen die Ausweise wieder heraus. Sie wurden an den Fahrer des Fords ausgehändigt, die Schranke öffnete sich und der Weg für den Ford Consul war frei.

Nun wurde Melanie von dem Grenzbeamten nach vorne gewinkt. Walter indessen merkte anhand des „Stop and Go" des VW, dass wohl die Grenze erreicht sein musste. Und nicht nur dies brachte ihn gewaltig zum Schwitzen. Die Nähe zum brüllend heißen Motor des Wagens tat ihr Übriges. Feuchtigkeit und Nässe, ausgelöst von seinem starken Schwitzen, umgab ihn und Walter fürchtete, dass er damit durch die Luftlöcher eine Spur hinterlassen könnte.

>>Den Ausweis<<, hörte Walter den Grenzbeamten zu Melanie sagen.

>>Hier bitteschön<<, flötete sie zurück.

Wie bereits bei den vorausgefahrenen Fahrzeugen geschehen, schaute der Grenzbeamte wieder lange auf den Pass und wieder reichte er ihn dann an seinen Kollegen weiter. Wieder griff er nach der Stange mit dem Spiegel. Genau in der Sekunde, als der Beamte die Stange ergriff, sah Melanie eher durch Zufall oder weil sie irgendwie gelassen wirken wollte, zu den nach rechts beorderten LKW hinüber. Zwischen den beiden LKW hindurch konnte sie eine Gruppe von schwer bewaffneten Grenzern, darunter mindestens einen Offizier, erkennen. Und bei dieser Gruppe stand jemand, den sie sofort erkannte und der sie tief bis in Mark erschreckte.

Kapitel 22
12. Oktober 2008, abends im Sauerland

Wie er auf der Autobahn A40 und dann auf der Bundesstraße B1 das Ruhrgebiet durchquert hatte, daran konnte sich Dirk später nicht mehr wirklich erinnern. Zu eindringlich beschäftigten ihn seine Gedanken, die sich um die Ereignisse der letzten Stunden rankten. Auch das Schicksal seines Onkel Walters kam ihm dabei immer wieder in den Sinn. Klar, da gab es natürlich den Zusammenhang zwischen ihm und der Karte sowie die Aussagen der Kerle über seinen Schlaganfall. Mehr wusste Dirk darüber nicht und fragen konnte er Onkel Walter ja keinesfalls.

Als Dirk an den Vorwegweisern Richtung Arnsberg und Meschede vorbei kam, wurde ihm bewusst, dass er eigentlich nicht weiter auf der Autobahn fahren wollte und dass es bereits anfing, dunkel zu werden. Die Zeit drängte ihn, einen Platz für die Nacht zu finden. In Warstein kannte er ein ruhiges und nettes Hotel, den „Birkenhof". Bereits nach früheren Motorradtouren gab man ihm hier ein Zimmer. Dort könnte er in einer halben Stunde sein.

Um Punkt zwanzig Uhr erreichte Dirk den „Birkenhof". Scheinbar fand in dem zum Hotel gehörenden Restaurant eine heiße Party statt. Die laute Musik vernahm er schon, bevor er das Motorrad stoppen und den Helm absetzen konnte. Das Haus verfügte über einige Parkplätze für die Gäste. Diese steuerte Dirk nun an. Zu seiner Überraschung logierten hier im Oktober auch noch andere Motorradfahrer. Sieben Maschinen parkten bereits auf dem Parkplatz. Anhand der Nummernschilder der Maschinen konnte Dirk unschwer ablesen, dass diese allesamt aus dem Raum Gummersbach stammten.

Dirk packte seinen Motorradkoffer mit den wenigen Habseligkeiten – morgen würde er mal frische Wäsche, Socken, eine Hose und T-Shirts einkaufen müssen – und ging zur Rezeption.

Zum Glück bekam er noch ein freies Zimmer. Dirk nahm den Schlüssel für das Zimmer Nummer sieben in Empfang. Er erreichte seine Bleibe für die Nacht und stellte seinen Koffer und seinen Helm ab. Dann zog er zuallererst die schwere Motorradkleidung aus. Als nächstes nahm Dirk erst einmal eine heiße Dusche. Nachdem er erfrischt aus dem Badezimmer kam und sich auf sein Bett legen wollte, fiel ihm wieder die Musik auf, die aus dem Inneren des Hauses in sein Zimmer drang. „Johnny B" von den „Hooters" wurde gerade gespielt und Dirk begann leise mitzusingen. Gleichzeitig zur Musik meldete sich auch sein knurrender Magen, der damit zum einen die Musik störte und zum anderen einen gehöriger Hunger signalisierte. Dem musste nachgegeben werden.

Dirk musste wieder in die Motorradhose steigen und sich die schweren Stiefeln anziehen, etwas anderes besaß er nicht. Damit ging er herunter ins Restaurant. Gleich an das Restaurant schloss sich ein Gesellschaftsraum an, den man für Familienfeiern anmieten konnte. In dem Raum tanzten, sangen und feierten dreißig, vielleicht fünfunddreißig junge Leute. Von dort kam die Musik, die das ganze Hotel erfüllte. Gerade wurde „Worth of Mouth" von „Mike and the Mecanics" gegeben.

Dirk setzte sich in eine Ecke des Restaurants, bestellt das ihm wohl bekannte und so leckere Rahmschnitzel – ein besseres hatte er nur in Südtirol einmal gegessen - und ein großes Warsteiner Pils. Zwar dachte Dirk, während er mit Genuss aß, immer wieder über den vergangenen Tag nach und ärgerte sich dabei über sein fruchtloses Zusammentreffen mit den Amotinados, wurde aber auch immer wieder von der lauten und tollen Musik abgelenkt.

Die Tür zum Gesellschaftraum stand weit auf und vorne rechts, direkt neben der dort befindlichen Holztheke, tanzte eine Gruppe von fünf Frauen, etwa Ende Zwanzig bis Mitte Dreißig. Immer wieder blieb Dirks Blick an einer der Frauen hängen – lange hellblonde Haare, soweit man es erkennen konnte wasserblaue Augen, ca. einhundertfünfundsiebzig Zentimeter groß, Konfektionsgröße nicht größer als Sechsunddreißig, slawisch wirkende hoch liegende Wangenknochen und mit einem kleinen Grübchen am Kinn. Dass diese Beschreibung haargenau auch auf Walters Astrid gepasst hätte, wusste Dirk natürlich nicht. Er verfügte offensichtlich über den gleichen Geschmack bei Frauen wie sein Onkel.

Die feiernde Gruppe mochte die Musik von den „Hooters" wohl ausgesprochen gern. Schon wieder kam mit „500 Miles" einer der großen Songs der Gruppe, den Dirk mitsingen konnte. Ohne dass es ihm bewusst wurde, tat er das auch, während immer wieder sein Blick zu der jungen, blonden Frau wanderte und dort eine Weile verweilte.

Die junge Frau bemerkte mittlerweile, dass sie hin und wieder angestarrt wurde und schaute ungeniert zurück. Ihre Blicke verrieten zumindest keine Abneigung gegenüber Dirk. Als Dirks Kopf zum aktuellen Lied hin und her wippte, griff die junge Frau, die eine hellrote Sommerbluse, eine knallenge Bluejeans und dazu schwarze Pumps mit geschätzten neun Zentimetern Absatz trug, ihr Bierglas von der Theke und kam langsam mit wiegenden Schritten auf Dirk zu.

Der bemerkte das natürlich sofort, wurde etwas unsicher und lächelte leicht.

Dieser Gang, diese Figur, sieht die klasse aus, dachte Dirk und bemerkte jetzt die gewisse, in ihm aufsteigende Nervosität, die ihn in solchen Situationen gerne überfiel.

>>Ich bin Anja" sagte die Frau und in Dirks Kopf läuteten alle Glocken Roms – was für eine Stimme.

>>Ich äh, mein Name, ich bin Dirk<<, stammelte Dirk aufgeregt, vergaß aber nicht, ein >>nimm doch Platz<<, hinterherzuschieben.

Dabei wies Dirk auf einen Stuhl an seinem Tisch ihm gegenüber. Anja ignorierte die Zuweisung und setzte sich direkt neben ihn und strahlte ihn mit wundervollen, weißen Zahnreihen an. Dirk glaubte nicht an Liebe auf den ersten Blick, aber das hier kam der Sache doch ziemlich nahe. Diese Frau verwirrte ihn zutiefst und er vergaß alles andere um ihn herum – seine Sorgen, die Musik...

>>Was feiert ihr denn da?<<, fragt Dirk, um ein Gespräch irgendwie in Gang zu bringen.

Dabei griff er verlegen zu seinem Bier, fühlte sich sein Hals doch vollkommen ausgetrocknet an. Die Nähe dieser Frau setzte ihm so sehr zu. Seine Umgebung erstrahlte und alles roch plötzlich so gut.

>>Einer unserer Truppe hat geheiratet<<, kam die Antwort.

>>Eure Truppe?<<

>>Ja, wir fahren alle Motorrad und Hochzeit und Saisonabschlussfahrt passten wunderbar zusammen<<

Anja machte eine kurze Pause und wagte einen tiefen Blick in die Augen von Dirk, der dabei glaubte, schmelzen zu müssen.

>>Wir waren schon oft hier.<<

>>Ich bin auch mit dem Motorrad hier<<, meinte Dirk etwas hölzern.

Er hätte Anja gerne seine ganze Misere erzählt, aber das wäre kein guter Start gewesen und außerdem kannte er sie gerade mal zehn Minuten. Da wollte er sie nicht mit fremden Problemen wieder verjagen.

>>Oh, was fährst du denn?<<, fragte Anja ihn, währenddessen im Hintergrund gerade „Brothers in Arms" von den „Dire Straits" gespielt wurde.

>>Ne Yamaha FJR 1300<<, sagte Dirk und versank dabei vollends in Anjas blauen Augen.

Nach einer weiteren halben Stunde lockeren Smalltalks, gerade spielte man das Lied „The first cut ist the deepest" von „Rod Steward", ergriff Anja die Initiative.

>>Wollen wir tanzen?<<

>>Ich kann doch nicht...<<

>>Doch, doch<<, unterbracht Anja Dirk sofort, griff nach seinem Arm und zerrte ihn in Richtung Tanzfläche.

Wie sanft sich ihre Hände anfühlen, dachte Dirk. Er war verloren.

Wie süß der ist, dachte Anja und fühlte sich beschwingt und verliebt.

Irgendwann, so gegen drei Uhr früh, wurde Dirk abrupt aus seiner Welt gerissen, die seit Stunden nur Anja, Anja, Anja hieß. Irgendeine raue Stimme rief „Feierabend", und die Musik verstummte. Dirk sah Anja in die Augen; sah dieses unglaubliche Strahlen und wollte den Abend nicht so einfach enden lassen.

Zwar mussten andere Dinge erledigt werden, aber diese Frau wollte er unbedingt wiedersehen.

>>Wann fahrt ihr nach Hause?<<

>>Wir bleiben noch den morgigen Montag zum Ausruhen und fahren dann Dienstag früh heim.<<

Beide, Anja und Dirk, tranken ihren letzten Schluck aus ihren Gläsern und versuchten damit, die gemeinsame Zeit in die Länge zu ziehen. Anja verabschiedete sich von einigen noch im Raum befindlichen Bekannten und beide machten sich gemeinsam auf den Weg zu den Zimmern. Unsicherheit und Nervosität lag wie eine schwere Dunstglocke über der Großstadt über der Szene.

Anja bewohnte Zimmer zwei, Dirk die Nummer sieben. Vor ihrer Zimmertür blieben sie stehen.

>>Schlaf gut.<<

Anja schaute ihn an und ihre Augen sagte, nein schrien >>komme mit rein,<< Dirk aber sah, dass Anja überlegte, was sie sagen sollte und legte sanft seinen Zeigefinger auf ihre Lippen. Klar, später würde er sich, falls er sie nie wiedersehen würde, dafür verfluchen, diese Gelegenheit nicht wahrgenommen zu haben. Würde er sie aber wiedersehen und würde vielleicht so etwas wie eine Beziehung daraus...

Quatsch, dachte Dirk, du hast gerade andere Sorgen.

Trotzdem beließ er es dabei und spürte diesen Hauch von einem Kuss, dem Anja seinem Finger mitgab, bevor sie sich umdrehte, einen letzten Gruß hauchte und in ihrem Zimmer verschwand.

Dirk konnte lange Zeit nicht einschlafen. Verfolgt, sozusagen heimatlos, mit einem Sack voller ernster Probleme. Und auf der anderen Seite dieser Abend mit Anja - was für eine Frau. Er war nach einem Abend bereits bis über beide Ohren verliebt. Unruhig fiel er gegen vier Uhr dreißig in einen schwachen Schlaf.

Auch Anja lag lange wach und hing ihren Gedanken nach. Sie arbeitete seit Jahren in einem eher langweiligen Job in der Verwaltung der Hochschule Gummersbach. Dabei handelte es sich um ihre erste Arbeitsstelle. Ihr kam es so vor, als ob sie den lieben langen Tag damit verbrachte, Akten von links nach rechts zu schieben und später wieder zurückzulegen. Jeden Tag derselbe Trott. Gerade so, wie der Tagesablauf eines Eichhörnchens. Nüsse suchen, Nüsse sammeln, Nüsse vergraben und später nicht mehr wissen, wo.

Ebenso langweilig wie ihren Beruf empfand sie ihr Privatleben. Mehrere Beziehungen lagen bereits in ihren jungen Jahren hinter ihr. Allesamt endeten diese über kurz oder lang im Chaos. Nach anfänglicher Euphorie endeten alle Beziehungen in einer Sackkasse. Man saß jeden Abend gemeinsam vor dem Fernseher und hatte sich bald nichts mehr zu sagen.

Anja lernte ihren letzten Freund, der als Leiter eines Nachrichtenmagazin in Frankfurt am Main arbeitete, in einem Restaurant in Wuppertal kennen. Hals über Kopf verliebten sie sich ineinander. Kurze Zeit später folgte Anja ihrem Schwarm nach Frankfurt und zog bei ihm ein. Ihn liebte sie sehr und mit ihm stellte sie sich eine gemeinsame Zukunft vor. Nach kurzer Zeit der Zweisamkeit begann Anjas Freund, sie mit einer Fernsehmoderatorin zu betrügen. Als Anja dahinterkam, verließ sie die gemeinsame Wohnung sofort und ohne etwas mitzunehmen. Die Trennung endete in einem kleinen Rosenkrieg. Oft fragte sich Anja danach, ob sie nicht die Schuld daran trug, dass die

Beziehung nicht gerettet werden konnte. Vielleicht hätte sie mehr auf ihren Partner aufpassen sollen, vielleicht mehr um ihn und mit ihm kämpfen sollen.

Wieso kam ihr das gerade jetzt in den Sinn? Anja kannte Dirk gerade mal ein paar Stunden und schon spielte sie wieder mit den Gedanken an Liebe und Beziehung. Sie ärgerte sich selbst darüber, nahm sich aber fest vor, diesmal genauer hinzugucken und nicht dieselben Fehler zu machen wie bei ihrer letzten großen Liebe.

Anja wuchs als eines von fünf Kindern in einem armen Elternhaus auf. Ihr Vater arbeitete als Hilfskraft im Lager eines Wuppertaler Chemieunternehmens. Anjas Mutter half in der Gastronomie ihrer Großeltern aus, einem Tanzlokal in Remscheid. Beide, Vater sowie Mutter, wuchsen ihrerseits in einem erzkonservativen Umfeld auf. Disziplin, so hieß das Hauptwort ihrer Erziehung. Sich der Größe nach aufstellen, bei den Mahlzeiten nicht unterhalten, während des Essens nichts trinken waren nur die einfachsten Regeln des Hauses. Zuwiderhandlung wurde mit Gewalt bestraft.

Anja, geboren als jüngstes Kind der Familie, verließ sobald es ging das Elternhaus, ebenso wie alle ihre Geschwister. Als sie sechzehn Jahre alt war, lernte sie in einem Buchladen einen gut zehn Jahre älteren Bankangestellten kennen. Es dauerte nur wenige Wochen, bis sie bei ihm einzog. Nur wenige Wochen später zog sie bereits wieder aus und bei einer größeren Schwester ein. Eine gute Freundin behauptete einmal, dass Anja seit damals auf der Flucht wäre.

Kapitel 23
22. April 1977, gegen Mittag an der Grenze/DDR

Hastig gestikulierend stand Frau Berg dort bei den Grenzern.

Die einzelnen Beteiligten einer Gruppe von Fluchthelfern für eine einzelne Aktion, kannten für gewöhnlich immer nur den Ansprechpartner vor ihnen und nach ihnen. So konnten sie später, sollte mal etwas schief gehen, nicht die ganze Kette verraten.

Also wusste Melanie nicht, dass Frau Berg auch bei der Aktion um Walter beteiligt war. Melanie kannte aber Frau Berg aus einer der früheren Aktionen. Auch war ihr bekannt, dass Frau Berg als Bürgerin der DDR für den grenznahen Bereich sicher keine Papiere besaß. Deswegen hätte Frau Berg nie so direkt bis zur Grenze vordringen können. Unter normalen Gesichtspunkten hatte sie hier nichts zu suchen. Wenn sie unbehelligt mit Grenzbeamten unmittelbar an den Grenzanlagen diskutieren konnte – und fast sah es so aus, als ob sie denen sogar Anweisungen geben würde – dann roch hier etwas verdammt faul.

>>Die darf mich nicht sehen, sonst ist alles verloren.<<

Im selben Augenblick hörte sie den Grenzer an ihrer Autoscheibe.

>>Stimmt was nicht, Fräulein?<<

>>Doch, doch, mir geht's gut.<<

Das Misstrauen des Grenzers war aber geweckt.

>>Machen sie doch mal den Kofferraum auf.<<

Melanie pustete unbemerkt durch. Der Kofferraum befand sich beim VW Käfer nicht hinten, sondern vorne.

Bis auf wenige Zentimeter stand Melanie, als sie ausstieg und den Kofferraum öffnete, genau so, dass Frau Berg sie nun nicht direkt sehen konnte. Der Grenzbeamte wühlte durch die Taschen, die er im Kofferraum fand. Das war ungefährlich. Melanie aber dachte unentwegt an Frau Berg. Jede Sekunde konnte sie entdeckt werden. Das würde jahrelang Zuchthaus in Bautzen oder sonst irgendwo bedeuten. Irgendwann einmal würde man dann vielleicht, wenn man ausgesprochen viel Glück hätte, mit Unterstützung der westdeutschen Behörden ausgetauscht.

Melanie wurde übel.

>>Wie sind meine Chancen?<<

Wenn sie jetzt mit dem Wagen durch die Absperrung brechen würde, müsste sie noch locker zwei Kilometer schaffen, bis sie westdeutsches Gebiet erreichen würde, sausten ihr Fluchtgedanken durch den Kopf. An den Häusern vorbei, dann eine Links-, eine Rechts- und wieder eine Linkskurve.

>>Das ist nicht zu schaffen<<, sagte eine Stimme in ihr.

>>Zuchthaus in der DDR ist dann doch noch immer besser, als auf der Flucht erschossen zu werden<<, antwortete eine andere Stimme.

Nicht ohne einen ausgiebigen Blick in Melanies Dekolleté zu werfen, ließ der Grenzer genau jetzt die Motorhaube mit einem lauten Knall herabsausen. Das hörte im Umkreis jeder. Dann griff er zum Wärterhäuschen und gab Melanie ihren Pass zurück.

>>Gute Fahrt, junge Frau und passen se auf sich auf.<<

Melanie reagierte sofort, nahm den Pass, sprang in den VW, startete den Motor und fuhr sofort an, als die Schranke sich hob.

In dem Moment hörte sie lautes Rufen, das von den Lastwagen herüber drang.

>>Halt, sofort anhalten<< klang es von dort.

Die Gruppe Grenzsoldaten, die bisher dort mit Frau Berg gestanden hatte, lief auf den VW zu und zogen dabei ihre Gewehre von den Schultern. Der Offizier zückte seine Pistole und Frau Berg gestikulierte aufgeregt und fordernd.

Melanie trat aufs Gas. Mit einem Sprung setzte sich der VW in Bewegung. Gleichzeitig senkte sich die Schranke wieder. Aber es war zu spät, um Melanie aufzuhalten. Mit einem donnernden Geräusch knallte die herabsausende Schranke auf das Heck des Käfers. Walter, der zwar nichts von Frau Bergs Anwesenheit ahnte, aber sonst alles mitbekam, fuhr dabei heftig zusammen. Völlig ausgelaugt durch die Wärme, überkam ihn das Gefühl, vor Angst alle Körperöffnungen öffnen zu wollen. Er beherrschte sich aber und lauschte.

>>Würden die schießen?<<

Als sich der VW genau neben dem rechten kleinen Häuschen mit dem roten Dach befand, fiel der erste Schuss. Der rechte Außenspiegel zerbarst in tausend Teile. Melanie durchfuhr Todesangst, aber jetzt gab es kein Zurück mehr. Walter, der den Schuss hörte, den Einschlag aber nicht sah, bekam es ebenfalls mehr und mehr mit Angst und Panik zu tun. Er selbst aber konnte jetzt gar keine Entscheidungen mehr fällen. Er musste abwarten und ihm war schmerzlich bewusst, er lag hinten und von hinten kamen die Schüsse.

Der VW Käfer sauste nicht wie eine Rakete, aber Melanie versuchte alles aus ihm herauszuholen. Schon fast hatte sie die erste Kurve geschafft, da sah sie im Rückspiegel neben dem GAZ 69, der die Verfolgung aufnahm, auch zwei mit jeweils zwei Mann besetzte Eisenschweine. Der GAZ konnte auch nicht schneller als der Käfer, die beiden Motorräder MZ-ES 250/1 aber sehr wohl. Sie würden Melanie locker bis zum endgültigen Grenzübertritt eingeholt haben.

Links vor Melanie, am Zaun, brachten sich zwei Grenzsoldaten mit ihren Maschinenpistolen in Stellung.

Trotz allem, es gab kein Zurück mehr. Die Maschinenpistolen ratterten, der Straßenbelag vor Melanies Auto spritzte auf. Mehrere Kugeln trafen die Vorderhaube des Fahrzeugs, richteten aber keinen größeren Schaden an, da sich dort nur der Kofferraum befand. Die Eisenschweine kamen näher. Der jeweilige Beifahrer versuchte ebenfalls, mit dem Gewehr auf den VW zu zielen.

Jetzt ging alles in Sekundenschnelle. Eine Kugel, von wo auch immer sie abgefeuert worden war, durchschlug die Windschutzscheibe. Eine zweite Kugel traf Melanies linken Arm. Große Schmerzen spürte sie nicht – zu viel Adrenalin wütete in ihrem Körper. Wie das warme Blut ihren linken Arm hinab lief, merkte sie aber sehr wohl. Zum selben Zeitpunkt hatte einer der Beifahrer eines Eisenschweins mit seiner Schießerei Glück gehabt und den VW zwischen Heckscheibe und Motorhaube getroffen. Dort änderte die Kugel ihre Richtung leicht und fuhr Walter in den rechten Oberschenkel. Walter spürte den Schmerz. Seine Bewegungsfreiheit war aber so sehr eingeschränkt, dass ihm nichts anderes übrig blieb, als die

Zähne zusammenzubeißen. Noch nicht einmal eine Hand zur Linderung der Schmerzen konnte er auf die Wunde legen. Der Geruch von verschmortem Gummi legte sich auf seine Atmung.

Melanie raste da schon auf die nächste Kurve zu. Die Schüsse der Grenzer am Zaun links neben ihr trafen zwar das Auto, verfehlten aber ihre Wirkung. Weder Melanie noch Walter oder irgendein Fahrzeugteil, dessen Beschädigung die Weiterfahrt verhindert hätte, wurden getroffen. Die Eisenschweine blieben allerdings dran und dahinter war auch das GAZ noch nicht abgehängt.

Noch eine Kurve, dachte Melanie hoffnungsvoll.

Genau aber in dieser Kurve beschäftigten sich gerade zwei weitere Grenzsoldaten damit, ein Nagelband über die Straße zu ziehen. Ihre Vorgesetzten hatten sie nur für diese Aufgabe hier platziert. Voller Panik raste Melanie, sofern man mit einem VW Käfer rasen kann, auf die beiden zu, die ihre Arbeit noch nicht ganz fertigstellen konnten. Links wäre vielleicht noch genügend Platz gewesen, vielleicht aber auch nicht. Melanie entschloss sich im Bruchteil einer Sekunde, nicht auf die noch offene Lücke, sondern direkt auf die beiden sich bückenden Grenzer zuzuhalten. Hier ging es nicht mehr um Gelingen und Nichtgelingen, hier ging es um Leben und Tod.

Melanies Wagen blieb bei den beiden Grenzern natürlich nicht unbemerkt. Beide richteten sich gleichzeitig auf und versuchten, nach ihren Waffen zu greifen. Melanie, die sich mit dem Käfer nur noch wenige Meter vor dem Nagelband befand, sah das Weiße, aber auch die Angst in den Augen der beiden. Aber zum Herumreißen des Steuers blieb keine Zeit mehr. Der VW erfasste die beiden Grenzsoldaten. Wie von einem riesigen Fuß getroffen, wurden sie beide weggekickt und landeten, der eine sofort tot, der andere schwer verletzt, auf der Wiese direkt neben der Straße. Der VW, der durch den Aufschlag ins Schlingern geraten war, überfuhr dann noch das hier ja bereits ausgelegte Nagelband und geriet nun völlig aus der Bahn, als Melanie das Steuer nach links herumriss. Das Auto legte sich auf die Seite, erwischte im Rutschen einen Befestigungsstein am rechten Straßenrand und überschlug sich. Mit einem kreischenden Geräusch, welches entsteht, wenn Blech über Asphalt schrammt, kam das Auto zum Stehen.

Die beiden Eisenschweine machten allerdings auch ihre Rechnung ohne ihre Nagelband auslegenden Kollegen. Die erste MZ rast ebenfalls über die Nägel und fast wie von einer Mauer aufgehalten, verlor sie explosionsartig an Geschwindigkeit. Das führte dazu, dass sich Fahrer und Beifahrer nicht mehr auf dem Motorrad halten konnten und kopfüber gute 40 Meter durch die Luft segelten, bevor sie hart auf der Straße aufschlugen. Der Fahrer der MZ hatte dabei mehr Pech als sein Kollege. Er kam mit dem rechten Fuß zuerst auf und zerriss sich dabei sämtliche Bänder im Fuß und ebenso im Knie. Sein Beifahrer schlug mit der Seite auf, was zu einer schmerzhaften Hüftprellung führte. Da er gleichzeitig mit dem Kopf aufschlug, seinen Armeehelm aber beim ungewollten Verlassen des Motorrades schon verloren hatte, fiel er in tiefe Bewusstlosigkeit.

Der Fahrer des zweiten Eisenschweins erkannte die Situation und setzte zu einer Vollbremsung an. Der Beifahrer allerdings machte das nun notwendige Mitgehen mit der Maschine nicht mit, beugte sich in Angst zur Seite und leicht nach hinten und sorgte damit dafür, dass die Vollbremsung misslang. Das Motorrad, das sich noch in Schräglage in der Kurve befand, richtete sich schlagartig auf und wuchtete seine Besatzung per Highsider aus den Sitzen. Der Beifahrer landete zwanzig Meter weiter neben der Strecke in einer Stacheldrahtrolle und verfing sich in ihr so, dass er ohne fremde Hilfe nicht mehr aufstehen konnte. Der Fahrer, der noch versuchte, sich am Lenker des Motorrades zu halten, geriet nun unter das sich überschlagende Motorrad, wurde von dem schweren Tank direkt im Gesicht getroffen und erlag der Verletzung sofort. Von hinten raste nun das GAZ 69 herbei, hatte aber noch einige Meter Abstand.

Melanie erlitt neben der Schussverletzung etliche Prellungen und trug Schnittwunden durch die zerberstenden Scheiben davon. Sie blutete entsprechend, fand aber die Kraft, die Tür des auf dem Dach liegenden VWs zu öffnen und sich aus ihrer misslichen Lage zu befreien. Nach hinten schauend, konnte sie das GAZ erkennen, in die andere Richtung schauend, sah sie am Straßenrand ein übergroßes Wappen der Deutschen Demokratischen Republik, welches Besucher begrüßen sollte, und weiter hinten bundesdeutsche Grenzbeamte, die auf das Spektakel aufmerksam geworden waren.

Melanie rannte los. Von rechts kommend, sah sie eine Gruppe von drei Grenzsoldaten, die am letzten Zaun entlang liefen und die versuchten, ihr den Weg abzuschneiden. Jetzt erst nahm sie dieses immer wieder aufheulende Gejaule der Sirenen wahr. Es kam ihr wie im Film vor und sie spielte die Hauptdarstellerin. Fünfhundert Meter mochten es noch gewesen sein, dann vierhundert und dann dreihundert. Die westdeutschen Grenzbeamten fuchtelten aufgeregt mit den

Armen, feuerten sie regelrecht an. Eingreifen konnten sie nicht. Melanie rannte. Vielleicht noch zweihundert Meter. Einer der Soldaten der von rechts kommenden Gruppe nahm sein Gewehr in beide Hände und legte an. Ein Schuss und wenige Bruchteile von Sekunden später traf Melanie die Kugel in ihre rechte Schulter. Sie wurde von dem Aufschlag der Kugel herumgerissen und fiel der Länge nach hin. Eine getroffene rechte Schulter und ein getroffener linker Arm sorgten dafür, dass sie ihren Sturz nicht mit den Händen abfangen konnte, und Melanie fiel voll aufs Gesicht. Das Knacken der brechenden Nase vernahm sie sehr wohl, richtete sich aber trotzdem wieder auf und versuchte weiter zu rennen. Der Schütze der Kugel in Melanies Schulter lud sein Gewehr durch und legte erneut an.

Das GAZ 69 erreichte mittlerweile das Nagelband und hielt an. Ihm entstiegen drei Grenzsoldaten, die nun ebenfalls versuchten, auf Melanie zu zielen. Für Melanie geriet es jetzt zum Vorteil, dass es für Grenzer der DDR auf gar keinen Fall die Erlaubnis gab, in Richtung Westdeutschland zu schießen. So fanden diese drei Soldaten keine Möglichkeit, ihre Abzüge zu betätigen.

Eine kleine Bodenwelle, und Melanie stürzte erneut. Nie würde sie erfahren, dass ihr genau dies das Leben rettete. Der Schütze auf der rechten Seite, der erneut geschossen hatte, verfehlte deshalb Melanies Kopf um wenige Millimeter. Den Luftzug der Kugel, den sie eigentlich hätte spüren können, bemerkte sie nicht. Wieder rappelte sich Melanie auf. Noch einhundert Meter. Und jetzt geschah etwas, das eigentlich nie hätte passieren dürfen und das in keinem Pressemedium in Ost oder in West je veröffentlicht werden würde. Einer der westdeutschen Grenzbeamten schmiss seine Pistole von sich, schwang sich über die Schranke, an der er stand und lief, sich bereits auf dem Gebiet der DDR befindend, auf Melanie zu. Der Schütze, der bereits zweimal auf Melanie geschossen hatte, wurde nun davon abgelenkt und legte auf den bundesdeutschen Beamten an. In der Sekunde legt ihm einer seiner Kollegen eine Hand auf die Schulter und riss ihn herum. Der sich lösende dritte Schuss ging in den Boden vor den beiden Soldaten. Die wenigen Sekunden, die das kostete, reichten Melanie und ihrem Retter. Dieser kam mittlerweile bei ihr an, stütze sie und Arm in Arm erreichten sie den rettenden Schlagbaum. Melanie trug schwere Verletzungen davon, aber sie lebte.

Walter konnte die Einzelheiten der Flucht nicht mitbekommen. Schüsse hörte er und dass das Auto fuhr, merkte er auch. Sein Oberschenkel schmerzte höllisch.

Als das Auto sich auf die Seite und dann auf das Dach legte, hörte Walter, wie die Halterungen der Ablage, unter der er lag, allesamt abgerissen wurden. Während sich alle noch einsatzfähigen Soldaten auf Melanies Flucht konzentrierten, konnte er die Ablage aus der Position treten und sich von allen unbemerkt aus dem VW ziehen. Den einen Meter bis in den linken Straßengraben, der ihm weiteren Sichtschutz bot, schaffte er mit einem kurzen, wenn auch für seinen Oberschenkel schmerzhaften Sprung. Auch für Walter gab es jetzt nur noch eine Richtung. Sich hier wieder unbemerkt abzusetzen und eine Flucht irgendwo anders erneut zu versuchen, schien völlig unmöglich. Hier würde er nicht wegkommen – schon gar nicht mit seiner Schusswunde. Dass auch Frau Berg solche

Ideen verhindert hätte, wusste Walter zu dem Zeitpunkt noch nicht.

Ein Stück weit konnte er im Straßengraben kriechend zurücklegen. Melanies Auftritt dauerte höchstens zehn Minuten. In diesen zehn Minuten legte Walter, seinen Oberschenkel so weit es ging entlastend, gute zweihundert Meter zurück. Und bis dahin blieb er unentdeckt. Nur der im Stacheldraht festhängende Soldat, der mit dem Eisenschwein gekommen war, sah Walter und Walter sah ihn. Walter konnte sich, trotz der Lage, in der er sich gerade befand, nicht zurücknehmen und machte in Richtung des wutverzerrten Gesichts des Soldaten eindeutige Handbewegungen.

Mittlerweile erreichte das GAZ die Unfallstelle. Aber auch diese Soldaten achteten nicht auf Walter, sahen keine Blutspur, die vom VW in den Straßengraben führte und sahen auch nicht den Hohlraum, in dem Walter sich verbarg.

Walter musste durchschnauben, brauchte eine Pause. Er zog sich an den Rand des Grabens und schaute zurück. Noch ein Fahrzeug erreichte in diesem Augenblick die Unfallstelle. Und dem entstieg eine Frau, die er vor nicht zu langer Zeit, wenn auch nur kurz, kennengelernt hatte – Frau Berg.

>>Was machte die denn hier?<<

Gab es da einen Zusammenhang zu ihm oder nur zu den Fluchthelfern? Darauf fand Walter keine Antwort und er würde, im Gegensatz zu Dirk, darauf nie eine Antwort bekommen.

Zweihundert Meter bis zur Grenze. Im Graben konnte Walter diese Entfernung nicht zurücklegen. Nur wenige Meter vor ihm tat sich einer von zwei für ihn unüberwindbaren Zäunen auf. Überklettern mit seiner Verletzung? Die Möglichkeit bestand für ihn nicht. Dann würden sie ihn ja auch genauso gut sehen, als wenn er gleich auf der Straße ginge. Selbstschussanlagen verhinderten jede weitere diesbezügliche Überlegung. So lange in Deckung wie möglich, sprang Walter auf und humpelte, arg behindert durch seine Schusswunde, auf die Grenze zu. Melanie und ihr Retter schafften es soeben in diesem Augenblick. Von Frau Berg kam ein spitzer Schrei. Deutlich vernahmen die Grenzer ihren Befehl, auf Walter zu schießen, egal was dahinter wäre. Auch der Schütze auf der rechten Seite, der Melanie in die Schulter getroffen hatte, sah eine weitere Chance zum Heldentum, schüttelte die Hand seines Kollegen ab und legte auf Walter an.

Er galt als ein durchaus guter Schütze, aber auch die treffen nicht immer. Der Schuss ging vorbei, prallte aber genau am letzten Zaun ab, den Walter gerade erreichte und streifte als Abpraller Walters linke Gesäßbacke. Tatsächlich schossen nun auch die Grenzer von hinten, auf Frau Bergs Befehl, in Walters Richtung. Eine der Kugeln traf Walter in die rechte Flanke und brachte ihn endgültig zu Fall.

Exakt in dieser Sekunde löste sich ein amerikanischer Militärjeep von der bundesdeutschen Grenzstation. Schüsse auf die deutsch-deutsche Grenze – wenn das geschah, dann musste der Verfolgte für die Behörden der DDR über einen gewissen Wert verfügen. Die Schüsse bedeuteten obendrein eine gehörige Grenzverletzung. Dann konnte man das ebenso tun und sich die verfolge Person mal näher ansehen. In wenigen Sekunden erreichte der Jeep Walter, kam mit quietschenden Reifen zum stehen und vollbrachte dabei schon eine halbe Drehung. Zwei baumlange amerikanische Soldaten sprangen aus dem Jeep, griffen Walter und zerrten ihn in das Fahrzeug. Genauso schnell, wie der Jeep bei Walter eintraf, erreichte er auch wieder bundesdeutschen Boden.

Frau Berg stampfte wild mit dem Fuß auf, drehte sich um und stieg in das Auto ein, dem sie vorhin entstiegen war.

Ab heute würden die ostdeutschen Behörden die Grenze an dieser Stelle für zehn Tage geschlossen halten. So lange würde die Untersuchung benötigen und das Räumen der Unfallstelle brauchen.

Kapitel 24
13. Oktober 2008, Warstein

Dirks erster Gedanke „was für ein Luxus, am Montag ausschlafen" wurde schon bald durch die Erinnerungen an den Abend mit Anja und dann schon an Herren mit gelben Krawatten abgelöst. Ein Blick auf die Uhr verriet ihm, dass es schon elf Uhr geworden war. Dirk wusch sich und zog sich schnell an – vielleicht gab es ja noch ein spätes Frühstück.

Als Dirk den Frühstücksraum betrat, ging für ihn die Sonne sofort ein zweites Mal an diesem Morgen auf. In einer der hinteren Ecken saß Anja mit den Freundinnen aus der gestrigen, vor der Theke stehenden Gruppe zusammen. Sie bemerkte ihn sofort und es erschien Dirk so, als ob sie schon auf ihn gewartet hätte. Sein Herz schlug höher und sein Blutdruck erreichte ungeahnte Höhen. Und das verwirrte ihn, denn eigentlich befand er sich nicht in der Situation, sich durch eine Frau seiner Sinne berauben zu lassen – aber dieses Lächeln...

Anja winkte ihn direkt herbei. Dirk wurde den anderen Mädels vorgestellt und diese der Reihe nach ihm. Eine von ihnen flötete sofort mit honigsüßer Stimme.

>>Setzt dich doch!<<

Zum Glück gab es tatsächlich noch eine Art Frühstück und einen wirklich guten, die Geister weckenden, Kaffee. Nach und nach verließen die Freundinnen den Tisch – manche mit einem Zwinkern in Anjas und Dirks Richtung, um sich im Ort umzusehen, schwimmen zu gehen oder sonst was zu tun. Nur Anja blieb zurück.

Sie trug wieder die enge Jeans, jetzt aber kombiniert mit einem dunkelgrünen T-Shirt. Aus den Pumps waren Turnschuhe geworden. Eine Weile lang sahen sie sich immer wieder etwas zu lange in die Augen.

>>Ich habe nur diese Motorradklamotten dabei. Möchte mir im Ort das ein oder andere kaufen. Hast du Lust, mitzukommen?<<

>>Klar<<, sagte Anja, >>warum hast du denn nichts eingepackt?<<

>>Das ist eine lange Geschichte, erzähl ich dir mal<< antwortete Dirk und wich ihrem fragenden Blick aus.

Dirk und Anja machten sich zu Fuß auf den Weg ins Zentrum von Warstein. Währenddessen sie den einen Kilometer langen Weg zurücklegten, plauderten sie über dies und das. Dirk versuchte dabei alles zu vermeiden, was mit seiner aktuellen Lage zu tun haben könnte und Anja vermied es, danach zu fragen. Ein paar Mal berührten sich, während sie nebeneinander hergingen, ihre Finger. Als das wieder geschah und sie das Ziel ihres Weges, einen Jeansladen und Herrenausstatter, schon vor sich sahen, griff Dirk zu und nahm Anjas Hand in die seine. Anja stoppte ihren Gang. Beide, Dirk sowie Anja, drehten sich dem anderen zu. Dabei schauten sie sich zum wiederholten Male an diesem Tag tief in die Augen. Und jetzt brach auch der letzte Bann. Ihre Köpfe beugen sich leicht nach vorne. Zunächst berührten sich ihre Lippen nur ganz sachte, um sich wenige Augenblicke später erst ganz fest, dann geöffnet zu begegnen. Erst nach einer Weile lösten sie sich von einander.

Anja grinste breit, nahm Dirks Hand und drehte sich Richtung Jeansladen.

>>Komm, einkaufen.<<

Auch Dirk lächelte und ließ sich widerstandslos zum besagten Geschäft zerren.

Eine blaue Jeans, die Dirk sofort anbehielt, eine braune Cordhose, ein paar schwarze Turnschuhe, die Dirk auch sofort anzog, und ein paar dunkelbraune Stiefeletten waren schnell ausgesucht, anprobiert und gekauft. Beide, das galt für Anja und für Dirk gleichermaßen, konnten sich während der Anprobe nicht immer zurückhalten und küssten sich leidenschaftlich.

Dirk bezahlte gedankenverloren mit seiner EC-Karte, als eine SMS seiner Mutter auf seinem Smartphone einging.

>>Geht es dir wieder besser<<, fragte seine Mutter besorgt, die annehmen musste, dass es ihm nicht ganz so gut ginge und er krank wäre.

>>Es geht so<<, sendete er zurück und wandte sich zu Anja.

>>Kaffee?<<

>>Gerne<<, sagte diese und steuerte bereits aus dem Geschäft hinaus dem gegenüberliegenden Café entgegen.

Beide nutzen die Zeit bei einer Tasse Kaffee, dem anderen von ihrem Leben zu erzählen - von wo sie kamen, was sie gemacht hatten, was sie tun wollten und überhaupt und Mama Mia. Die Welt um sie herum geriet in Vergessenheit. Dirk dachte zwischenzeitlich schon gar nicht mehr an Udo Stein, der vielleicht gerade jetzt in Thüringen in Gefahr hätte sein können. Das spielt in diesem kleinen Café momentan keine Rolle mehr – nur Anja zählte.

Anja hörte gut zu, wenn Dirk etwas erzählte. So sehr sie sich auch bemühte, nach dem Haken an der Sache oder nach dem Fehler im Kleingedruckten zu suchen, sie fand nichts. Dirk wirkte zuvorkommend, nett, offensichtlich bodenständig sowie offen und ehrlich. Er teilte die Liebe zum Motorradfahren mit ihr und küssen konnte er auch. Suchte sie nicht genau einen solchen Mann? Oder stellte er vielleicht genau den Typ dar, auf den sie immer hereinfiel?

Schon eine Stunde lang saßen Dirk und Anja nun hier im Café. Die Zeit verging wie im Fluge und ausgesprochen harmonisch.

Das änderte sich schlagartig, als zwei Fahrzeuge mit quietschenden Reifen vor dem Café zu stehen kamen.

>>Was soll das denn?<<, hörte Dirk eine Stimme von draußen.

Plötzlich wurde ihm klar, dass die beiden Fahrzeuge seinetwegen dort hielten. Er hatte unlängst mit einer EC-Karte gezahlt und eine SMS gesendet. Die hatten ihn geortet.

>>Mein Gott, bin ich blöd.<<

Dirk sprang auf und sah zu Anja hinab.

>>Ich melde mich bei dir. Ganz sicher, versprochen. Ich muss hier weg.<<

Dabei wandte er sich den Toiletten des Cafés zu. Vorhin hatte er dort einen Weg auf den Garagenhof des Gebäudes gesehen, dies aber nicht weiter beachtet. An der Tür drehte er sich noch einmal zu Anja um.

>>Irgendwie ist es doof, das am ersten Tag zu sagen, aber ich glaube, ich liebe dich<<, schrie er fast, drehte sich um und verschwand.

>>Was ist... ich dich auch...<<, von Anja hörte er schon nicht mehr.

Anja wusste nicht, wie ihr geschah. Dirk trat ihr gegenüber ja als ein netter Kerl auf, ihre Gefühle fuhren mit ihr Achterbahn und sie war drauf und dran, sich total in ihn zu verlieben, aber die Show hier, was sollte das denn?

In der Sekunde flog die Tür des Cafés auf und vier Männer, alle größer als normal und alle in dunkle Anzüge gekleidet, stürmten in das Café.

Wie im Film, dachte Anja leicht verärgert noch, als sich der erste der vier Männer vor ihrem Tisch aufbaute.

>>Haben Sie einen Typen, Ende dreißig, einsachtzig groß, blond und in Motorradkleidung hier gesehen?<<

Anja überlegte völlig erschreckt, welche Antwort sie geben sollte, da sah sie durch das Fenster zur Straße, dass aus dem Laden gegenüber vier Männer herauskamen, die genauso aussahen wie die hier vor ihr stehenden.

>>Nein<<, stammelte Anja, da kam ihr der Besitzer des Cafés zu Hilfe.

>>Was soll das denn hier? Vorhin war so einer hier. Ist aber schon mindestens eine Stunde weg.<<

Die Männer, die eben noch hineingestürmt waren, stürmten nun wieder hinaus, ohne Anja eines weiteren Blickes zu würdigen. Der Letzte von ihnen verlor dabei seine Pistole, eine SIG Sauer P6, aus der Jacke.

>>Sorry<<, meinte er nur lapidar, nahm die Pistole auf und verließ das Café.

Anja bekam hektische, rote Flecken im Gesicht, traute sich nicht, sich zu bewegen und blickte starr auf die Tür des Cafés.

Kapitel 25
28. April 1977, Klinikum Bad Hersfeld / und die Tage danach

Walter konnte sich nicht daran erinnern, wie er hier hingekommen war. Ihn überfiel das Gefühl, sehr lange geschlafen zu haben. Er schlug die Augen auf und sah sich in dem engen, weiß gestrichenen Zimmer, in dem er sich nun wiederfand, neugierig um. Es roch nach Krankenhaus. Mühsam versuchte er sich zu erinnern. Was war passiert? Was hatte ihn hierher gebracht? Einen klaren Gedanken fasste sein Bewusstsein aber nicht.

Das Zimmer sah aus, wie die kalten Zimmer in einem normalen Krankenhaus irgendwo in irgendeiner Stadt für gewöhnlich aussahen. Rechts neben seinem Krankenbett stand ein weiteres Bett, in dem jemand, mit dem Rücken zu ihm gewandt, lag.

>>Hallo<<, hauchte Walter dem Rücken entgegen.

Der andere schlief oder befand sich gar nicht bei Bewusstsein.

Während er nach einer Klingel oder etwas Ähnlichem Ausschau hielt, stellte er fest, dass er selbst an einigen Geräten hing, die unangenehme Geräusche von sich gaben und dessen Bildschirme für ihn unverständliche Kurven und nicht zu interpretierende Zahlenwerte zeigten.

Es roch nach Desinfektionsmitteln. Im Rücken seiner linken Hand steckte eine Flügelkanüle. Ein mit ihr verbundener Schlauch führte wiederum zu einem Tropf, der hoch über seinem Kopf an einem Ständer hing. Einer seiner Oberschenkel fühlte sich vollkommen taub an, seine rechte Flanke schmerzte höllisch und sein Po, zumindest die eine Seite, brannte wie Feuer.

>>Was war bloß passiert?<<

Die Tür zu Walters Krankenzimmer flog auf. Mitten in seine Erinnerungslücken platzten zwei Herren, ein jüngerer mit seltsam hellen Haaren, ein älterer mit tiefschwarzen Haaren, offensichtlich Ärzte, was er an deren Kleidung und mitgeführten Gerätschaften erkannte.

>>Hast du das Ding?<<, sagte der Jüngere.

>>Ja, die volle Dröhnung – Triptane, Serotonin und eine gehörige Portion Amphetamin und noch eine Prise Kokain<<, meinte der Ältere und setzte die Spritze an die Flügelkanüle.

Der Schmerz, den er bis gerade eben noch verspürte, verflog augenblicklich. Heiß durchfuhr es seine Adern. Er zuckte heftig mit seinem rechten Arm und seinem rechten Bein. Dann wurde es ganz langsam, aber sicher, dunkel in ihm.

Ein letzter klarer, eigentlich unbedeutender Gedanke durchzuckte sein Hirn.

>>Die Karte! Hoffentlich wird sie irgendjemand einmal finden.<<

Die beiden als Ärzte getarnten Männer verließen umgehend den Raum, ohne sich um Walters Utensilien zu kümmern, um nur dreißig Sekunden später von anderen Ärzten und Schwestern abgelöst zu werden, die durch die alarmierenden Geräte, an denen er hing, herbeigerufen waren.

Alle diejenigen, die etwas über die Karte hätten berichten können, lebten entweder nicht mehr oder waren so zugerichtet, dass sie nie mehr etwas über die Karte würden sagen können. Astrids Tod wurde von den Behörden in der DDR vertuscht. Bei Walter, der ja jetzt in Westdeutschland in einem Krankenhaus lag, gestaltete sich das schwieriger. Die ihm verpasste Dröhnung würde ihn jedoch für alle Zeiten ruhigstellen und es würde wie eine normale Krankheit aussehen. Kann halt passieren, wenn man Schussverletzungen und einen Schock davonträgt. Die Sache war somit erledigt.

Der Arzt mit dem grauen Vollbart wandte sich seinen drei Kollegen zu.

>>Sieht aus wie ein reversibles zerebrales Vasokonstriktionssyndrom. Kennen wir bei ihm denn irgendwelche Risikofaktoren wie Migräne? Weiß jemand, ob er Antidepressiva oder Drogen genommen hat?<<

Die Ausführungen und Fragen des Chefarztes wurden jäh unterbrochen vom nächsten, schrillen Krankenalarm.

>>Kommt das nicht aus dem Zimmer der Frau, die mit ihm eingeliefert wurde?<<

>>Sie ist tot<<, rief eine Schwester auf dem Gang.

Nun bekamen die Ärzte alle Hände voll zu tun. Walter musste, um überhaupt noch etwas retten zu können, sofort auf die für Schlaganfälle zuständige Station gebracht werden und um die Todesursache der nebenan liegenden Frau musste man sich auch kümmern.

Melanie war erstickt. Wieso und warum konnte nicht mehr zweifelsfrei festgestellt werden. Na ja, so etwas passiert, wenn man mit Schusswunden eingeliefert wird. Über den großen Zufall, dass auch die zweite Person, die Schusswunden aufwies, zum selben Zeitpunkt von einer gesundheitlichen Krise bedroht wurde, würde man sich noch in vielen Jahren im Schwesternzimmer angeregt unterhalten. Die beiden Fälle würden später an manchen Universitäten als gutes Beispiel in die Ausbildung von Ärzten mit einfließen. Auf die Idee, dass jemand nachgeholfen haben könnte, kam man nicht. Auch die deutschen und amerikanischen Behörden, die sich ja zunächst an Walter stark interessiert zeigten und überhaupt erst dafür gesorgt hatten, dass er in dieses Krankenhaus kam, blieben stumm.

Bei Walter wurde letztendlich ein Schlaganfall im Mittelhirn diagnostiziert. Er wurde allerhand Untersuchungen unterzogen und Wochen später, nachdem auch seine Schusswunden verheilt waren, wurde er seiner Frau Jutta übergeben. Seine Utensilien, die eine Krankenschwester der Station gut und sicher aufbewahrte, gingen ebenfalls an die Angehörigen. Sie bestanden aus seinem westdeutschen Pass, etwas Geld und einer alte Postkarte. Seine auf ostdeutsche Besuche hinweisenden Papiere waren an der Grenze von Beamten des Bundesnachrichtendienstes BND konfisziert worden. Die Karte übersah man dort wohl oder hielt sie nicht für wichtig.

Walters Familie konnte sich die Umstände seiner Schussverletzungen überhaupt nicht erklären. Offizielle Stellen sprachen von einem ungeklärten Überfall auf Walter, den Illegale aus südosteuropäischen Regionen ausgeführt haben sollten. Zum Glück erschien die Polizei rechtzeitig um zu helfen. Der Schlaganfall traf Walter dann als Folge der Umstände. Na ja, der Walter – immer unterwegs und nie zufrieden. Irgendwann musste es ja so kommen. Walter wurde nach Essen transportiert, um sich fortan in die häusliche Pflege seiner Ehefrau zu begeben.

Einen Zusammenhang zum Tode einer in Fachkreisen bekannten westdeutschen Bergsteigerin, die bei der Fluchthilfe an der deutsch-deutschen Grenze durch Schussverletzungen so sehr verletzt wurde, dass sie im Krankenhaus ihren Verletzungen erlag, konnte nicht hergestellt werden und wurde somit nicht untersucht.

Walter konnte nichts mehr sagen und selbst wenn, er hätte gar nicht gewusst, was er hätte sagen sollen.

Kapitel 26
13. Oktober 2008, nachmittags in Warstein

Dirk rannte was das Zeug hielt – Angst flutete durch seine Adern und er wollte auch Anja nicht gefährden. Also hastete er über den länglichen Garagenhof, die gepflasterte Ausfahrt und die Straße nach rechts entlang. Er wollte versuchen, zum Hotel zu gelangen. Dort stand sein Motorrad. Gut, dass er die Turnschuhe und nicht mehr seine Motorradstiefel trug. Die große Tüte mit der anderen neuen Kleidung und seiner Motorradhose sowie den Stiefeln, störte zwar beim Laufen, aber er brauchte die Sachen – konnte sie auf gar keinen Fall zurücklassen.

Als gute dreihundert Meter hinter ihm lagen und noch keinerlei Ermüdungserscheinungen zu Tage traten, vernahm er hinter sich die Geräusche eines fahrenden Autos, das etwas zu schnell um die Ecke gefahren kam. Ein kurzer Blick über die Schulter zurück – ja, da kamen sie. Dirk schaffte es soeben noch, unerkannt in den Eingang eines Geschäftes für Maler- und Tapezierbedarf zu flüchten. Das ihn verfolgende Fahrzeug, ein schwarzer Audi A8 mit Berliner Kennzeichen, hielt etwa zweihundert Meter von Dirks Standort entfernt an. Vier Herren im erwarteten Outfit und natürlich mit gelben Krawatten, stiegen aus und verteilten sich rechts und links der Straße. Dabei bewegten sie sich langsam auf Dirks Position zu.

Dirk sah sich hilfesuchend um. Da fiel ihm eine sogenannte Igelwalze ins Auge. Die nutze man normalerweise zum Perforieren alter Tapeten, um sie dann besser von den Wänden entfernen zu können.

Am Ende eines sechzig Zentimeter langen Holzstiels befand sich eine fünfzehn Zentimeter breite Walze aus einem gummiartigen Material. Aus dieser Walze ragten mindestens einhundert spitze Dornen hervor, so spitz, dass man vorsichtig sein musste, hineinzugreifen. In den falschen Händen würde dieses Arbeitsgerät zu einer verheerenden Waffe werden können. Und bei Dirks Händen handelte es sich jetzt um die falschen Hände. Dirk griff sich also so ein Gerät. Das wog rund ein Kilogramm und eignete sich hervorragend als Keule.

Als der erste Verfolger den Eingang, in dem Dirk stand erreichte, schlug Dirk ohne eine Vorwarnung zu und traf den Mann direkt auf der Wirbelsäule zwischen den Schulterblättern. Die Anzugjacke des Mannes zerriss und der Mann stürzte mit einem lauten Aufschrei zu Boden. Mit einer solch krassen Wirkung hatte Dirk nicht gerechnet. Jetzt war nicht der richtige Augenblick, um sich mit Gewissensbissen auseinanderzusetzen. Dirk setzte sich sofort in Bewegung und rannte quer über die Straße auf die gegenüberliegende Tankstelle zu. Um den am Boden liegenden Mann konnte er sich nicht kümmern. Der lag mit schmerzverzerrtem Gesicht zusammengekauert, in embryonaler Haltung auf dem schmutzigen Gehweg und jammerte leise vor sich hin.

Seine drei Kollegen allerdings reagierten – gut ausgebildet - sofort. Alle drei Männer zogen umgehend ihre Waffen und versuchten, auch wenn es sich hier um eine öffentliche Straße mit zahlreichen unschuldigen Passanten handelte, auf Dirk anzulegen. Diskutieren wollten die wohl nicht mehr mit ihm. Das Überraschungsmoment lag auf Dirks Seite und deswegen schaffte er es, die Tankstelle unbehelligt zu erreichen.

Dann fielen die ersten Schüsse. Zu diesem Zeitpunkt befanden sich in der Tankstelle zum Glück keine Kunden, die gefährdet werden konnten. Der Tankstellenpächter selber suchte, als er die Schüsse hörte und die Situation zu erkennen glaubte, sein Heil in der Flucht durch einen Hinterausgang. Dirk klangen seine Rufe noch in den Ohren.

>>Überfall, Überfall!<<

Im Vorbeirennen riss Dirk den ersten Zapfschlauch, den er zu fassen bekam, aus der Tanksäule und betätigte den Feststeller. Superbenzin floss ungehindert heraus und ergoss sich über den Boden der Tankstelle. Auch bei einer weiteren Zapfsäule gelang ihm das, bevor der erste Schuss neben ihm in die Tanksäule einschlug, aber keinen größeren Schaden anrichtete.

Dirk drehte sich umgehend in Richtung Kassenhäuschen und erreichte, völlig außer Atem, den Eingang. Eine weitere Kugel zerfetzte die große Scheibe des Häuschens und tausende Glassplitter prasselten hernieder. Dirk schmiss sich auf den Boden und riss dabei ein paar Zeitungen aus der Auslage mit. Diese knüllte er zusammen, kam wieder hoch und griff nach den Einwegfeuerzeugen, die man immer an der Theke einer Tankstelle finden konnte. Eine blödsinnige Idee, oder? Vielleicht würde es ja sogar funktionieren oder er würde nicht nur seinen Verfolgern, sondern auch sich selbst den Rest geben. Langsam beruhigte sich seine Atmung. Es roch nach Benzin. Würde er das, was er sich nun vornahm, überstehen, dann wären alle, auch die Polizei, direkt hinter ihm her. Ein anderer Ausweg, jetzt auf die Schnelle, blieb ihm aber seiner Meinung nach nicht.

Er schaffte es gerade, mehrere Ballen Papier zusammenzuknüllen und ein paar schwere Zeitschriften bereitzulegen, als die schießwütigen Verfolger mit ihren wehenden gelben Krawatten die Tankstelle erreichten.

>>Verhandeln wollten die wohl nicht<<, sagte Dirk laut.

Den Hinterausgang im Blick, warf er nacheinander all das, was er in einer Minute anzünden konnte, durch das zerschossene Fenster. Dann gab er Fersengeld und sah noch, wie das ausgelaufene Benzin in Brand geriet. Als er gerade die Hintertür hinter sich zuwarf, tat es einen ersten gehörigen Knall. Der Tank der ersten Säule explodierte mit lautem Getöse und riss, das konnte Dirk allerdings nicht wissen, auch die drei Verfolger von den Beinen und setzte diese erst einmal außer Gefecht.

Nicht auf direktem Weg, sondern mit einem weiten Bogen, näherte sich Dirk rennend dem Hotel und seinem Motorrad. Da tat es einen zweiten lauten Knall, der zweite Tank folgte dem ersten mit einer tosenden Explosion.

Dann kam Dirks Hotel endlich in Sicht. Zahlreiche Gäste des Hauses und das gesamte Personal standen vor dem Eingang und alle guckten sie neugierig, entsetzt oder gar fasziniert zu der aufsteigenden schwarzen Rauchsäule empor. Eine der Freundinnen von Anja winkte ihm noch kurz zu. Dirk griff nach seinem Zimmerschlüssel, erreichte sein Zimmer, zog sich so rasch um, wie er konnte, packte zusammen und verschwand sofort wieder. Schnell verstaute Dirk seine wenige Habseligkeiten im Motorradkoffer, befestigte den Koffer an der Yamaha, setzte den Helm auf, streifte die Handschuhe über und flüchtete hinaus aus dem Ort in Richtung Autobahn Dortmund-Kassel.

Viele Kilometer lagen auf der Bundesstraße B55 noch nicht hinter Dirk, als hinter ihm in der nun stärker einsetzenden Dämmerung ein einzelner Scheinwerfer auftauchte. Dirk erkannte sofort, dass es sich nicht um ein Auto mit kaputtem Licht, sondern um ein Motorrad handelte. Polizei? Da er nicht übel auffallen wollte, verlangsamte er sein Tempo auf die an dieser Stelle erlaubten achtzig Stundenkilometer.

Dann kam das Motorrad neben ihn und Dirk staunte nicht schlecht. Fast hätte er sein Motorrad in den Straßengraben gelenkt, so sehr sprang sein Herz vor Freude. Da neben ihm fuhr Anja auf ihrer silbernen Honda CBF 600. Sie signalisierte ihm, dass er vorfahren sollte, sie würde ihm schon folgen und Dirk beschleunigte seine Maschine. Ein übermäßiger Ausstoß des Hormons Dopamin löste eine Reihe von Glückgefühlen bei ihm aus.

Nachdem sich ihre Schockstarre gelöst hatte, begriff Anja im Café dann doch schnell, dass die bewaffneten Männer bei Dirks plötzlicher Flucht eine Rolle spielten. Hatte Dirk etwas ausgefressen? Das musste ja etwas Ungeheuerliches sein, denn wie normale Polizisten kamen ihr die Herren in ihren dunklen Anzügen nicht vor. Hatte sie sich schon wieder in einem Kerl getäuscht? Verwirrt, gedankenverloren und traurig machte sie sich auf den Weg, zurück zum Hotel, als sie von der Explosion des ersten Tanks aufgeschreckt wurde. Ungläubig schaute sie auf die Rauchsäule. Hatte das auch etwas mit Dirk zu tun? Anja, schon in der Nähe des Hotels, zuckte zusammen, als das Getöse der zweiten Explosion durch den

Ort hallte. Wenige Sekunden später stand sie mit Tränen in den Augen vor einer ihrer Freundinnen, die vor dem Hotel mit anderen Gästen und dem Personal das sich in Warstein abspielende Spektakel beobachtete.

>>Was ist denn los? Dein Dirk ist gerade mit dem Motorrad abgehauen.<<

Anja sagte nichts, starrte ihre Freundin nur an. Und dann fasste sie einen folgenschweren Entschluss. Sie rannte, so wie Dirk ein paar Minuten vorher, auf ihr Zimmer, zog ebenfalls ihre Motorradkleidung an und packte ein paar Sachen zusammen.

Nach kurzer, zügiger Fahrt erreichten Dirk und Anja die Autobahn und bogen in Fahrtrichtung Kassel ab. Nach weitern zwölf Kilometern fuhr Dirk auf den Rastplatz Ehringerfeld. Dirk konnte keine Verfolger ausmachen. So wähnte er sich hier erst einmal sicher. Er wollte seiner Anja alles erklären und die nächsten Pläne gemeinsam mit ihr schmieden.

Dirk stellte die Yamaha ab und zog den Helm vom Kopf. Da stand Anja schon direkt vor ihm, griff mit beiden Händen nach seinem Gesicht, zog ihn etwas zu sich heran und küsste ihn ausgiebig.

>>Ich glaube, hier können wir nicht bleiben. Und wir müssen irgendwo übernachten.<<

Dirk ging davon aus, dass Anja ihm in irgendeiner Form eine Szene machen, ihn anschreien, ihn befragen würde. Nichts dergleichen. Anjas Reaktion beeindruckte in schwer.

>>Lass uns bis nach Kassel fahren. Das sind noch einhundert Kilometer. Dann erzähl ich dir alles.<<

>>Das will ich auch meinen<<, lautete ihre Antwort und schon saß der Helm wieder auf ihrem Kopf und ihre Maschine ruckte an.

Sieht klasse aus in Leder, dachte Dirk noch so bei sich, machte sich aber auch wieder startklar und startete ebenfalls seine Maschine.

Nach fünfundvierzig Minuten erreichten die beiden die Innenstadt von Kassel. In der Spohrstraße, nicht weit von der Spielbank entfernt, fanden sie das Haus einer bekannten Hotelkette mit Parkplatz und Restaurant. Ohne darüber weiter nachzudenken, buchte Dirk an der Rezeption ein Doppelzimmer. Anjas leises Zungenschnalzen, nur für seine Ohren bestimmt, machte ihn auf den Fauxpas aufmerksam. Ein bübisches Lächeln umspielte seinen Mund.

Viel Gepäck führten Dirk und Anja nicht mit sich. Auch Anja konnte in Warstein nur das nötigste zusammenraffen, um Dirk noch folgen zu können. Jetzt rief sie eine ihrer Freundinnen an, damit diese ihre zurückgelassenen Sachen mitnahm. Den Fragen, was denn los wäre, wich Anja aus. Sie wusste es ja selber nicht wirklich. Nur eines wusste Anja ganz sicher, sie wollte erst einmal aus ihrer engen Lederkleidung heraus.

Dirk zog seine Motorradjacke, sein T-Shirt, seine Stiefel und schließlich seine Motorradhose aus. Was sollte er machen – schließlich stand er nur mit einer knappen Unterhose bekleidet im Zimmer. Anja schaute interessiert zu ihm herüber und es gefiel ihr, was sie sah. Ja, Dirk zählte ein paar Jahre mehr als sie, schien aber ziemlich gut, auch an den Stellen, die sie nicht einsehen konnte, gebaut zu sein - wie sie fand.

Sie saß auf der zum Fenster zeigenden Seite des Bettes. Jetzt stand sie langsam auf und entledigte sich ebenfalls der Jacke und der Stiefel. Dann ging sie langsam auf Dirk zu. Der stand immer noch verhalten mitten im Zimmer und schaute zu ihr herüber. Als nächstes streifte Anja, wenn auch etwas ungelenk und stolpernd, die Lederhose ab. Beide schauten sich wieder einmal lange und tief in die Augen, bevor Anja den Bund ihres T-Shirts ergriff und es über den Kopf auszog. Dirk konnte sich nicht erinnern, jemals so etwas Schönes gesehen zu haben, wenn überhaupt. Die nächsten beiden Stunden vergingen wie im Fluge. Nach mehreren Momenten der Glückseligkeit lagen sie dann eng umschlungen, Arm in Arm, in ihrem Bett.

>>Erzähl es mir<<, meinte Anja.

Dirk erzählte ihr alles genau so, wie er es erlebt und empfunden hatte und ließ dabei nichts aus. Mittlerweile war es fast zweiundzwanzig Uhr dreißig geworden. Die im Zimmer befindliche Minibar plünderten beide so lange, bis sich in dem kleinen Kühlschrank kein Getränk mehr finden ließ.

Anja wirkte in sich gekehrt und nachdenklich. Sie verstand, wie Dirk in die Sache hineingeraten war, warum er nicht zur Polizei gehen konnte und warum er sich auf der Flucht befand. Die Heftigkeit, mit der seine Verfolger hinter ihm her waren, erschreckte sie. Zweifel an Dirks Ausführungen hegte sie nicht, warum auch? Sie sah jetzt zwei Möglichkeiten. Sie könnte am nächsten Morgen nach Hause fahren und dort darauf hoffen, dass ihr neuer Freund bald heil aus der ganzen Sache herauskäme. Oder sie könnte ihm dabei helfen. Anjas letzte große Beziehung fand, ihrer Meinung nach, deswegen ein unrühmliches Ende, weil sie es nicht verstand, sich intensiv genug um die Partnerschaft und die Sorgen und Belange ihres Partners zu kümmern. Sollte sie jetzt ihren neuen Freund bei seinen vielleicht schwersten Problemen alleine lassen? Ja, sie kannten sich seit gestern. Das war nicht mehr und nicht weniger als nichts. Irgendwie roch die ganze Sache aber auch nach Abenteuer. Beklagte sie sich nicht bisher immer über ihren langweiligen Job, ihre langweiligen Typen und über ihr Leben überhaupt?

>>Lass uns mal die Nachrichten ansehen<<, unterbrach Dirk Anjas Gedankenspiele und schaltete den Fernseher ein.

Nur auf einem der Privatsender liefen gerade noch aktuelle Nachrichten. Eine Frau mittleren Alters erschien auf dem Bildschirm. Sie stand vor einem Trümmerhaufen, aus dem es dunkel qualmte.

>>Warstein liegt in Schutt und Asche. Bei mehreren Explosionen an einer Tankstelle sind mehrere Männer schwer verletzt worden. Alle vier verletzten Personen trugen Waffen, eine der Personen weist eine unerklärliche Rückenverletzung auf. Die Polizei ermittelt bereits vor Ort.<<

Nähere Informationen über den Täter, dessen Spur man bereits aufgenommen hätte, wurden nicht gegeben.

Anja schaltete den Apparat aus. Dirk guckte zerknirscht. Seine Aktionen kosteten anderen Menschen die Gesundheit. Gut, es hatte zum Glück nicht die Falschen getroffen, aber es fühlte sich deshalb trotzdem nicht richtig an.

Dirk und Anja schmusten noch ein wenig miteinander, dann schliefen sie, zum Teil müde, zum Teil in ihren Gedanken versunken und zum Teil auch etwas beglückt, ein.

Kapitel 27
14. Oktober 2008, Kassel und Thüringen

Anja wurde vor Dirk wach. Eine Zeitlang betrachtete sie ihren neuen Freund.

>>Ja<<, dachte sie, >>er sieht klasse aus, ist super sympathisch. Was er so erzählt, hört sich alles stimmig an – hat einen klasse Job, verdient gutes Geld und ist in mich verknallt. Alles super, wenn da nicht diese eigenartige Geschichte wäre.<<

Zu diesem Zeitpunkt stand schon längst Anjas unerschütterlicher Entschluss fest, Dirk nicht mehr von der Seite zu weichen. Den Typen wollte sie nicht so ohne weiteres wieder hergeben. Hals über Kopf traf sie die Liebe wie ein Donnerschlag, schon als sie ihn das erste Mal in Warstein in den „Birkenhof" hineinkommen sah. Jetzt wollte sie nicht die gleichen Fehler wie beim letzten Mal machen. Im Verlauf des Tages würde sie bei ihrer Arbeitsstelle anrufen und ein paar Tage Urlaub nehmen. Das würde wahrscheinlich kein Problem sein, arbeitete doch eine ihrer guten Freundinnen dort mit ihr in einem Büro zusammen.

Dirk wurde wach, als Anja gerade aus dem Bad kam. Sie stand völlig unbekleidet da und zeigte Dirk gegenüber keinerlei Scham, was diesem gut gefiel, aber nicht ohne körperliche Wirkung blieb. Das alles fühlte sich so neu an und doch kam sie ihm schon so vertraut vor. Dirk ahnte, von dieser Frau würde er nicht genug bekommen können.

>>Es ist besser, wenn du nach Hause fährst, da bist du sicherer.<<

Anja lächelte nur und sagte gar nichts. Sie war jetzt achtundzwanzig Jahre alt und es gab vor Dirk natürlich schon andere Freunde.

>>Was soll ich jetzt zu Hause? Ohne dich und in ständiger Sorge? Und überhaupt, mein bisheriges Leben empfand ich eher als fad und ich wittere jetzt ein wenig das große Abenteuer.<<

Dabei zog sie die Luft mit einem lauten Geräusch durch die Nase ein und lachte. Ohne es zu wissen, ähnelte sie Dirk in dieser Beziehung sehr.

Nach einem leckeren Frühstück machten Dirk und Anja Pläne für die nächsten Tage. Zunächst wollte man Udo Stein suchen und warnen. In Apfelstädt wollten sich Dirk und Udo erst in vier Tagen treffen. Nun wollten Dirk und Anja versuchen, ihn früher, und zwar auf seinem Campingplatz ausfindig zu machen. Dann wollte man die Ansichtskarte noch einmal untersuchen und dann sollte ein endgültiger Ausweg aus der Sache gefunden werden. Kein wirklich toller Plan, aber Dirks Erfahrungen der letzten Tage lehrte ihn, dass es doch anders kam, als er dachte.

Gegen elf Uhr machten sie sich auf den Weg nach Thüringen. Die ursprüngliche Überlegung, nur mit einem Motorrad zu fahren, verwarfen sie und entschieden sich lieber dazu, mit beiden Maschinen zu fahren. Das machte sie irgendwie flexibler, dachten sie.

Ihren ersten Stopp wollten sie in Creuzburg einlegen. Dirk kannte dort am Ortseingang eine Tankstelle mit angeschlossenem Imbissstand und leckeren Thüringer Bratwürsten. Über die Bundesstraße B7 Creuzburg zu erreichen, stellte sie vor keine Probleme. Für die Strecke benötigten sie nach rasanter Fahrt knapp eine Stunde.

Während sie sich, nachdem ihre Motorräder auf-getankt neben ihnen standen, die Würstchen schme-cken ließen, betrachteten sie eine Straßenkarte von Thüringen, die Dirk an der Tankstelle erstehen konn-te. Udo, das wussten sie, hielt sich mit seiner Familie irgendwo an der Unstrut auf, einem Saalezufluss, der quer durch den Norden Thüringens floss.

>>Guck hier. Der Fluss hat eine Länge von ein-hundertzweiundneunzig Kilometern, entspringt im südlichen Eichsfeld und fließt bei Naumburg in die Saale<<, meinte Dirk.

>>Hast du eine Ahnung, wo dein Freund da sein könnte?<<

>>Es gibt fünfzehn Campingplätze an der Unstrut, aber ich glaube, dass Udo mal was von Rittern oder so ähnlich erzählt hat. Wenn das so ist, gibt es zwei Möglichkeiten: Bei Lützensömmern heißt der Cam-pingplatz „Zum Rittergut" und dann gibt es noch ei-nen im Ort Ritteburg. Einer von beiden muss es sein.<<

Der Campingplatz „Zum Rittergut" lag nicht di-rekt an der Unstrut, dafür aber auf dem Weg nach Ritteburg, wo der zweite Campingplatz lag. Sie wür-den also zuerst den Platz in Lützensömmern anfahren. In herrlicher Landschaft gelegene fünfundsechzig Kilometer stellten keine Entfernung dar, die nicht schnell zurückgelegt werden konnte. Bis auf die War-terei an einer Straßenbaustelle in Bad Langensalza fanden sie nur freie Straßen vor.

Dirk fand Zeit, dabei über Anja nachzudenken. Er wünschte sich sehr, bald mal ohne Druck mit Anja durch die Lande fahren zu können.

Als sie sich dem Campingplatz von Lützensöm-mern näherten, konnten sie schon aus der Ferne gut erkennen, dass hier nicht gerade das Leben tobte. Der Platz lag, um diese Jahreszeit schon längst geschlossen, zwischen den Feldern.

Der zweite Campingplatz befand sich weitere fünfzig Kilometer entfernt, diesmal direkt am Fluss. Sechs Kilometer vor ihrem Ziel bogen Dirk und Anja von der Bundesstraße B86 nach rechts ab. Nach der Hälfte der Strecke zum Ziel ging es dann in Gehofen links. Nach wenigen Metern ließen sie die letzten Häuser hinter sich und hielten auf Ritteburg zu.

An einer Stelle, links und rechts der Straße befanden sich Felder, stoppte Dirk abrupt seine Maschine. Zum Glück reagierte Anja schnell genug und tat es im gleich. Sie hielt neben ihm.

>>Was ist los, verfahren?<<

>>Dahinten<<, Dirk zeigte in Richtung Ritteburg, >>steht so ein schwarzer Audi, wie die, die ich in Warstein gesehen habe.<<

In der Tat stand ungefähr siebenhundert Meter weiter am rechten Straßenrand, eingeparkt in einen Feldweg, so ein schwarzes Fahrzeug.

Dirk und Anja wollten kein Risiko eingehen. Gut, schwarze Audi gab es viele, aber mussten die hier an Straßenrändern herumstehen?

Vorsichtshalber und hoffentlich von den Insassen des Audis unentdeckt, wendeten sie ihre Maschinen und zogen sich in den Ort zurück. Hinter der Dorfkirche parkten sie ihre Motorräder. Nur ein auf der Straße spielender kleiner Junge von etwa fünf Jahren guckte ihnen dabei zu, wie sie sich ihrer Motorradkleidung entledigten und ihre normale Straßenkleidung anzogen. Fremde Leute, die sich auf der Straße umkleiden, das sah der Junge hier sicherlich zum ersten Mal. Er lachte herzlich und zeigte mit seinen kleinen Fingern auf sie. Anja und Dirk winkten ihm freundlich zu, befestigten ihre Helme an ihren Maschinen und machten sich, bewaffnet mit Dirks Igelwalze und der Straßenkarte der Gegend auf den Weg, Ritteburg zu Fuß und unentdeckt zu erforschen.

Durch den Mühlgraben und dann am Flutkanal links, konnte man sich dem abgestellten Audi, durch ein paar Bäume geschützt, relativ unbemerkt nähern. Die letzten Meter würde man zwar nicht überbrücken können, aber es würde reichen, um zu sehen, ob jemand im Auto saß.

Bis auf einhundertfünfzig Meter schafften sie es, an das Auto heranzukommen. Im Fahrzeug saßen zwei Männer, die in irgendwelche Lektüre vertieft, mehr auf Ihre Knie starrten, als auf die Umgebung zu achten. Von hier aus konnte man erkennen, dass sie zumindest dunkle Sakkos trugen und Dirk glaubte, mindestens bei einem der dunklen Gestalten eine gelbe Krawatte zu sehen. Die Tatsache, dass die Männer im Auto mehr oder weniger nur untätig herumsaßen, belegte, dass sie vorhin mit ihren Motorrädern unbemerkt geblieben waren. Trotzdem, hier gab es kein Durchkommen. Dirk und Anja zogen sich zurück. Ein größerer Umweg konnte nun nicht mehr vermieden werden.

Dirk beschäftigte es, dass seine Verfolger hier herumlungerten. Damit hatte er nicht gerechnet. Warteten sie etwa auf ihn? Beobachteten sie Udo? Oder befand er sich bereits in ihrer Gewalt? Vieleicht steckte Udo sogar mit ihnen unter einer Decke?

Nein, das erschien völlig undenkbar und Dirk schämte sich für sein aufkommendes Misstrauen. Dirk und Udo lernten sich nach der Wende auf einer Baustelle kennen, auf der das Unternehmen tätig war, für das sie damals gemeinsam arbeiteten. Ob es davor eine Verbindung von Udo zu offiziellen Stellen der DDR gab oder nicht, zählte nie zu den Themen zwischen ihnen und spielte im normalen Leben auch keine Rolle. Dirk wusste sehr wohl, wie er sich selber verhalten hätte, wenn er Bürger der DDR gewesen wäre. Und heute würde man das vielleicht auch nicht mehr für astrein halten. Dirk wusste, dass Udo vieles tun würde und vieles drauf hatte, letzteres allein schon aus seiner Zeit als Soldat der nationalen Volksarmee NVA. Aber etwas gegen ihn unternehmen, das würde Udo nie tun. Darauf konnte er sich verlassen.

Dirk und Anja nahmen einen großen Umweg in Kauf, bogen nach einer Weile in Richtung Schönewerda links ab, um einen Weg, der direkt an der Unstrut entlang führte, zu erreichen. Diesem würden sie dann bis zum Campingplatz folgen können.

Auf dem langen Weg vergaßen beide ihre Probleme ein wenig und fanden Zeit, sich wieder etwas mehr um ihre Zweisamkeit zu kümmern. Sie gingen Hand in Hand, so, wie jedes normale verliebte Pärchen. Manchmal blieben sie stehen, um sich zu küssen. Beide wünschten sich, dass es immer so bleiben würde und sie unbeschadet aus diesem Abenteuer herauskommen würden. In diesen wenigen Sekunden waren sie zweifelsohne - so ist es mit Verliebten - die glücklichsten Menschen der Welt.

Als sie sich dann langsam dem Campingplatz näherten, wurden sie wieder ernster und konzentrierten sich auf ihre Umgebung. Auf diesem Weg kam nichts Ungewöhnliches dazwischen. Dirk schlug vor, sich zunächst einmal dem Parkplatz des Campingplatzes zuzuwenden. Eventuell würden auch dort verdächtige Fahrzeuge herumstehen. Und genau so kam es dann auch. Wiederum geschützt durch eine Reihe von Bäumen und Büschen, konnten sie den zum Gelände des Campingplatzes gehörenden Parkplatz fast komplett einsehen. Hinten, in der letzten Reihe, befand sich exakt so ein schwarzer Audi wie jener, der an der Straße stand. Im Gegensatz zu seinem Pendant dort aber saß hier niemand im Fahrzeug.

Nicht weit von dem Audi entfernt stand Udos dunkelroter VW Passat. Dirk kannte das Fahrzeug gut, fuhr er doch früher genau das gleiche Modell. Jetzt konnten sie wenigstens ganz sicher sein, dass sich Udo hier aufhielt.

>>Lass uns warten, bis es dunkel geworden ist<<, schlug Anja vor.

>>Ok<<, sagte Dirk. >>Wir gehen zurück zu der Parkbank, ein Stückchen vor dem Ort.<<

Schnell erreichten sie die Bank. Dirk und Anja freuten sich darüber, mal wieder sitzen zu können. Sie wollten hier bis zur einsetzenden Dunkelheit warten, dann nach Udos Zelten suchen, sich anschleichen und mit Udo reden. Abenteuerlich, aber ihnen fiel nichts Besseres ein.

Kaum saßen sie, legte Dirk seinen Arm um Anja. Sie schaute ihn an und dann fanden ihre Lippen wieder zueinander. Bald legte Anja ihrem Dirk eine Hand auf den Oberschenkel und streichelte ihn.

>>Das könnte gefährlich werden. Du weißt doch, wie verliebte Männer reagieren, wenn ...<<

Anja lachte auf, ließ aber nicht von ihm ab. Es dunkelte bereits richtig, als sie ihre Kleidung zurechtrückten und sich erneut auf den Weg zum Campingplatz machten.

Dirk wusste, dass Udo mindestens zwei Zelte dabei haben musste. Seine beiden Töchter, die dreizehnjährige Lotta und die siebzehnjährige Mandy würden in einem Zelt übernachten und Udo würde mit seiner Frau Inga im anderen Zelt wohnen. Dem Campingplatz konnte man sich unbemerkt gut von einem Feld aus, an das der Platz angrenzte, nähern. Im Lichtschein des zum Platz gehörenden Restaurants konnte Dirk nur eine einzige Stelle ausmachen, an der zwei Zelte unmittelbar zusammenstanden. Alle anderen zu sehenden Zelte standen weit auseinander und ihre Eingänge standen entgegengesetzt, voneinander abgewandt. Da musste es also sein.

Dirk hieß Anja erst einmal, im Schutze des Feldes zu bleiben und machte sich in niedrigster Gangart, die er einst bei der Bundeswehr erlernen musste, auf, um zu Udos Zelten zu krabbeln.

>>Sieht lustig aus.<<

Anja vergaß bei aller Belustigung aber nicht, nach etwaigen Beobachtern und Verfolgern Ausschau zu halten. Sie konnte nicht pfeifen, Tierlaute nachmachen konnte sie auch nicht und außerdem hielt sie sich ja auch nicht im amerikanischer Western auf, in dem man mit dem Überfall von Indianern rechnen musste. Wenn sie jemanden sehen würde, der verdächtig erschien, würde sie einfach laut rufen.

Dirk erreichte die Zelte, in denen er Udo vermutete, unbehelligt. Von seiner Position aus konnte er weder sehen, ob vor den Zelten jemand saß oder die Zelteingänge offen stehen würden, noch ob überhaupt jemand anwesend sein würde. Da hörte er leise Stimmen. Das war doch die Stimme von Inga. Als dann helles Gekicher an sein Ohr kam, wusste Dirk, dass er vor den richtigen Zelten lag. Da lachten Lotta und Mandy. Wenn er jetzt so „mir nichts dir nichts" um das Zelt herumkriechen würde, würde das bestimmt zu lautem Gelächter und Gerufe führen, also für Aufmerksamkeit sorgen, die er jetzt nicht brauchen konnte. Dirk drehte sich zu Anja um, gab ihr ein Handzeichen und machte sich daran, zwischen die beiden Zelte zu kommen. Dort, nicht allzu weit von Udos Grill entfernt, legte er sich platt auf den Boden.

In dem Augenblick, in dem sich Udo wieder den Thüringer Bratwürsten auf dem Grill zuwendete, flüsterte Dirk so laut wie nötig und so leise wie möglich.

>>Hey, hey Udo – nicht hersehen, nur zuhören.<<

Hörte Udo ihn? Udo reagierte nicht, nahm aber eine der Würste vom Grill, brach sie in der Mitte durch, pustete auf die eine Hälfte und biss herzhaft hinein. Die andere Hälfte warf er unbemerkt für seine Frau und seine Töchter und auch unbemerkt für jeden anderen Beobachter, zu Dirk. Udo war auf ihn Aufmerksam geworden. Dirk nahm sein Stück Wurst und biss hinein.

>>Pass auf, wir müssen in Ruhe irgendwo reden. Man ist hinter mir her – ernsthaft jetzt – und die sind auch schon hier. Wir haben ihre Autos gesehen. Hat was mit der Karte zu tun, die ich dir gemailt habe. Da ist ein Weg an der Unstrut. Wenn man den in Richtung Schönewerda geht, steht da bald eine Parkbank. Da sitzen wir. Komm da hin.<<

>>Was? Wer ist wir?<< fragte Udo und verzog, im Schein des Grills gut sichtbar, sein Gesicht zu einer Grimasse.

Udo musste ihn für bekloppt erklärt haben, aber er würde kommen. Da bestanden für Dirk keine Zweifel.

Anja hielt es für besser, nicht auf der Bank, sondern ein paar Meter dahinter im Dunklen zu warten – man konnte ja nie wissen. Dirk stimmte dem zu und so kauerten jetzt beide im langen Gras und warteten.

Da näherte sich vom Campingplatz her der Lichtstrahl einer kleinen Taschenlampe. Kein großer Strahl, gerade so viel, dass man den Weg ausleuchten konnte. Kam da Udo den Weg entlang?

Aus der Dunkelheit schälte sich langsam eine lange, schlaksige Gestalt heraus, die bedächtig, aber forsch den Weg entlangschritt. Ja, das war Udo.

>>Hierher<<, gab Dirk ein Zeichen.

Nach kurzer Begrüßung – Udo kannte Anja ja noch nicht – erzählte Dirk so knapp es ging, was geschehen war. Udo zeigte sich beunruhigt, als Dirk erneut erwähnte, dass sich die Verfolger in der Nähe aufhielten. Er schaute sich um und blickte immer wieder zum Campingplatz zurück.

>>Die mach ich fertig, wenn die meiner Familie zu nahe kommen.<<

Der Schein der Taschenlampe fiel auf Udos Gesicht. Was Dirk sah, überraschte ihn. So kannte er Udo nicht, so konzentriert und entschlossen, so wachsam, aber auch so kalt.

>>Nun bleib mal ruhig, Udo. Wir müssen genau überlegen, was geht und was nicht.<<

>>Ich bin ruhig. Aber vielleicht sollte ich dir jetzt auch mal was erzählen. Du weißt nur, was ich nach der Wende gemacht habe und ich habe dir erzählt, dass ich in Berlin am Flughafen Grenzer gewesen bin. Das stimmt zwar alles, ist aber nur die halbe Wahrheit.<<

>>Udo, hat das was mit der Sache hier zu tun? Dann kann das ja lustig werden.<<

>>Na ja, am Ende irgendwie schon. Ich diente in keiner ganz so normalen Truppe, sondern im Luftsturmregiment 40. Das sagt euch jetzt wahrscheinlich nichts, oder? Das Regiment bestand aus Fallschirmjä-

gern, stationiert in der Nähe von Potsdam. Wir standen unter dem ständigen Befehl, eine Wohnsiedlung, in der eine Reihe hoher Generäle wohnte, zu bewachen. In die Einheit kam man nicht, wenn man vorher nicht eine Spezialausbildung absolvierte. Hätte nicht gedacht, dass ich die noch einmal brauchen kann.<<

Dirk guckte überrascht – so als Kampfsau hatte er Udo nie eingeschätzt. Dirk dachte daran, wie man politisch aufgestellt sein musste, wenn man zu so einer Einheit kam. Aber spielte das heute überhaupt noch eine Rolle?

Anja nahm das alles ohne besondere Regung hin.

Plötzlich drang vom Campingplatz her ein lautes Geschrei herüber – nur kurz, aber deutlich zu hören. Dann wurde es wieder mucksmäuschenstill. Udo ging sofort in die Hocke.

Ohne Udos Taschenlampe anzumachen, schlichen die drei zum Campingplatz zurück. Der lag still wie eh und je in tiefer Dunkelheit. Nichts Verdächtiges rührte sich. Udo aber stellte Vorsicht und Achtsamkeit in den Vordergrund und übernahm für die nun folgenden Aktionen das Kommando.

>>Dirk, du schleichst dich genau in die Position, die du schon kennst – direkt am Grill. Ich komme von den Bäumen rechts. Anja, da links sind ein paar Büsche. Versuche es da. Und Achtung, versucht da jemand abzuhauen, ruhig laut rufen. Wir wollen keinen entwischen lassen. Alles andere mache ich.<<

Immer noch überrascht beobachtete Dirk Udos Reaktionen und fand diese ziemlich kaltschnäuzig. Aber das kam ihm sehr gelegen und gerne folgte er Udos Anweisungen.

Nach wenigen Augenblicken befand er sich wieder in seiner Position am Grill. Ob die anderen auch in ihren Verstecken lagen, konnte er nicht sehen. Ein Geräusch alarmierte ihn. Aus dem Zelt rechts von ihm drang leises Wimmern. Es klang so, als ob jemand leise ins Kissen heulen würde oder gar verletzt wäre.

Dirk hörte eine männliche Stimme.

>>Halt gefälligst die Schnauze.<<

Das sind sie. Ob der Kerl sich allein im Zelt befand?

Die nächsten zwei oder drei Minuten kamen Dirk und Anja in ihren Verstecken wie Stunden vor. Dunkelheit brach herein, sie lagen im Gras zwischen Zelten oder hinter Büschen und nichts geschah. Dann plötzlich hörte Dirk Udo rufen.

>>Jetzt!<<

Dirk sprang auf, lief ums Zelt herum und sah, wie Udo bereits den Reißverschluss des Zelteinganges aufriss. Ein schneller Griff von Udo ins Zelt folgte und Udo zog einen der Verfolger, im dunklen Jogginganzug, aus dem Zelt. In der Dunkelheit nicht wirklich gut zu sehen, glaubte Dirk eine schnelle Handbewegung von Udo zu erkennen, dann sank der Verfolger wie ein nasser Sack in sich zusammen und blieb leicht verkrümmt regungslos liegen. Im selben Augenblick schrie Anja von der anderen Seite.

>>Da rennt einer!<<

Gleichzeitig hallte ein Schuss durch die Nacht. Von wo er kam und in welche Richtung geschossen wurde, konnten Dirk und Udo nicht ausmachen. Von Anja hörte man nichts mehr, keinen Laut. Dirk bekam einen riesigen Schreck, der ihn fast von den Beinen riss. Eine nie verspürte Übelkeit ermächtigte sich seiner. Dirk dachte an die Freundin zurück, die in seiner Jugend auf dem Sportplatz von dem Schäferhund gebissen worden war. Lange litt er darunter, dass er sie damals davor nicht in Schutz nehmen konnte. Wie von der Tarantel gestochen rannte Dirk auf den Busch zu, hinter dem sich Anja versteckt halten sollte.

Wild schwang Dirk seinen Tapezierigel, jederzeit bereit, seine Freundin zu schützen und damit unbarmherzig zuzuschlagen. Der dichte Holunderbusch tauchte bald vor ihm auf. Unmittelbar hinter ihm folgte sein Freund Udo, der bereits einen der Angreifer an den Zelten unschädlich gemacht hatte. Noch ein paar Meter um den Busch herum, da stand er plötzlich vor ihm.

Ein großer, mit einem blauen Anzug bekleideter Mann mit braunen Haaren und ebensolchen Augen – sofern man das in der Dunkelheit erkennen konnte – packte Anja von hinten und legte ihr seinen linken Arm um den Hals. In der rechten Hand hielt er eine Pistole, mit der er direkt auf die heranstürmenden Dirk und Udo zielte.

>>Halt, oder ich reiße der Kleinen die Birne ab.<<

Udo stoppte sofort seinen Lauf und blieb wie angewurzelt stehen. Doch Dirk war völlig außer sich und nicht mehr Herr seiner Sinne. Rationales Denken war ihm nicht mehr möglich und er verlor gänzlich die Kontrolle über sich. Er sah nur Anja in Gefahr, in den Armen dieses Teufels und blendete alles aus, was diese Gefahr noch hätte vergrößern können. Diesmal nicht, ich lass dich nicht im Stich, dachte Dirk bei sich und stürmte weiter.

Damit rechnete der Angreifer nicht wirklich. Er war fest davon überzeugt gewesen, dass seine Drohung völlig ausreichen würde, um die beiden heranstürmenden Männer auf Abstand zu halten. Der Mann verstärkte den Griff um Anja Hals. Sie röchelte. Der

Mann zielte nun genau mit seiner Pistole auf Dirk, doch dieser hatte ihn bereits erreicht und befand sich in Schlagdistanz. Dirk schwang seinen Tapezierigel ohne Rücksicht auf Verluste oder Angst um die eigene Unversehrtheit. Sekunden später traf er den Angreifer mit voller Wucht an dessen linker Schulter. Genau in diesem Augenblick löste sich ein Schuss aus der Pistole des Angreifers. Während Dirk einen heißen Luftzug und einen reißenden Schmerz genau oberhalb seines rechten Ohres verspürte, sah er, wie die Schulter des Schützen scheinbar auseinanderzuplatzen schien. Der Griff um Anja Hals löste sich und sie fiel zu Boden. Ihr Peiniger fiel ebenfalls. Ein gebrochener Oberarm und ein gesprengtes Schultergelenk setzten ihn außer Gefecht. Zum Bereuen blieb ihm keine Zeit mehr.

Dirk fiel Glück im Unglück zu. Seine durch den Streifschuss verursachte Verletzung stellte sich nur als kleiner Kratzer heraus. Er brauchte noch nicht einmal ein Pflaster. Anja stand zwar unter Schock und zitterte am ganzen Körper, war aber ansonsten völlig unversehrt geblieben. Udo, der ja eigentlich über Kampferfahrung verfügte, sah sich beeindruckt von der Dynamik, aber auch erschreckt von der Brutalität, mit der Dirk zugeschlagen hatte.

Den Verletzten ließen sie an Ort und Stelle liegen. Der hatte genug mit sich selbst zu tun und würde sie nur behindern. Sie begaben sich zurück zu den Zelten. Ziemlich aufgeregt und angeschlagen wartete dort Udos Familie und der andere, in tiefer Bewusstlosigkeit herumliegende Angreifer. Mit verschiedenen Kordeln, die man für das Abspannen von Zelten benötige, wurde dieser fachmännisch von Udo zu einem Paket verschnürt. Ihn wollte man mitnehmen und befragen. Der Campingplatz musste schnell verlassen werden. Es gab einen Verletzten und Schüsse waren gefallen. Das würde der sicher schon gerufenen Polizei nicht gefallen. Da Dirk aus dem Fernsehen wusste, dass die Polizei Nordrhein-Westfalens ihn suchte, konnte er sich eine Begegnung mit deren Thüringer Kollegen schon gar nicht leisten.

Udo holte sein Auto bis an die Zelte heran. Er packte seine schnell zusammengerafften Siebensachen ein und verstaute das Angreifer-Paket ebenfalls im Gepäckteil seinen Kombis. Udo würde seine Frau und seine beiden Töchter, so der Plan, zu deren Eltern bringen. Die wohnten in Bad Frankenhausen am Kyffhäuser, also nicht allzu weit von hier entfernt. Zwar würden Udos Schwiegereltern staunen, dass sie mitten in der Nacht dort auftauchen würden – aber sie würden sich sicher auch über den unerwarteten Besuch freuen. Udo würde sofort weiterfahren, über die Bundesstraße B85 und dann rechts ab zum Kyffhäuserdenkmal. Zu dieser Zeit herrschte dort absolute Stille. Besucher des Denkmals hatten die Anlage schon längst verlassen. Auf dem großen Parkplatz würden sich Udo, Dirk und Anja wieder treffen und beratschlagen. Dort konnte man auch den Gefangenen verhören.

>>Da hört ihn niemand schreien<<, meinte Udo noch, als er losfuhr.

Dirk und Anja, die noch etwas unsicher auf den Beinen wankte, suchten sich mit Hilfe von Udos Taschenlampe den Weg durch die Dunkelheit zurück zu ihren abgestellten Motorrädern.

Dirk startete einen weiteren Versuch, Anja davon zu überzeugen, dass es für sie sicherer sei, jetzt nach Hause zu fahren und ihn die Sache mit Udo allein durchziehen zu lassen. Anja wies das vehement zurück und zeigte sich Dirk gegenüber ärgerlich ob seines Anliegens. Eigentlich aber freute sie sich sehr darüber, dass Dirk sie so heldenhaft befreit hatte und sich so sehr um sie sorgte. Für Anja galt die Sache schon längst als entschieden. Sie pfiff auf die Gefahr und würde nicht von Dirks Seite weichen. Das Gefühl starken Vertrauens würde sie diesmal davon abhalten, sich egal aus welchen Gründen auch immer, von ihm zu trennen.

Für den Fußweg zu den Motorrädern benötigen Dirk und Anja knapp dreißig Minuten. Die Dunkelheit erschwerte es, den Weg trotz Taschenlampe leicht zu nehmen. Die Fahrt zum Denkmal kostete sie weitere vierzig Minuten. Die kurvenreiche Bundesstraße B85 hätte den beiden Motorradfahrern am helllichten Tag und ohne den aktuellen Druck sicherlich weit mehr Spaß bereitet, als jetzt. Die letzten zwei Kilometer zum Parkplatz legten sie über eine kleinere Straße zurück. Dirk erinnerte sich daran, dass er vor Jahren hier bereits Motorrad gefahren war.

Nach drei Minuten auf der kleinen Straße öffnete sich der sie umgebende Wald etwas und der große Parkplatz wurde sichtbar. An dessen Anfang stand eine Holzhütte an einer Schranke. Tagsüber wurden hier die Parktickets gelöst. Die hochgedrückte Schranke stellte kein Hindernis dar und außer Udos Auto stand weit und breit kein weiteres Fahrzeug auf dem Parkplatz.

Als sich die beiden Motorräder dem Fahrzeug näherten, stieg Udo aus seinem Auto aus. Dirk und Anja parkten ihre Motorräder so, dass sie mit Hilfe ihrer Scheinwerfer und der Scheinwerfer von Udos Auto den Platz vor den Fahrzeugen mehr als ausreichend ausleuchteten.

Ihren Angreifer im dunklen Jogginganzug zerrten sie sodann ins Licht. Udo löste ihm den Knebel, der aus einer seiner Socken bestand. Der Geselle guckte sehr angriffslustig und arrogant aus der Wäsche. Dir wird das Grinsen noch vergehen, dachte Dirk.

Udo übernahm das erste Verhör.

>>Warum verfolgen Sie uns?<<, wollte er wissen.

Der Befragte gab keine Antwort und zeigte nur einen ausdruckslosen Blick.

>>Wer schickt sie?<<

Auch darauf gab es keine Antwort.

In Dirk stieg Ungeduld auf. Die Erlebnisse der letzten Tage trugen nicht zu größerer Besonnenheit bei. Er ging zu seinem Motorrad, öffnete dort einen der beiden Koffer und entnahm ihm die Ansichtskarte aus Chemnitz, um die es die ganze Zeit ging.

Offensichtlich erkannte der Gefangene die Karte sofort. Aufmerksam folgte er Dirk mit seinen Blicken. Dieser platzierte die Karte auf der Stoßstange von Udos Auto so, dass der auf dem Boden sitzende Gefangene diese genau vor sich sah. Dirk sagte kein einziges Wort und ging stattdessen nun an die Heckklappe von Udos VW-Passat. Er öffnete diese, kramte etwas herum und entnahm dem Fahrzeug schließlich eine kleine Werkzeugtasche. Diese postierte er direkt vor der vorderen Stoßstange, öffnete sie und griff hinein. Der Reihe nach kamen eine Zange, mehrere Schraubenschlüssel und ein Schraubenzieher zum Vorschein.

>>Hast du keine Säge, Udo? Na ja, mein Taschenmesser wird auch reichen. Anja, kannst du mir

mein Regenzeug holen? Das kann man abwaschen, will mir die Klamotten nicht versauen.<<

Währenddessen Anja nach Dirks Regenzeug sah, kramte Dirk in den Taschen seiner Motorradjacke nach seinem alten Schweizer Offiziersmesser mit dreiunddreißig Funktionen.

>>Hat auch eine kleine Säge. Mit der habe ich mal nach Weihnachten einen kompletten Tannenbaum zerlegt, als unsere Katzen zu Hause immer in ihn hineingesprungen sind und er immer umfiel. Für ein paar Knochen reicht das allemal.<<

Mittlerweile kam Anja mit Dirks Regenzeug zurück. Das bestand aus einer Jacke und einer Hose aus Gummimaterial, in die er jetzt schlüpfte. Dem Gefangenen konnte man mittlerweile eine gewisse Unruhe anmerken. Aber noch hoffte er wohl, dass Dirk nicht so weit gehen würde, wie er es die letzten Minuten andeutete.

Dirk aber packte wortlos den an Händen und Füßen gefesselten Gefangenen und brachte ihn zu Fall, so dass er auf seine linke Seite fiel. Nun nahm Dirk zunächst die Zange, zeige sie dem Gefangenen.

>>Na, wie wäre es jetzt mit einer Antwort auf die vorhin gestellten Fragen?<<

Der Gefangene schaute Dirk in die Augen und spuckte aus.

Wirklich gerne tat Dirk das, was er nun tat, nicht. Aber er musste in dieser Sache vorwärts kommen. Wie sollte er sonst jemals wieder ein normales Leben führen können und diese seltsamen Verfolger mit ihren gelben Krawatten wieder loswerden. Keine Ahnung, wie viele es davon gab, aber an jeder Ecke tauchten sie auf. Diese Karte wegwerfen oder ihnen übergeben, würde wohl nicht reichen. Sie bedeutete sein einziges Pfand. Er beruhigte sich mit dem Gedanken, dass es sich schließlich um den Kumpel dieses Gefangenen handelte, der auf ihn geschossen und ihn nur um Haaresbreite verfehlt hatte. Wäre die Sache nur etwas anders verlaufen, läge er nun an der Unstrut tot im Gras. Und dieser hier vor ihm hatte zudem Udos Familie bedroht.

Dirk nahm den kleinen Finger der rechten Hand des Gefangenen und legte das vordere Fingerglied zwischen die beiden Arme der Zange. Gerade als er mit aller ihm zur Verfügung stehenden Kraft zudrücken wollte, schrie der Gefangene, trotz des Socken in seinem Mund, so laut auf, dass es jeder im Umkreis von mehreren hundert Metern gehört haben musste. Nur außer Udo und Anja, die beide abgewandt von der Szene dastanden, befand sich hier niemand.

Der Blick des Gefangenen erstarrte. Sabber lief ihm am Socken entlang, an den Mundwinkeln herunter. Seine Augen schienen ihm aus den Augenhöhlen herausquellen zu wollen. Dirk nahm ihm den Socken aus dem Mund, sah den Gefangenen wütend und entschlossen an.

>>Wie ist es jetzt mit den Antworten auf unsere Fragen?<<

Die Angst vor den Schmerzen, die den Mann im Jogginganzug wohl bis gerade noch übermannte, ließ etwas nach und er glaubte in Dirks Handeln und in seinem Blick eine Schwäche erkannt zu haben.

>>Du kannst mich mal.<<

In einem Anflug aus Jähzorn trat Dirk dem Mann mit voller Wucht auf seine linke Hand. Der Mann verschluckte sich vor Schmerzen.

Zum selben Zeitpunkt kam Anja mit einem Bündel trockener Äste aus dem Wald und legte sie vor dem Gefangenen ab.

>>Vielleicht geht's mit Feuer.<<

Und zum selben Zeitpunkt holte Udo sein Jagdgewehr, einen Karabiner Mauser K98 und eine Schachtel mit Munition des Kalibers 7,92 aus dem Kofferraum.

>>Irgendwie müssen wir die Sache ja auch beenden, wenn der nicht spricht.<<

Das schließlich brachte dann das Fass für den gefangenen Mann im Jogginganzug zu überlaufen und er versuchte, heftig zu nicken. Damit wollte er signalisieren, endlich auskunftsbereit zu sein. Dann fing er auch sofort an, wie ein Wasserfall zu reden.

>>Wir haben den Auftrag, den da umzulegen. Warum weiß ich nicht. Eine Ansichtskarte sollen wir bei ihm suchen und diese unserem Auftraggeber zukommen lassen.<<

Udo packte den Mann jetzt am Kragen seines Jogginganzuges und zog ihn etwas hoch.

>>Wer seid ihr und wer ist der Auftraggeber?<<

>>Ich arbeite für Himmels-Protect-Dienst in Berlin, eine Sicherheitsfirma. Manchmal übernehmen wir auch brisante Aufträge, wenn das Geld stimmt. Und bei dem da...<<, wieder wies er in Richtung Dirk, >>...stimmt das Geld. Wir kriegen den auf jeden Fall, egal wie viele ihr von uns umlegt.<<

Wahrscheinlich dachte er dabei an seinen Kollegen auf dem Campingplatz und seine Kumpel in Warstein.

>>Den Auftraggeber? Meint ihr etwa, ich kenne den?<<

Der Mann riskierte schon wieder eine große Klappe, was Dirk nicht gefiel. Er griff nach der Ansichtskarte, die immer noch auf der Stoßstange des Autos stand und zeigte sie dem Gefangenen.

>>Kennst du hier jemanden auf dem Bild?<<

Der Mann aber schaute nur weg. Bevor Dirk in seiner neuerlich aufkeimenden Wut nach irgendeinem Werkzeug greifen konnte, um den Jogginganzug gefügiger zu machen, mischte sich Anja ein.

>>Zeig mir mal die Karte, die habe ich ja noch gar nicht gesehen.<<

Dirk tat wie ihm geheißen und Anja betrachte die Karte und insbesondere die darauf zu sehenden Personen.

>>Komische Aufnahme. Kann das denn überhaupt sein? Der hier sieht aus wie dieser berühmte Fluchthelfer von damals.<<

Sie zeigte dabei auf einen der drei Männer, die an einem Fenster hinter dem Karl-Marx-Denkmal standen.

>>Wie hieß der noch gleich. Darüber habe ich kürzlich erst etwas im Fernsehen gesehen. Hat mich interessiert, weil Verwandtschaft von uns in Dresden wohnte.<<

Anja griff sich nachdenklich ans Kinn.

>>Ja, Detlef irgendwie und das da, die Frau da, die kam auch in dem Film vor.<<

Dabei zeigte sie auf eine der jungen Frauen, die sich vor dem Denkmal befanden und denen Dirk bisher gar keine Beachtung beigemessen hatte.

Anja überlegte. Sie wusste durch das Fernsehen, wie Detlef Günkel, einer der bedeutendsten Fluchthelfer in Zeiten der DDR, aussah. In der Sendung erfuhr sie auch, dass Günkel eine sogenannte G-Gruppe angeführt hatte. Viele seiner Leute saßen jahrelang in DDR-Gefängnissen, nachdem eine seiner engsten Mitarbeiterinnen ihn an die Behörden verraten hatte. Sie stand eigentlich im Dienst der „Verwaltung Aufklärung", eines Amtes des Ministerium für nationale Sicherheit der DDR und war in Detlefs Organisation eingeschleust gewesen.

>>Die, die Detlef Günkel verraten hat, hieß Burger oder Berger oder Berg oder so ähnlich.<<

Dirk konnte nicht wissen, dass sein Onkel Walter schon vor einunddreißig Jahren Bekanntschaft mit Frau Berg machen musste und diese damals verhinderte, dass er unauffällig seinen illegalen Grenzübertritt von Ost nach West schaffen konnte.

>>Ich glaube, der Günkel wohnt als alter Mann heute im Harz. In irgendeinem Altersheim dort. Ich meine in Schierke<<

In der nächsten Stunde berieten sich Anja, Dirk und Udo über die nächste Vorgehensweise. In wenigen Stunden schon, würde die Sonne wieder aufgehen. Aufgeregt strotzten alle vor Adrenalin, aber alle fühlten sich trotzdem müde, unheimlich müde. Schließlich machte man folgenden Plan: Dirk und Anja würden irgendwo übernachten und dann am nächsten oder übernächsten Tag weiter nach Schierke fahren, um Detlef Günkel zu suchen und zu finden. Er sollte schließlich die Umstände der Karte und deren Geschichte kennen. Udo würde den Gefangenen – man wollte ihn so nicht liegen lassen, er war schließlich Zeuge der Diskussion um Detlef Günkel geworden - zu seinem Haus in der Nähe von Waltershausen bringen, dort in seinen Keller verfrachten und dann zu seiner Familie nach Bad Frankenhausen fahren. Dort wähnte er sich sicher. Bald würden beide, nämlich

Udo und Dirk, sich Handys mit Prepaid-Karten besor-
gen und in ein paar Tagen miteinander telefonieren.

Kapitel 28
15. Oktober 2008, Harz

Anja fuhr vor und übernahm somit die Führung. Dirk folgte ihr. Der ihn vorhin überkommende Ausbruch von Brutalität bohrte noch tief in seinem Gewissen. Andererseits dachte er, dass sie diese vielleicht einzige Chance wahrnehmen mussten, um den Jogginganzug zum Sprechen zu bringen. Gut, am Ende hätte ein Blick von Anja auf die Karte genügt und ein Verhör wäre gar nicht nötig gewesen, aber das wusste er zu dem Zeitpunkt noch nicht.

Anja verbrachte früher oft die Urlaubstage mit ihren Eltern im Harz, in der Nähe von Harzgerode. Ihre Eltern buchten jahrelang immer die Pension „Waldruhe" im Selketal und über die Zeit freundete sich Anja mit der Tochter des Hauses recht gut an. Jetzt hofften Anja und Dirk zu dieser frühen Tageszeit – es dämmerte bereits der Morgen – dort für ein paar Stunden unterzukommen, um sich ausruhen zu können.

Endlich, nach langem Schellen und Klopfen, öffnete ihnen die Tochter des Hauses die Tür. Sie schaute zwar im ersten Augenblick etwas verwirrt, wies ihnen aber ohne weitere Fragen ein Zimmer zu. Für Dirk deutlich zu sehen, zwinkerte sie Anja noch kurz zu und schon verschwanden Anja und Dirk in ihrem Zimmer. Die Anspannung der letzten Stunden fiel von ihnen ab.

Irgendwie, so dachte Dirk, verstehe ich es nicht. Ich habe wahrlich genügend Probleme, aber sobald ich mit Anja allein bin, vergesse ich das alles und denke nur noch an das Eine. In Anjas Augen sah Dirk, dass es ihr wohl nicht anders ging. Anja lachte ihn an.

Dann begann sie, ihre schwere Motorradkleidung Stück für Stück auszuziehen. Dabei schaute sie Dirk unentwegt tief in die Augen. Und Dirk erwiderte den Blick – zumindest hin und wieder, wenn seine Augen nicht gerade an ihrem Körper und ihren Bewegungen klebten. Schließlich, als Anja nur noch einen Büstenhalter und einen Slip trug, drehte sie sich mit einem schelmischen Lachen um und ging ins Bad. Erst wollte Dirk ihr sofort hinterher, unterließ das dann aber lieber. Ihm blieb nichts anderes übrig, als geduldig auf Anja zu warten.

Endlich, Dirk kam es fast wie Stunden vor, öffnete sich wieder die Tür und Anja kam, immer noch bekleidet mit ihrer Unterwäsche. ins Zimmer zurück. Die Wäsche verbarg nur knapp ihre weiblichen Reize. Dirk trug mittlerweile auch nur noch seine Unterhose. Nun standen sie sich gegenüber und Dirk bemerkte, wie Anjas Augen über seine Arme und seine Brust wanderten. Gerne bildete er sich ein, in diesen Augen dabei ein Blitzen zu sehen. Es dauerte nur Sekunden, bis sie um sich herum nichts mehr wahrnahmen. Später lagen sie erschöpft, aber glücklich, nebeneinander. Erst zum Sonnenaufgang fielen sie in einen tiefen Schlaf, aus dem sie gegen zwölf Uhr mittags langsam und immer noch glücklich, erwachten.

Jetzt erst nahm Dirk das ihn umgebende Zimmer richtig wahr. Er handelte sich nur um einen kleinen Raum, in den genau das Bett und ein zweitüriger Kleiderschrank passten. Die Decke und zwei der Wände strahlten in Weiß, die anderen beiden Wände in einem kräftigen Rot. Die Farbkombination Rot und Weiß ließ ihn an seinen Verein denken. Eine Gelegenheit, den sportlichen Werdegang seines Vereins der letzten Tage zu verfolgen, fand Dirk zu seinem Bedauern nicht.

Er blickte nach links, direkt in Anjas Gesicht, die ihn mit noch müden Augen anblinzelte. Dirk küsste sie auf die Stirn, schwang sich aus dem Bett und ging ins Bad. Nur wenige Augenblicke später folgte Anja ihm.

Fünfundvierzig Minuten später zwängten sich beide wieder in ihre Motorradkleidung, um dann den Problemen wieder die Stirn zu bieten.

Anja verabschiedete sich von ihrer Freundin, der Tochter der Hotelbesitzer, und ihr wiederholtes Augenzwinkern verriet, dass Anjas und Dirks Nachtaktivitäten nicht ungehört geblieben waren. Weitere Fragen stellte die Freundin gottlob nicht.

Gute fünfundvierzig Kilometer lagen zwischen ihrem jetzigen Standort und ihrem Ziel, dem Örtchen Schierke, das direkt unterhalb des Brockens auf ehemals ostdeutschem Gebiet lag. Schon vor Jahren hatte Dirk den Ort bereist und konnte sich blass an ihn erinnern. Ein kleiner und netter Ort, sozusagen in einer Sackgasse. Von hier aus konnte man nur noch den Fußweg auf den Brocken wählen, oder den gekommenen Weg zurückfahren. Nach der Wende öffnete sich der Ort mehr und mehr dem Tourismus. Bis zur Wende konnte man hier fast ausschließlich nur höhere Parteiangehörige antreffen.

Dirk plante, in Schierke erst einmal nach einer Bleibe für die Nacht oder die nächsten Tage zu suchen, bevor man nach Detlef Günkel Ausschau halten wollte. Die Fahrt mit den Motorrädern machte beiden bei sechzehn Grad Celsius und wolkenfreiem Himmel gehörigen Spaß. Leider schon nach einer dreiviertel

Stunde, knapp nach vierzehn Uhr, erreichten sie ihren Zielort.

Anja und Thomas entschieden sich für das Hotel „Waldburg", da es so ziemlich mitten im Ort lag und man von dort gut zu Fuß den Rest des Ortes erkunden konnte. Das Hotel verfügte über fast dreißig Zimmer und bot die Möglichkeit, die Motorräder hinter dem Haus abzustellen. So konnten sie von der Straße aus nicht mehr gesehen werden. Vielleicht blieben sie hier anonym und unentdeckt.

Vom am Kyffhäuser verhörten Verfolger wussten sie ja, dass eine große Menge Geld im Spiel sein sollte und man Dirk mit allen Mittel suchen und so oder so finden würde. Dirk hoffte, hier in Schierke möglichen Verfolgern entkommen zu können. Allerdings mussten sie damit rechnen, dass die Verfolger sehr wohl wussten, wer auf der Karte abgebildet war und wo diese Leute sich aufhielten. Dirk und Anja konnten also sicher davon auszugehen, dass in Schierke gelbe Krawatten auf sie warten würden.

Zum späten Nachmittag googelte Dirk im hoteleigenen Computer nach Seniorenheimen in Schierke und fand sofort das einzig passende Heim in diesem Ort. Die Seniorenresidenz „Unter den Eichen" erstreckte sich nur wenige hundert Meter vom Hotel entfernt, über ein Gelände direkt an der Straße, die in Richtung Brocken führte.

Quergegenüber des Hotels befand sich ein kleiner Laden, in dem man neben einer großen Menge Erinnerungsstücke an den Urlaub im Harz auch die eine oder andere Kleidung erstehen konnte. Getrennt voneinander verließen erst Anja, dann Dirk das Hotel. In besagtem Laden wollte man sich unauffällig treffen. Hier wollten sie sich mit ein paar Kleidungstücken eindecken, die ihre wahre Identität verschleierte und die es ihnen ermöglichte, sich unbemerkt der Seniorenresidenz zu nähern. Je mehr sie darüber diskutierten, umso mehr kamen sie zu dem Schluss, dass dieses Heim von Dirks Verfolgern beobachtet werden würde.

Außer ihnen befanden sich keine weiteren Besucher im Geschäft und so brauchten sie sich daher keine Sorgen machen, entdeckt zu werden. So toll, wie sie es sich vorher erhofft hatten, waren die Perspektiven dann doch nicht, sich hier anders einzukleiden. Trachten aus dem Harz hätte man erstehen können. Damit wäre man draußen aber mehr aufgefallen als in Jeans und Hemd. Ratlos schaute sich Dirk im Laden um.

Als sein Blick auf das Schaufenster fiel und er hinaussah, bemerkte er sofort das Fahrzeug, das soeben vor dem Hotel gegenüber anhielt. Ein alter hellblauer Ford Transit mit der Aufschrift „Rohr-Maxe Rohrreinigung, ...ich komme immer". Ziemlich zweideutig, dachte Dirk. Aber genau darin lag die Lösung. Er griff nach Anja und zog sie aus dem Laden.

>>Wie viel Bargeld hast du noch dabei?<<

>>Fünfundachtzig Euro<<

>>Gut, behalte die. Ich habe fast eintausenddreihundert Euro, die ich von dem nicht geglückten Waffenkauf noch übrig habe.<<

Anja schaute Dirk verwundert an. Diesem Gespräch konnte sie nicht folgen. Dirk dagegen drehte sich um und steuerte ohne ein weiteres Wort sofort auf den Hoteleingang zu.

Im selben Augenblick verließen zwei ähnlich aussehende Männer mittleren Alters, gekleidet in Blaumännern, karierten Hemden, einem grauen Kittel und schweren schwarzen Schuhen das Hotel und strebten dem blauen Ford Transit entgegen. Anja beobachtete, wie Dirk mit den beiden Handwerkern ein paar Worte wechselte und dabei mit den Euros wedelte. Gemeinsam gingen sie dann zu den Hecktüren des Transits und die beiden Rohrreiniger verschwanden im Inneren des Fahrzeugs. Dirk sah sich triumphierend zu Anja um. Nach ein paar Minuten verließen die Rohrreiniger das Auto wieder. Nur jetzt trugen sie nur noch ihre grauen Kittel. Dirk übergab ihnen die kompletten eintausenddreihundert Euro und die Rohrreiniger gingen barfuß, auch ihre Schuhe ließen sie zurück, auf ein nahegelegenes Café zu.

Dirk winke Anja herbei, fasste sie an der Hand und stieg mit ihr durch die Hecktür in den Ford Transit.

>>Zieh das an.<<

Dirk deutete auf die am Boden des Fahrzeuges liegende Kleidung. Anja schaute zuerst zu Dirk, dann auf die am Boden liegende Kleidung und wollte protestieren. Dann besann sie sich anders, schloss lieber die Tür des Fords und begann sich langsam auszuziehen. Dirk lächelte, dachte: Jetzt nicht! und begann die Kleidung der Rohrreiniger aufzuteilen. Zehn Minuten später trugen sie ihre neue Kleidung. Dirk passte hervorragend in den Blaumann und Schuhe in seiner Größe fand er auch. Die Sachen wiesen ganz und gar nicht Anjas Kleidergröße auf, aber die Träger an der Latzhose konnte man etwas enger machen und sie behielt einfach ihre Turnschuhe an.

Kapitel 29
16. Oktober 2008, später Nachmittag, Harz

Die wenigen Meter zum Seniorenheim konnten in ebenso wenigen Minuten zurückgelegt werden. Dirk hoffte, sofort zu erkennen, ob irgendwelche verdächtigen Personen das Seniorenheim beobachteten. So ohne weiteres gelang ihm das aber nicht.

Drei unterschiedlich gekleidete Herren und eine Frau hielten sich an verschiedenen Stellen im Umfeld des Seniorenheims auf.

Der erste Mann stand direkt an der kleinen Treppe, die zum Eingang des Seniorenheims führte. Er trug die übliche Kleidung eines Wanderers und studierte eine Wanderkarte. Den mittelgroßen Mann zierte ein auffälliger Bürstenhaarschnitt. Seine muskulös erscheinende Figur hätte ein Hinweis darauf sein können, dass es sich bei ihm nicht nur um einen normalen Wanderer handeln könnte. Aber sicher konnte sich Dirk da nicht sein.

Der zweite Mann saß auf einer Parkbank im kleinen Gärtchen links neben dem Eingang. Aufgrund seines zu jungen Alters, konnte er eigentlich kein Bewohner des Seniorenheims sein. Seine Kleidung wies auch nicht darauf hin, dass er dort bedienstet sein könnte. Auf Dirk wirkte der Mann verdächtig.

Der dritte Mann stand gegenüber auf der anderen Straßenseite, vertieft in den Fahrplan, an einer Bushaltestelle. Er hatte nur einen kleinen, aber entscheidenden Fehler begangen. Am Kragen seines hoch geschlossenen Mantels erkannte man das Gelb seiner Krawatte. Wie blöd in doppelter Hinsicht, dachte

Dirk. Blöd einerseits, weil der Kollege so dumm war, seine Krawatte anzubehalten, aber auch deswegen blöd, weil Anja und er nun nicht einfach so daher spazieren konnten.

Als letzte im Bunde fiel Dirk noch die drahtig wirkende Frau mit den ganz kurzen blonden Haaren auf, die mit festem, eher boshaftem Blick ihre Umgebung musterte. Sie stand ungefähr fünfzig Meter von Eingang zum Seniorenheim entfernt an einer Laterne und hielt ein Mobiltelefon in der linken Hand.

Dirk spekulierte bewusst nicht auf irgendwelche Hintereingänge oder offene Fenster, um unbemerkt einzusteigen. Sie besaßen keine großartigen Fähigkeiten, Fenster und Türen uneingeladen zu öffnen.

Also dann, Augen zu und durch. Dirk sagte zu Anja nichts von den vier Figuren. So würde sie sich am natürlichsten verhalten. Vor dem Haus befanden sich drei Parkbuchten für Besucher des Heims. Nur auf einem davon stand bereits ein Fahrzeug. Dirk wählte die rechte, freie Parkbucht, die am nächsten zum Eingang des Seniorenheims gelegene. Laut vor sich her pfeifend stieg er aus dem Wagen aus. Sein Plan war es, so viel Lärm wie möglich zu machen und alle Aufmerksamkeit auf sich ziehen. Er hielt das für besonders unverdächtig. Mit einem lauten Knall schlug er die Fahrertür des Transits zu. Das konnten die vier Wächter des Seniorenheims nicht überhört haben. Dirk schlurfte zur Hintertür des Wagens, öffnete diese und entnahm dem Fahrzeug einen großen metallenen Werkzeugkasten, den er umgehend und mit einem ohrenbetäubenden Lärm auf die Straße fallen ließ.

Anja stieg auch aus dem Wagen aus. Da sich ihr Freund keinerlei Sorgen zu machen schien, beruhigten sich ihre Nerven auch und ihre vorige, sich immer mehr steigernde Aufgeregtheit, legte sich schnell wieder.

Gemeinsam stiegen Dirk und Anja nun die paar Stufen zum Gebäude empor, gingen an dem Kerl an der Treppe direkt am Eingang vorbei, schenkten ihm aber keine weitere Beachtung und verschwanden durch die gläserne Eingangstür. Die Type bemerkte sie überhaupt nicht. Ha, wahrscheinlich gehen denen langsam die guten Leute aus, dacht Dirk siegesgewiss, stellte den Werkzeugkasten ab und versuchte sich zu orientieren.

Kein Mensch hielt sich hier auf. Nach rechts führte eine Schwingtür in einen unbeleuchteten Gang, der weiter ins Gebäudeinnere führte. Geradeaus führte eine Steintreppe nach oben. Ein großes Schild mit der Aufschrift „Rezeption 1. Etage" in grellen, hellgrünen Buchstaben prangte an der linken Wand. Dirk und Anja nahmen die Treppe. Oben angekommen standen sie unmittelbar vor einer hölzernen Rezeptionstheke, hinter der sich eine absolut nicht unattraktive Dame mittleren Alters versteckte, die sofort ihre Arbeiten unterbrach und zu den beiden Neuankömmlingen aufschaute.

Es roch nach Malzbonbons. Diesmal ergriff Anja zuerst die Initiative.

>>Zu Herrn Günkel bitte.<<

>>Herr Günkel? Sind sie etwa mit ihm verwandt?<<, fragte die Rezeptionistin leicht schnippisch.

>>Er ist mein Opa – mütterlicherseits<<, sagte Anja nicht weniger schnippisch und dazu laut und deutlich – ebenso, als ob sie die Frage nach dem Verwandtschaftsverhältnis beleidigt hätte.

Die Dame an der Rezeption wartete für Dirks Gefühl ein paar Sekunden zu lange und starrte Anja dabei in die Augen.

>>Zimmer einhundertvierzehn, den Gang runter, hinten rechts herum und dann auf der rechten Seite das letzte Zimmer<<.

Dabei deutete sie in den einzigen beleuchteten Gang, der von hier abging. Anja bedanke sich artig, nahm Dirk an die Hand und zog ihn in den hellen Gang hinein. Hinter sich hörten sie noch, wie die Rezeptionistin zum Telefon griff, wählte und etwas in den Hörer flüsterte.

Anja und Dirk legten ein paar Meter zurück, da erlosch die Beleuchtung des Ganges. Langsam tasteten sie sich weiter in den immer dunkler werdenden, fensterlosen Gang hinein, bis sie eine Ecke erreichten, an der es nach rechts ging. Anja guckte um die Ecke herum und zucke sofort zurück.

>>Da war was.<<

>>Wie, da war was? Was denn?<<

Anja verzog nur das Gesicht, aber das konnte Dirk in der Dunkelheit gar nicht sehen. Dirks plötzliche Ratlosigkeit zwang ihn, darüber nachzudenken, was zu tun wäre. Dabei griff er in die tiefen Hosentaschen seines vorhin teuer erstandenen Blaumanns. Er fühlte einen hölzernen Griff, zog diesen heraus und hielt einen rund zwanzig Zentimeter langen Schraubendreher in der Hand. Schon besser, dachte er und traute sich seinerseits, vorsichtig um die Ecke zu gucken. Wenn die Rezeptionistin mit ihrem Anruf vorhin irgendwelche weiteren Krawattenträger darüber verständigen wollte, dass zwei junge Leute nach Detlef Günkel gefragt und sich nun auf dem Weg zu ihm befanden, brach hier sowieso gleich die Hölle los. Also galt es so oder so, jetzt zu handeln.

Dirk schaute erneut um die Ecke und sah... nichts außer Dunkelheit. Langsam bewegte er sich, Anja im Schlepptau, vorwärts. Nach wenigen Schritten kam es ihm so vor, als ob er ein leises Atmen links vor sich vernahm. Dirk blieb stehen und horchte ins Dunkle hinein. Ja, da war tatsächlich ein Geräusch, das sich anhörte, als ob jemand leise, vielleicht hinter vorgehaltener Hand, atmete. Dirk bekam Angst. So eine gelbe Krawatte anzugreifen, ohne darüber nachzudenken, ob das überhaupt gelang oder nicht, machte ihm weniger Sorgen. Was aber, wenn da nur irgendein Heimbewohner herumstand, um heimlich eine Zigarette zu rauchen? Dem wollte man ja nicht gleich ans Leder. Dirk kam eine zündende Idee.

Er flüsterte Anja etwas ins Ohr und ließ sich langsam auf die Knie hinab gleiten. Anja tastete sich langsam weiter vorwärts, machte dabei aber durchaus das ein oder andere Geräusch. Sie schlurfte leicht an der rechten Wand entlang, gerade mal soviel, dass ein in der Dunkelheit Wartender darauf aufmerksam werden musste. Dirk hingegen rutschte lautlos auf dem Boden unmittelbar neben Anja den Gang entlang. Und dann plötzlich bewegte sich eine Gestallt, überfallartig von links kommenden, auf Anja zu.

>>Hab ich dich endlich.<<

Weitere Worte blieben dem Angreifer im Halse stecken und wandelten sich zu einem Aufschrei und schließlich zu einem unterdrückten Stöhnen. Dirk stieß nämlich genauso blitzschnell mit dem Schraubendreher auf Kniehöhe zu und erwischte den Angreifer böse direkt ins rechte Knie. Dieser sank hinab auf das verbleibende gesunde Knie, während Dirk sich erhob und mit den schweren Schuhen der Monteure sofort und ohne Rücksicht auf Verluste, zutrat. Dabei traf er den Brustkorb des am Knie verletzen Angreifers, der unter einem lauten Knacken nachgab. Danach umgab sie nur noch Stille.

Direkt an der Stelle, wo sich der Angreifer zuvor versteckte, befand sich eine kleine Kaffeeküche ohne Tür. Dirk packte den röchelnden Angreifer am Kragen und zog ihn in die Küche hinein. Schnell knebelte er den Wachmann mit seiner eigenen Socke und nahm ihm sein Mobiltelefon aus der Hosentasche.

>>Höre ich einen Ton von dir, sieht dein linkes Knie genauso aus wie dein rechtes.<<

>>Mit etwas Glück<<, sagte Dirk zu Anja gewandt, >>wird sich in den nächsten Minuten hier niemand einen Kaffee kochen wollen.<<

Dirk und Anja schlichen weiter. Jetzt nicht mehr so leise, denn die Aufregung der letzten Sekunden hörte man beiden deutlich an der heftigen Atmung an. Dirk hoffte, dass die Verletzungen des Mannes in der Küche nicht zu schlimm waren.

Zwei Türen weiter fanden sie das Zimmer einhundertvierzehn. Die Türklinke ließ sich ohne Probleme herunterdrücken und die Tür schwang leise auf.

In einem dämmerigen Licht erkannten sie einen alten Mann mit dem Rücken zum Fenster und dem Blick zu ihnen gerichtet, in einem uralten Ohrensessel sitzend.

>>Endlich seid ihr da. Ich habe euch schon so lange erwartet<<, sagte der alte Mann und wirkte dabei ziemlich durcheinander.

Dirk und Anja schlossen erst einmal die Tür geräuschlos hinter sich. Dirk schaute sich in dem Zimmer aufmerksam um. Nicht weit neben der Tür sah er einen Stuhl mit Holzlehnen. Diesen klemmte er so gut er konnte unter die Türklinke, um ein schnelles Eindringen von außen zumindest ein paar Sekunden lang zu verhindern.

>>Da auf der Kommode liegt der Zimmerschlüssel. Was ist mit dem Kerl da draußen?<<, stieß es aus dem alten Mann, schon weit weniger durcheinander wirkend, hervor.

Dirk nahm den Schlüssel und schloss die Tür, zusätzlich zu seiner Stuhlbarriere, ab.

>>Der Kerl da draußen wird uns nicht stören<<, sagte Anja derweil.

>>Ich habe so lange auf euch gewartet<<, wiederholte der Alte und klimperte dabei mit den Augen.

>>Ich habe nicht mehr viel Zeit auf dieser Erde. Der Krebs frisst mich auf. Und viel Zeit haben wir jetzt auch nicht. Aber erzählt mir erst einmal, wer ihr überhaupt seid und was ihr wollt, bevor ich euch etwas von mir erzähle.<<

Der Alte machte eine kleine Pause, atmete einmal tief durch und strich sich mit den Fingern der rechten Hand durchs Haar.

>>Kennt ihr den Walter? Ich weiß nur, dass die von ganz oben hinter euch her sind. Die bewachen mich hier seit Tagen und wollen euch ans Leder. Und ich bin sicher, dass das etwas mit einem Bild aus Chemnitz zu tun hat, oder? Da sind die schon seit Jahren dran und ich warte ebenso lange drauf, dass das endlich mal auffliegt. Bisher bestand darin meine Lebensversicherung. Jetzt brauche ich die nicht mehr – der Krebs.<<

Ein kleines Auflachen folgte und der Alte fuhr fort.

>>Ach ja, ich bin Detlef Günkel.<<

Er sprach weiter mit unverhohlener Freude und Erwartung.

>>Den habt ihr doch gesucht, oder etwa nicht?<<

Dirk schaute auf die wie aus Messing aussehende Wanduhr, die rechts an der Wand hing. Sie zeigt mittlerweile neunzehn Uhr vierunddreißig.

>>Der Walter ist mein Onkel<<, begann Dirk und wurde direkt von dem Alten unterbrochen.

>>Ja der Walter, das war ein guter Junge. Wusste gar nicht, was er tat, wenn er sich in Chemnitz seine Päckchen und Briefe abholte. Hab ihn oft in der Kantine getroffen. Der Walter aß so gerne Soljanka und Wellfleisch. Hab mich immer gerne zu ihm gesetzt. Mit ihm konnte man so gut über den Westen reden und fiel nicht auf, wenn man mal keine sozialistischen Reden halten wollte. Also, was ist mit dem Walter? Geht es ihm gut? Wir haben ihn ja damals noch so eben rüber gekriegt.<<

In aller gebotenen Kürze versuchte Dirk zu erzählen, was er von Walter wusste und wie sein Leben verlaufen war. Auch Dirks eigene Geschichte in den letzten Tagen und Wochen ließ er nicht aus. Wie er Anja kennen und lieben gelernt hatte, ließ er dabei allerdings unerwähnt. Um zwanzig Uhr fünfzehn, der Alte stellte zwischendurch immer wieder Fragen, beendete Dirk seine Ausführungen und der Fluchthelfer Günkel wusste, worum es ging. Zwar schaute er noch ein paar Mal fragend zu Anja, begann aber mit verfinsterter Mine seine Geschichte.

>>Mensch, der Walter. Die tragen die Schuld. Aber die Suppe werden wir ihnen jetzt versalzen. Schon als junger Mann war ich kein Freund von Sozialisten oder Kommunisten. Allerdings waren mir auch Demokratie und Kapitalismus so lange egal, wie Men-

schen in Freiheit leben konnten und hingehen konnten, wohin immer sie wollen. Mein Großvater, ein Wolgadeutscher, wurde nach dem Überfall der Nazis auf Russland von den Russen nach Sibirien deportiert. Dort starb er elendig, obwohl er mit den miesen Nazis überhaupt nichts am Hut hatte. Daher kommt das wohl. Als man dann später in der sogenannten Deutschen Demokratischen Republik auch nicht mehr hingehen durfte, wohin man wollte – nicht innerhalb des Landes und schon gar nicht ins Ausland, habe ich mit Gleichgesinnten eine Fluchthelferorganisation, genannt G-Gruppe, nach Westdeutschland aufgebaut und später gut ausgebaut. Ich konnte dieses Eingesperrt sein nicht mehr ertragen. Verdienen konnte man damit nichts und wenn die uns erwischt hätten, dann wäre man mit viel Glück nach Bautzen gekommen oder mit weniger Glück direkt erschossen worden.<<

Der alte Mann legte seine Stirn gedankenverloren in Falten. Ein paar Tränen füllten seine Augenwinkel.

>>Eines guten Tages hat mich eine meiner Mitarbeiterinnen, eine Frau Berg, ans Messer geliefert. Die mischte ganz am Anfang schon bei uns mit. Bestimmt von der Stasi eingeschleust. Wir waren so naiv. Miststück. Na ja, mittlerweile ist die elendig an Darmkrebs zugrunde gegangen. Den Behörden ging es aber gar nicht darum, die von uns organisierten Fluchten auffliegen zu lassen oder die Flüchtenden einzukerkern. Die wollten unsere Kontakte und Wege benutzen, um unbemerkt irgendetwas über die Grenze zu schmuggeln. Erst begriff ich gar nicht, warum. Die verfügten doch über genug offizielle Wege über die Botschaften. Manchmal gab es auch Gerüchte von Kurieren, die für beide Seiten arbeiten. Walter war ja dann so einer. Aber den Guten lernte ich erst später kennen. Mir

172

klebte nun diese Frau Berg am Stiefel und brachte trotzdem Leute über die Grenze. Manchmal handelte es sich um echte Flüchtlinge und hin und wieder um Leute, die mir die Behörden aufdrängten. Und diese Leute brachten dann schon mal auch bestimmte Kartons oder Taschen mit. Meine Helfer, außer Frau Berg natürlich, wussten nichts davon. Sie dachten, wir würden im Geheimen agieren und freuten sich über jeden, den wir über die Grenze brachten. Ab und zu knallten die uns auch mal einen an der Grenze ab.<<

Der Blick des alten Mannes ging eine Zeit lang ins Leere, bevor er sich wieder fing und weitersprach.

>>Ob ich den Walter nochmal sehen kann?<<

Ohne eine Antwort abzuwarten, erzählte Detlef gleich weiter, so als ob es sich schon lange Jahre in ihm ausstaute und sich nun unaufhaltsam entladen musste. Es sprudelte nur so aus ihm heraus.

>>Später habe ich dann kapiert, worum es ging. Substanzen! Ja, da guckt ihr, was? Substanzen, darum ging es.<<

Mit leuchtenden Augen ob dieser Erkenntnis schaute er sich triumphierend um, erwartete wohl Überraschung oder Begeisterung in den Augen seiner Zuhörer. Diese schauten sich aber nur verständnislos an und begriffen nicht, was der Fluchthelfer Detlef Günkel, der die größte solcher Organisationen gegründet und geleitet hatte, ihnen sagen wollte. Doch der Alte machte weiter.

>>In der DDR arbeitete ein gewisser Professor Heinrich Strumper schon in den fünfziger Jahren an der Deutschen Hochschule für Körperkultur in Leipzig. Ach die Fünfziger, das war eine schöne Zeit. Seine Kollegen an der Hochschule nannten den Pro-

fessor den Spitzenfunktionär der ergogenen Substanzen. Ja, das war sein Thema.<<

Dabei unterbrach der Fluchthelfer seine Ausführungen erneut und blickte wieder gedankenverloren in den Raum hinein, ohne Dirk und Anja wirklich wahrzunehmen. Dann, ganz unvermittelt, fuhr er wieder fort.

>>Wissen sie, ich bin jetzt sechsundachtzig Jahre alt. Meine Frau ist schon 1988 bei einem Verkehrsunfall ums Leben gekommen. Ich war mal eine große Nummer. In den Achtzigern...<<

Wieder machte er eine Pause, um wenig später wieder loszulegen.

>>Ergogene Ernährungsmaßnahmen und die Erforschung von mittelkettigen Fetten, um deren Wirkung auf den Fettstoffwechsel festzustellen – so hieß Professor Strumpers Forschungsauftrag. Nachher kamen immer mehr künstlich hergestellte Substanzen hinzu und der Professor musste sie untersuchen. Und dann, ich weiß das noch so genau, weil er immer und immer wieder davon erzählte, kam der 17. November 1958. Da hatte er es endlich gefunden. Und oh Wunder, nur zwei Tage nachdem Strumper das Oxtralot erfand, stand eines Morgens ein Kollege aus Westdeutschland zusammen mit Ludwig Bolzer, dem Minister für auswärtige Angelegenheiten in seinem Labor. Die beiden wollten alles über Oxtralot wissen. Wie finden Sie das denn?<<

Der alte Fluchthelfer schaute seine Besucher der Reihe nach fragend an. Anja, der sicherlich genauso viele Fragen wie Dirk auf der Zunge lagen, reagierte als Erste.

>>Herr Günkel, ich habe erst einmal zwei Fragen. Wie hieß der Mann aus Westdeutschland und was kann oder was ist Oxtralot?<<

>>Oxtralot? Das steht alles in der Akte da.<<

Detlef Günkel zeigte auf eine blassrote Papierhülle auf seinem Tisch neben dem Sessel, die einige DIN-A4-Seiten enthielt.

>>Die könnt ihr haben. Macht damit, was ihr wollt. Hauptsache, ihr macht die fertig<<

Der Alte zeigte ein grimmiges Gesicht.

>>Oxtralot ist fast nicht nachweisbar. Es hat gegenüber anderen Mitteln entscheidende Vorteile. Man muss es nur wenige Stunden vor einer Dopingkontrolle absetzen und man muss es nur wenige Stunden vor dem Training oder einem Wettkampf einnehmen. Die Einnahme eines herkömmlichen Dopingmittels verfolgte bis dahin immer das Ziel, eine von drei möglichen Veränderungen einzuleiten. Es sollten entweder Muskelschmerzen bei hoher Beanspruchung unterdrückt werden, der Muskelaufbau sollte gefördert werden oder die Sauerstofftransportkapazität sollte erhöht werden. Oxtralot vereinigt alle drei Vorteile in sich. Man braucht nur noch dieses eine Mittel einnehmen. Und das Tollste ist, es verschleiert auch noch die Feststellbarkeit anderer Dopingmittel, wenn eine der genannten Zielsetzungen noch von anderen Mitteln besonders unterstützt werden soll.

Im Sommer 1960 fanden die olympischen Sommerspiele in Rom statt. Beide deutschen Staaten wollten der Weltöffentlichkeit zeigen, wie leistungsfähig sie und ihre politischen Systeme sind. Früher wie heute färben Medaillengewinne auf die politischen Führer ihrer Länder ab. Die einen besaßen Oxtralot und die anderen das nötige Geld. Die DDR brauchte das Geld noch mehr als den Ruhm. Unsere DDR-Führung fand es unproblematisch, dass der Klassenfeind aus der BRD auch davon profitierten würde, Oxtralot einzusetzen. Die Informationen darüber flossen ganz schnell zwischen Ost und West. Ich bin sicher, es ging um viel Geld, um unvorstellbar viel Geld.<<

Zum wiederholten Male geriet die Erzählung des Fluchthelfers Günkel ins Stocken. Wieder einmal schaute er durch Anja und Dirk hindurch. Aber wieder dauerte es nur wenige Sekunden, bis er von selbst begann weiterzuerzählen.

>>Der Wessi? Das war Horst Berkenberg, der berühmte Horst Berkenberg. Damals war der Horst noch blutjung und arbeitete für das westdeutsche Innenministerium. Das Innenministerium ist für die Sportförderung zuständig gewesen. Während seiner politischen Karriere wurde der Horst dann steinreich und ist heute Präsident vom 1. FC Royal Genf, dem erfolgreichsten Sportverein aller Zeiten, oder? Der hat mit Oxtralot richtig fett Geld gemacht, aber der Strumper auch.<<

Der Alte lachte wieder einmal laut auf.

>>Funktioniert heute noch, das Zeug – gute Leistungen bringen gute Werbeverträge. Die haben immer noch nichts gefunden, was besser wirkt als die Weiterentwicklungen von Oxtralot. Und die Dopingjäger können nicht viel machen. Ja, ja, Ost und West haben sich damals mehr gemocht, als man denken mag. Da gab es 1960 noch eine Gesamtdeutsche Mannschaft. Haben zusammen zweiundvierzig Medaillen geholt. Und ihr wisst jetzt auch, warum die mich gebrauchen konnten. Mit offenen Kanälen ging das damals nicht. Wenn Fluchthelfer mit Dopingmitteln erwischt worden wären, na und? Zum Transport haben die mich

benutzt. Aber nur für blöd konnten die mich auch nicht verkaufen. Von dem letzten Treffen in Chemnitz habe ich von einem meiner Leute ein tolles Bild machen lassen. Da waren sie alle drauf, der Horst, der Heinrich, die Melinda und ich. Da hatte ich meine Lebensversicherung, weil sie mich brauchten und nicht wussten, wo ich das Bild aufbewahrte. Wäre das Bild an die Öffentlichkeit gekommen, wären die alle erledigt gewesen. Dann habe ich daraus eine Ansichtskarte gemacht und habe sie später in der Kantine in Chemnitz dem Walter zum Aufbewahren gegeben. Dachte, da wäre sie sicher und niemand würde sie da suchen. Konnte ja nicht ahnen, dass der nicht richtig zugehört hatte. Der Walter traf ab und an ein Liebchen in Halle. Da hat er die Karte einfach beschrieben, eine Marke drauf geklebt und mir zum Glück nochmal gezeigt. Ich hab gedacht, ich sehe nicht richtig und habe ihn ermahnt, dass die Karte niemand sehen darf. Da hat der Walter kurzerhand die Karte in einen Umschlag gepackt und trotzdem verschickt. Da ist die Stasi natürlich spitz drauf geworden. Später muss der Walter die Karte dann von seiner Freundin zurückbekommen haben. Dann haben wir den Walter nur noch mit Mühe und Not nach Westen geschafft.<<

Plötzlich wurde der Alte unruhig und schaute sich wie gehetzt um.

>>Ihr müsst jetzt gehen, weg jetzt hier. Verschwindet! Die Akte habe ich später zusammengeschrieben und gut versteckt, als die Karte schon weg war. Da wissen die nichts von. Die sind nur spitz auf die Karte. Nehmt die Akte und nichts wie weg. Sie kommen.<<

Mittlerweile war es einundzwanzig Uhr zehn geworden. Sicherlich verfügte die Rezeptionistin über keinen Kontakt zu den gelben Krawatten – sonst wären die längst da gewesen. Irgendwann würde aber der außer Gefecht gesetzte Wachmann vor der Tür von Detlef Günkel abgelöst werden. Spätesten dann würde es für Anja und Dirk eng werden. Dirk griff sich die Akte, Anja gab dem Alten ehrfürchtig die Hand zur Verabschiedung und beide traten hinaus auf den Gang.

In der Kaffeeküche lag immer noch der Wachmann, stöhnte leicht vor sich hin und hielt sich das Knie, aus dem nach wie vor Blut quoll. Hasserfüllt blickte er zu Dirk hoch, machte aber keinerlei Anstalten, irgendetwas Dummes zu unternehmen.

>>Wenn der hier noch immer in der Küche rumliegt, haben die Vier draußen vielleicht immer noch nichts gemerkt<<, wendete sich Dirk flüsternd an Anja.

Anjas >>welche Vier draußen?<<, überhörte Dirk.

>>Lass uns vorne einfach durch die Eingangstür gehen, in den Transit steigen und ab durch die Mitte.<<

Schon nach wenigen Metern durch den dunklen Gang zurück zur Rezeption merkten beide, dass dieser Plan nicht aufgehen würde. An der noch gut dreißig Meter entfernten Rezeption tauchten plötzlich zwei Herren auf, die ihre einschlägigen Absichten nicht verbergen konnten. Anja und Dirk wussten sofort, warum die Beiden dort standen.

Leise und langsam, niemandem waren sie bis jetzt aufgefallen, drehten sich die Beiden um und schlichen den Gang zurück zu Zimmer einhundertvierzehn. Der in der offenen Küche liegende Wachmann bemerkte sie, sah sie böse an, unternahm aber erneut keinen

Versuch, sie aufzuhalten. Zu sehr beschäftigte er sich mit sich selbst und mit seiner Verletzung.

Der alte Herr in Zimmer einhundertvierzehn saß immer noch in seinem alten Sessel und schaute auf, als Dirk und Anja eintraten. Genauso wie vorhin, ergriff er sofort das Wort.

>>Endlich seid ihr da. Ich habe euch schon so lange erwartet.<<

Ob er wirklich so verwirrt war und sich nicht mehr an sie erinnern konnte? Vorhin hatte er sich durchaus auf der Höhe gezeigt. Vielleicht bestand darin sein Trick.

Dirk und Anja fanden keine Zeit, sich erneut um den Alten zu kümmern. Sie liefen direkt an ihm vorbei auf das hinter seinem Sessel befindliche Fenster zu. Schnell öffnete Dirk das Fenster. Zu hoch erschien ihm das nicht bis unten. Obwohl, wirklich erkennen konnte man das in der Dunkelheit eigentlich keineswegs. Anja kletterte auf den Fenstersims, stockte kurz und sprang dann ohne weitere Verzögerung in die dunkle Tiefe. Dirk tat es ihr gleich. Dabei hörte er noch, wie die Tür des Zimmers einhundertvierzehn hastig geöffnet wurde und mehrere Personen ins Zimmer stolperten.

Dirk schlug härter auf, als er es sich erhoffte. Eine ernsthafte Verletzung trug er zum Glück nicht davon. Er rappelte sich auf, wusste nicht, wo Anja sich befand und versuchte, schnell aus den Lichtkegeln, die von den beleuchteten Fenstern des Altenheimes herrührten, zu entweichen.

Am Fenster des Zimmers einhundertvierzehn erschienen zwei dunkle Gestalten – die beiden Herren, die an der Rezeption gestanden hatten - von denen einer eine Pistole, eine Browning SFS mit Neun-

Millimeter-Patronen in der linken Hand hielt. Dieser entdeckte Dirk sofort und begann auch gleich auf ihn zu feuern. Gras und Erde spritzen neben Dirks Füßen auf, dann schaffte er es in den Schutz der Dunkelheit. Dirk wendete sich sofort nach rechts und direkt wieder nach links. Der Mann mit der Pistole am offenen Fenster, der ihn nun nicht mehr so leicht erkennen konnte – es kann sehr dunkel sein im Harz – schoss wahllos ein paar Kugeln in die Dunkelheit, verfehlte aber sein Ziel weit.

Zur selben Zeit kamen von der Straße drei weitere Männer angerannt. Das mussten die Aufpasser sein, die vor dem Haus auf Posten standen. Wo um Himmelswillen ist Anja, dachte Dirk. Er bekam fürchterliche Angst, dass sie von einer der abgefeuerten Kugeln getroffen worden sein könnte. Vielleicht lag sie irgendwo verletzt, oder, noch schlimmer, getroffen im Gras. Sehen konnte er aber in der Dunkelheit nichts und beschloss daher, lieber weiter zu rennen. Sollte Anja unversehrt geblieben sein, war sie sicher auch auf diese Idee gekommen.

Hinter dem Haus, dort wo Dirk sich nun befand, ging es einen waldigen Abhang hinauf. Dirk blieb weiter in Bewegung, wusste er doch die Verfolger nicht weit hinter sich.

Anja, die vor Dirk aus dem Fenster gesprungen war, fiel beim Aufprall auf dem Boden auf ihre linke Schulter. Diese schmerzte nun höllisch. Sie rappelte sich sofort auf, schüttelte sich kurz und rannte los. Das sie hier im Licht nicht herumstehen konnte, kam ihr sofort in den Sinn. Als es leicht bergauf ging und es um sie herum waldiger wurde, versteckte sie sich hinter einer der großen Tannen, die hier wuchsen.

Ihre Augen gewöhnten sich schnell an die Dunkelheit. Nun sah sie Dirk genau auf sich zukommen. Ihr Herz sprang vor Freude, die aber dann schnell wieder von ihrer schmerzenden Schulter und den fünf Männer verscheucht wurde. In verschiedenen Abständen hinter Dirk tauchten diese auf und verfolgten ihn. Anja konnte es nicht genau erkennen, ging aber davon aus, dass alle fünf Männer Waffen mit sich führten.

Als Dirk endlich Anjas Höhe erreichte, machte sie sich durch ein kurzes und nur für Dirk hörbares Schnauben bemerkbar. Dirk kam direkt auf sie zu und packte ihre Hand. Er küsste sie vor Freude, sie zu sehen, flüchtig auf den Mund und beide versuchten, sich tiefer in den Wald hinein zurückzuziehen.

Die Beiden wussten, dass die Truppe hinter ihnen nicht so schnell aufgeben würde. Die Männer steckten voller Wut. Die drei Männer vor der Tür, die das Eindringen von Dirk und Anja nicht bemerkt hatten, würden einiges von ihren Chefs und Auftraggebern zu hören bekommen und würden nun versuchen, ihr Versäumnis wieder gutzumachen. Die zwei Kerle, die das Zimmer einhundertvierzehn betreten hatten, sahen kurz vorher ihren verletzten Kollegen in der Kaffeeküche liegen. Sie kannten ihn gut und wollten schlicht Rache.

Von unten aus dem Dorf drang das Geräusch von Polizeisirenen mehrerer Fahrzeuge an Dirks und Anjas Ohren. Spätestens jetzt, wo sie wussten, dass in der ganzen Angelegenheit staatliche oder politische Stellen und mächtige Männer mit viel Geld mitmischten, konnten sie davon ausgehen, dass eine Hilfe durch die Polizei dieses kleinen Dorfes nicht unbedingt wirklich eine Hilfe gewesen wäre. Nein, sie mussten weiterhin, so wie bisher auch, ihren eigenen Weg finden und gehen. Optimismus machte sich bei ihnen breit. Sie glaubten, wieder heil aus der Sache herauskommen zu können. Jetzt, wo sie nicht nur die Karte, sondern auch die Akte von Detlef Günkel, dem alten Fluchthelfer, in ihren Händen hielten.

Anja, die von jeher Sport als wichtig erachtete, kannte ihren Körper recht gut und wusste, dass sie sich nichts an der Schulter gebrochen hatte. Aber es schmerzte trotzdem ziemlich stark und behinderte sie bei jedem ihrer Schritte.

Nach zehn oder fünfzehn Minuten wurde es Dirk immer bewusster, dass sie mit der Geschwindigkeit, mit der Anja vorankam, den Verfolgern nicht entkommen konnten. Was konnte er tun? Mit Anja an der Hand machte Dirk einen Schlenker nach rechts, lief gute einhundert Meter durch den Wald und drehte wieder nach rechts ab. Dirks Plan gelang. Als sie nach weiteren einhundert Metern wieder nach rechts drehten, lief die breite Reihe der fünf Verfolger, die sich keine Mühe machten leise zu sein, nicht mehr hinter, sondern unmittelbar vor ihnen. Ihre beiden Schlenker waren unentdeckt geblieben. Es bestand also kein direkter Blickkontakt zu ihnen. Die sind auch nicht besser als wir, dachte Dirk.

Nur schemenhaft erkannten sie jetzt die fünf Gestalten vor ihnen. Kämpfen oder abhauen, überlegte Dirk. Da sah er, dass einer der Verfolgten etwas abseits von den anderen ging und auch etwas zurückblieb. Einem die Waffe abnehmen, das wäre ein Ding. Dirk gehörte sicherlich nicht zu den Schwächsten. Ganz gut zulangen, das konnte er auch und die notwendige Abgebrühtheit, um einen Gegner einfach umzuhauen, die hatte er sich auch während seines leidigen Abenteuers zugelegt. Jetzt aber begleitete ihn

Anja, die zudem noch von einer Verletzung behindert wurde. Und, sie waren den Verfolgern mindestens soweit entwichen, dass diese nicht wussten, wo sie sich genau befanden. Da zählte schnelles, unbemerktes Verschwinden zu den besten aller denkbaren Alternativen.

Langsam zog er sich mit Anja weiter zurück, weiter in den Wald hinein nach links. Von ihrem erhöhten Standort konnten sie nun das Seniorenheim gut einsehen. Aufgrund des Blaulichtes von mindestens vier Polizeiwagen erstrahlte die Umgebung vor dem Haus ganz in hellem, blauem Licht. Schnell gezählt kam Dirk auf gut zehn Polizisten und auf eine ebenso große Anzahl von Männern in Anzügen. Ob sich auch Männer mit gelben Krawatten darunter befanden, spielte nicht wirklich eine große Rolle. Der Weg zurück in den Ort und damit zu ihren Sachen im Hotel und zu ihren Motorrädern war versperrt und würde aller Voraussicht nach auch versperrt bleiben.

Es war Mitte Oktober – auch nicht die richtige Jahreszeit, um draußen im Wald zu übernachten. Dirk machte sich Sorgen.

>>Was machen wir jetzt?<<

Anja kannte sich ja aus früheren Urlauben ganz gut in der Gegend aus. So wusste sie, dass der einzig sinnvolle Weg vom Ort weg in Richtung Brocken führte.

>>Das sind mindestens fünf Kilometer Fußweg nach ganz oben und ob wir da übernachten können, weiß ich nicht. Da gibt es immerhin ein Hotel, aber was, wenn es ausgebucht oder geschlossen ist?<<

Es war spät, sie froren, Aufregung gab es im Übermaß, die Motorräder schienen erst einmal verloren und beide, Anja und Dirk, dachten nur noch an

Schlaf. Hinzu kam die nicht aufhören wollende Angst, doch noch von den Verfolgern erwischt zu werden. Jetzt in Richtung Brocken zu gehen, blieb aber, wenn man das Für und Wider ehrlich bewertete, die einzige wirkliche Alternative.

Als Dirk und Anja einen der Fußwege zur Spitze des Berges erreichten, folgten sie diesem vorsichtig durch die Dunkelheit bergauf. Von ihren fünf Verfolgern sahen oder hörten sie nichts mehr. Nach einigen hundert Metern blieb Anja plötzlich wie angewurzelt stehen.

>>Da ist eine kleine Hütte. Die kenne ich von einem Besuch dort mit meinen Eltern. Ich bin mir ziemlich sicher, dass die nicht weit von diesem Weg hier weg ist.<<

Sie packte Dirk an der Hand und zog ihn, zügiger gehend als bisher, hinter sich her. Nach einem Kilometer, vielleicht auch zwei, bog Anja nach links ab.

Zwischen den Bäumen, aber ganz gut vor Blicken vom Weg aus geschützt, fanden sie die besagte Hütte. Zum Glück wohnte niemand in der unverschlossenen Hütte. Im Inneren der Hütte, die nur aus einem einzigen Raum bestand, stand ein grob gezimmerter Holztisch, zwei ebensolche Stühle und ein altes Bett mit einer viel zu weichen, aber dafür um so älteren, Matratze. Eine Möglichkeit zum Waschen oder zum Heizen gab es nicht. Es stank moderig, was wohl von dem alten und halb verrotteten Perserteppich herrührte, der auf dem erdigen Boden lag. Dirk und Anja waren viel zu erschöpft, um darüber weiter nachzudenken oder sich zu ekeln. Ein viel zu langer Tag lag hinter ihnen. Sie ließen sich so, wie sie waren, auf das Bett nieder. Wenige Sekunden später schliefen sie, sich Arm in Arm haltend, tief und fest ein.

Kapitel 30
17. Oktober 2008, am Brocken

Nach wieder mal unruhigem Schlaf mit dem einen oder anderen verwirrendem Traum, wachte Anja schon vor Sonnenaufgang wieder auf. Ihre Schulter schmerzte noch etwas, was sich aber bei weitem nicht mehr so schlimm wie am gestrigen Tage anfühlte. Dirk lag neben ihr auf dem Bauch und schnarchte ganz leise vor sich hin. Anja grinste, wie schon so oft und stieg langsam, ohne Dirk im Schlaf zu stören, aus dem schäbigen Bett. Mit den Fingern beider Hände fuhr sie sich durch ihr langes Haar, um es wenigstens etwas zu ordnen. Auf ihrem weiteren Weg wollte sie ja nicht gleich auffallen und als ungewaschen und ungekämmt erkannt werden.

Anja schaute aus dem kleinen Fenster, links neben der Tür. Im langsam aufkommenden Morgengrauen sah sie den Nebel, der über die Höhen und Wälder um sie herum zog. Wenigstens regnete es nicht.

War da nicht eine Bewegung? Der Schreck fuhr ihr durch die Glieder. Anja sah genauer hin. Da, zwischen den Bäumen dahinten, da, wo der Weg hergeht. Der Mann, mittelgroß, so wie Dirk und Anja auch in einen Blaumann gekleidet, kam langsam auf die Hütte zu. Dabei sah er sich ständig zu allen Seiten um. Das Gesicht konnte Anja nicht erkennen, da der Mann eine schwarze Schirmmütze, ziemlich tief ins Gesicht gezogen, trug. Auch hielt er etwas in seiner Hand. Um was es sich handelte, konnte Anja auch nicht erkennen.

Leise bewegte sie sich zum Bett zurück und schüttelte Dirk an der Schulter. Der schaute verschlafen hoch, freute sich, als er Anja sah und wollte etwas sagen. Anja bedeutete ihm mit dem Finger auf den Lippen, ruhig zu sein. Dann deutete sie auf das einzige Fenster im Raum.

Jetzt war Dirk sofort hellwach, sprang auf und schlich zum Ausguck. Der Mann, mittlerweile deutlich näher gekommen, entdeckte die Hütte zwischen den Bäumen und wollte diese nun offensichtlich eingehender inspizieren. Bei dem, was er in seiner rechten Hand hielt, handelte es sich um ein gewaltig großes Messer mit einer mindestens fünfundzwanzig Zentimeter langen und von beiden Seiten geschärften Klinge. Dirk sah sich auf der Suche nach einer brauchbaren Waffe hastig im Raum um. Außer den Stühlen gab es kein geeignetes Wurf- oder Schlagwerkzeug.

Dirk bedeutete Anja, sich genau an die Wand gegenüber der Tür zu stellen. Mit beiden Händen deutete er an, sein Hemd nach oben zu reißen und Anja verstand. Dirk griff sich einen der Stühle und versteckte sich hinter der Tür. Wenige Minuten später flog sie auf und der Messerheld baute sich in der Tür mit suchenden Augen auf. Sein Blick fiel auf Anja und ein schäbiges Lächeln umspielte seinen schiefen Mund.

>>Na Schätzchen, wo ist denn dein toller Freund? Alleine abgehauen, was? Hat dich sitzen lassen, was? Dann können wir ja Spaß miteinander haben.<<

Mit diesen Worten trat er mit vorgehaltenem Messer in den Raum, um sich auf Anja zu stürzen. In dem Augenblick griff Anja an den Bund ihres karierten Baumwollhemds und riss es mit beiden Händen nach oben, so dass dem Angreifer freie Sicht auf Anjas Brüste gewehrt wurde. Der Angreifer stockte umgehend in seinen Bewegungen, riss die Augen weit auf, um dann mit einem schmerzlichen Stöhnen zusammenzubrechen. Dirk spekulierte auf die so herbeigeführte Gelegenheit. Er nutzte die Unkonzentriertheit des Mannes und ließ den groben hölzernen Stuhl mit solcher Kraft auf den Schädel des Messerhelden sausen, dass dieser sofort in tiefe Bewusstlosigkeit fiel und der Stuhl in alle seine Einzelteile zerbrach. Dirk schaute etwas betroffen auf sein Werk. Lebte der noch?

Dirk konnte nicht wissen, ob der Angreifer sich allein hier herumtrieb oder andere Häscher in der Nähe herumlungerten. Er nahm das große Messer an sich und schnitt so gut er konnte den Stoff der Matratze in lange Streifen. Mit diesen fesselte er den am Boden liegenden Mann an Händen und Füßen. Dann knebelte er ihn mit einem weiteren Fetzen Stoff. Sicher würde er irgendwann gefunden oder konnte sich befreien. Darauf aber konnten Dirk und Anja jetzt keinen weiteren Gedanken mehr verschwenden.

Dirk griff sich das Messer, platzierte die Akte von Detlef Günkel wieder unter seinem Hemd, gab Anja ein Zeichen zum Aufbruch und rannte aus der Hütte. Der Weg gestaltete sich mühselig, denn diesmal, bei Tageslicht, wollten sie nicht direkt den Fußweg nehmen, aber in dessen Nähe bleiben. So führte sie dieser Weg auf den nächsten drei Kilometern über Stock und Stein, aber immer in Sichtweite des eigentlichen Weges zur Spitze des Brockens.

Auf den letzten Kilometern gab es keine Möglichkeit und keine Notwendigkeit mehr, neben dem eigentlichen Weg zu gehen. Der Baumbestand wurde immer lichter und zog sich teilweise ganz zurück. Auf den Wanderwegen bewegte sich eine große Schar Wanderer, so dass Dirk und Anja hier eigentlich nicht weiter auffielen. Nur, sie trugen beide Blaumänner, also nicht die typische Kleidung eines Wanderers. Vielleicht ließ sich das auf der Spitze des Brockens ändern. Dort gab es mehrere Gebäude mit vielen Menschen. Vielleicht konnten Dirk und Anja dort die ein oder andere Jacke oder die ein oder andere Mütze mopsen.

Auf dem Weg zur Spitze des Berges konnten sie keinen weiteren Verfolger ausmachen. Möglicherweise konnten diese sich nicht vorstellen, dass Dirk und Anja diesen Weg wählen würden. Vermutlich waren ihre Motorräder in Schierke nicht unentdeckt geblieben und die Verfolger warteten nun dort auf ihre Rückkehr. Umso besser für Dirk und Anja, auch wenn noch ein gutes Stück Weg vor ihnen liegen würde, denn der Brocken konnte nicht ihr endgültiges Ziel sein. Sie mussten weiter – vielleicht zu Fuß bis nach Torfhaus, um dort einen fahrbaren Untersatz zu finden. Dann wollten sie von hier fort, um irgendwo in Ruhe die Akte erst einmal lesen zu können. Erst danach konnten sie weitere Pläne schmieden.

Auf dem langen Weg dachte Dirk an seinen Onkel Walter. Der Anlass für die Misere, in der sie sich befanden, fand sich in dieser Karte, die lange Jahre bei Walter im Schrank herumlag. Laut Aussage des alten Fluchthelfers in Schierke, blieb die Karte auf Walters Leben auch nicht ohne Auswirkung. Und es handelte sich offensichtlich um Günkel, der Walter half, über die Grenze zu kommen. Aller Wahrscheinlichkeit nach, löste das sein Siechtum aus. Der Fluchthelfer deutete so etwas an. Er erwähnte mehrfach den Namen Walter und fragte ein paar Mal, ob man den kennen würde. Dirk nahm sich fest vor, darüber mit seinem Onkel zu reden, wenn er mal wieder in der Lage sein sollte, seinen Onkel zu besuchen. Na klar, der Walter konnte freilich nicht großartig kommunizieren, aber vielleicht bestand ja in Anbetracht dieser Geschichte hier doch eine Chance.

Bei nächster Gelegenheit wollte Dirk auch seinen Kompagnon anrufen, der jetzt sicherlich schon am Rande des Zusammenbruchs weilte ob Dirks längerer und ungeklärter Abwesenheit. Auch seine Familie, insbesondere seine Mutter und Udo warteten sicher schon dringend auf Nachrichten von Dirk. Mit Udo musste sowieso noch geredet werden. Die Gedanken darum erzeugten einen gewissen Druck in Dirk, der ihn dazu antrieb, dieses Abenteurerleben endlich wieder in ruhigere Bahnen leiten zu wollen. Mit der Akte unter seinem Hemd und der entschlüsselten Ansichtskarte dazu, so hoffte Dirk, näherte er sich diesen ruhigeren Bahnen ein Stück weit.

Ein Blick auf Anja zeigte ihm aber auch die schönen Seiten dieses Abenteuers. Mit ihr konnte er sich auch ein ganz normales Leben vorstellen und er freute sich bereits darauf. Dafür musste er sie aber um jeden Preis aus der Schusslinie bringen. Wie sollte er das bloß tun?

Im Bereich um die Spitze des Brockens herum wimmelte es nur so von Besuchern der Touristenattraktion. In einigen deutschen Bundesländern gab es Herbstferien und das machte sich hier auch im Harz durch viele Touristen bemerkbar. Links lag der kleine Bahnhof der historischen Brockenbahn. Leider konnten Dirk und Anja diese nicht nutzen, fuhr sie doch in die falsche Richtung, nämlich zurück nach Osten. Etwas weiter stießen sie auf das Brockenhotel. Es sollte mit dem Teufel zugehen, wenn sie sich in diesem achtstöckigen Gebäude nicht teilweise neu einkleiden könnten.

Leicht erreichten sie den gastronomischen Teil in der obersten Etage. Das atemberaubende Panorama, welches sich durch die ganz in Glas gehaltenen Außenwände für die Betrachter ergab, lenkte die zahlreichen Gäste an den Tischen wenigstens soweit ab, dass ein schneller Griff an die Garderobe ohne Weiteres möglich sein sollte.

Vorher aber wollte Anja etwas trinken und dabei die Garderobe genauer in Augenschein nehmen.

>>Wir haben kein Geld mehr<<, meinte Dirk auf Anjas Wunsch.

>>Nichts da<<, erwiderte Anja mit einem breiten Grinsen, >>ich besitze doch auch noch fünfundachtzig Euro. Du hast sie mir doch in Schierke zurückgegeben.<<

Ja, das stimmte. In Anjas Tasche schlummerten ja noch ein paar Geldscheine. Dirk und Anja fanden einen Platz, zum Glück mit Sicht auf die Garderobe und spülten sich mit einem kalten Getränk den Staub der letzten Stunden aus der Kehle.

Die Garderobe, so stellten sie fest, konnte nur von wenigen Plätzen im Restaurant eingesehen werden. Es gab immer wieder Minuten, in denen niemand an die Garderobe ging. Die galt es auszunutzen.

Erst ging Anja den langen Gang an der Theke entlang und nahm sich, so als ob es ihre eigene wäre, eine hellbraune Übergangsjacke aus Baumwolle, schmiss sie sich lässig über die Schulter und strebte dem Ausgang zu. Hoffentlich passt die, dachte Dirk, denn Anja fror schon die ganze Zeit auf dem Weg bergauf zum Brocken. Der Blaumann spendete nicht wirklich ausreichenden Schutz vor Kälte.

Dirk glich die Rechnung für die Getränke passend aus und startete denselben, vorhin von Anja bereits beschrittenen Weg. Er lenkte seine Aufmerksamkeit auf eine von zweien, an der Garderobe hängenden Lederjacken. Ganz unvermittelt rempelte ein Mann im dunklen Anzug Dirk an. Ein Schreck durchfuhr Dirk. Ein Blick auf die Krawatte des Herrn und der freundliche Blick, verbunden mit einer ehrlich wirkenden Entschuldigung, beruhigten Dirk schnell wieder. Der Herr drehte sich dann um und griff genau nach der Lederjacke, die Dirk auswählen wollte – Glück gehabt. Dirk blieb ja noch die andere Jacke – dunkelbraunes Leder mit einem Wollbündchen und einem Kragen aus demselben Material.

Auch Dirk zog die Jacke nicht direkt dort an, sondern erst auf der Treppe nach unten. Die Jacke passte gut. Das sollte reichen, dachte Dirk und nahm Stufe um Stufe. Eine Etage tiefer traf er auf Anja. Auch ihre Jacke passte hervorragend, so als ob diese extra für sie geschneidert worden war. Anja lachte ihm halblaut entgegen.

Da kam Dirk eine Idee. Es war jetzt Mittag, vielleicht früher Nachmittag. Der Weg nach Torfhaus würde sie noch etliche Stunden und jede Menge Anstrengungen kosten. Erst gegen Nachmittag, vielleicht zum Einbruch der Dämmerung, könnten sie den Parkplatz in Torfhaus erreichen und dann würden sie sich wieder fragen müssen, wo sie übernachten könnten. Stattdessen könnten sie doch erst einmal hier im Hotel bleiben und sich am nächsten Morgen auf den Weg machen. Die Zeit am Nachmittag hier könnten sie dazu nutzen, alle ihre Lieben anzurufen, um diese zu beruhigen - vorausgesetzt im Hotel wäre ein Telefon aufzutreiben.

Anja begeisterte die Idee und sie funkelte Dirk erwartungsfroh und mit einem kleinen Augenzwinkern an. Das Problem lag nur darin, dass Dirk über kein Bargeld mehr verfügte. Seines ging in den Besitz der Monteure in Schierke über, als er sich deren Kleidung und deren Fahrzeug zulegte. Kreditkarten, das zeigte seine Erfahrung in Warstein, konnten sie hier nicht nutzen, ohne sofort wieder verschwinden zu müssen. Sie mussten davon ausgehen, dass ihre Verfolger nur wenige Augenblicke benötigen würden, um ihnen hier auf die Spur zu kommen.

>>Schade<<, sagte Dirk zu Anja gerichtet, >>ich hätte ein Bett und eine Dusche und etwas mehr von dir gut gebrauchen können.<<

Dabei zog er Anja etwas näher zu sich, drückte sich an sie und versuchte, sie leidenschaftlich zu küssen. Dirk stieß Anja aber rasch wieder zurück, schaute in die erstaunten Augen seiner Anja und griff in die linke Innentasche der geklauten Lederjacke. Er zog ein schwarzes Herrenportemonnaie heraus, schaute hinein und beförderte drei Fünfzigeuroscheine ans Tageslicht.

>>Den Kuss holen wir nach<<, sagte Dirk mit einem fröhlichen Grinsen im Gesicht.

Damit standen sie aber noch nicht am Ende ihres Glücks. Aus der anderen Tasche der Jacke beförderte Dirk ein Smartphone ans Tageslicht. Und siehe da, es war angeschaltet und durch kein Passwort gesichert. Sicher, es konnte schnell durch den Eigentümer geortet werden, aber für einen Anruf bei Udo sollte es reichen. Danach würde Dirk es draußen vor der Tür ablegen. Wenn es gefunden wurde, könnte es der Eigentümer zurückbekommen. Würde eine andere Person das Handy finden und an sich nehmen, würde man dieser, falls man sie dann findet, auch das Entwenden der Jacke unterstellen.

Dirk wedelte jetzt mit den drei Fünfzigern und beide sprangen fast fröhlich die Treppe hinunter. Einhundertfünfzig Euro reichten dicke für ein Doppelzimmer für eine Nacht und die letzten Euro-Reserven von Anja würden sie nicht anbrechen müssen.

Nach einer ausgiebigen gemeinsamen Dusche und einer intimen Stunde zu Zweit, ruhte sich Anja, auf dem Bett liegend, noch etwas aus. Währenddessen stellte sich Dirk ans offene Fenster und rief seinen Freund Udo an.

Dirk sagte seinem Freund nur eine einzige Zahlenkolonne. Das vorherige Herausfinden der Rufnummer des Handys in den Einstellungen des Gerätes stellte Dirk vor keine große Herausforderung. Diese Nummer gab er nun codiert an Udo weiter. Dirk legte anschließend auf und es dauerte nur wenige Sekunden, bis das Mobiltelefon als Klingelzeichen eine Melodie von Rod Stewart spielte. Den Musikgeschmack des Handyeigentümers sollte man nicht verachten, dachte Dirk, als er den Annahmeknopf drückte.

Dirk berichtete nur in zwei, drei Sätzen, was nach ihrem Auseinandergehen geschehen war, dass es ihnen gut ginge und dass sie noch etwas Zeit benötigen würden, bis alles wieder seinen normalen Lauf nehmen würde. Dann gab er Udo noch ein paar wichtige Hinweise und legte schnell auf. Das nun nicht mehr sicher zu gebrauchende Smartphone brachte Dirk in die dritte Etage des Hotelgebäudes und legte es dort in die Mitte der Ganges, der zu den Zimmern auf dieser Etage führte. Würde man es dort finden und dem Eigentümer zurückgeben können, würde man, so hoffte Dirk, den Dieb, wenn überhaupt noch im Hause, dann in Etage drei vermuten. Würde jemand anderes das Handy an sich nehmen und möglicherweise dabei erwischt, würde man auch bei dieser Person die gestohlene Jacke und das entwendete Geld vermuten.

Insgesamt sechsundvierzig Euro befanden sich nach Zahlung des Zimmerpreises an der Rezeption noch in ihrem Besitz. Jeder von ihnen trug einen mehr schlecht als recht sitzenden Blaumann, olle Schuhe und eine geklaute Jacke. In Torfhaus würden sie das regeln. Dann sollte jeder neben etwas Kleidung auch ausreichend Bargeld bekommen. Dirk glaubte, bereits dafür gesorgt zu haben.

Den Abend verbrachten Dirk und Anja gemeinsam damit, die Akte von Detlef Günkel weiter zu studieren und intensiv zu lesen.

Kapitel 31
17.und 18. Oktober 2008, am Brocken
mit der Akte

Laut der geheimen Akte des Fluchthelfers Detlef Günkel arbeiteten beide deutschen Staaten, die damalige DDR und die BRD, an leistungsfördernden Mitteln, die sie ihren Sportlern für Olympiaden, Welt- und Europameisterschaften verabreichen konnten. In beiden Staaten wurden dazu umfangreiche Programme aufgelegt und mit vielen Millionen Mark beziehungsweise D-Mark unterstützt.

Als Professor Strumper in der DDR ein Mittel fand, welches mehrere Bereiche der sportlichen Fitness, nämlich Ausdauer, Regeneration und Muskelaufbau, ausgesprochen positiv förderte und welches zudem so gut wie nicht nachweisbar war, dauerte es nicht lange, bis die staatlichen Stellen der BRD darüber informiert waren. Kanäle, über die solche Informationen ihren Weg fanden, gab es genug und offensichtlich arbeiteten diese Stellen entgegen der politischen Systeme und Grenzen eng zusammen.

Die weitere Entwicklung der von Professor Strumper zusammengestellten Substanz trieben beide Staaten in der Folgezeit gemeinsam weiter voran. Aufgrund der unterschiedlichen ideologischen Ausrichtungen der beiden deutschen Staaten und aufgrund der Tatsache, dass weder der Osten wollte, dass die Russen oder ein anderer Ostblockstaat davon profitierten, noch der Westen wollte, dass die USA oder ihre europäischen Brüder davon etwas hätten, hielt man das Projekt strengstens geheim.

Auch hätte man der Bevölkerung im Osten genauso wenig erklären können, warum man kein Fernsehen des Klassenfeindes sehen durfte, aber hier mit ihm zusammenarbeitete, wie man der Bevölkerung im Westen nicht hätte klarmachen können, dass man mit westdeutschen Geldern olympische Medaillen der DDR wahrscheinlicher machte.

Die Gier nach goldenen Medaillen, Macht, Einfluss und damit Geld, stellte sich als weit größer heraus, als die Grenzanlagen zwischen der DDR und der BRD jemals sein konnten.

Mehrfach trafen sich die Herren Strumper für den Osten und Berkenberg für den Westen an verschiedenen Orten, mal im Westen, mal im Osten. Später stieß der Fluchthelfer Detlef Günkel dazu, der zur Mitarbeit gezwungen wurde, indem man ihm androhte, seine Leute und ihn einzukerkern, hätte er sich der Sache verweigert. Detlef Günkel ließ dann gezielt bei einem dieser Treffen das Bild aus Chemnitz anfertigen, welches wirklich nur ein einziges Mal auf einer Ansichtskarte abgebildet wurde.

Es handelte sich um keine normalerweise zu kaufende Karte, sah aber so aus. Diese Karte, die Günkel später an Walter zur Aufbewahrung gab und die Walter an seine ostdeutsche Freundin Astrid schickte, sollte Detlef Günkels Lebensversicherung sein.

Die Karte zeigte die beiden prominenten und in ihren jeweiligen Staaten jedermann bekannten Professoren ganz deutlich bei einem ihrer Treffen. Bei dem dritten Mann auf dem Foto handelte es sich um Detlef Günkel selbst. Er hielt das Kleinkind auf dem Arm. Eine der Frauen auf dem Bild, die sich unten am Denkmal aufhielten, war die damalige in der DDR lebende Gespielin von Professor Berkenberg, eine damals noch nicht so bekannte, aber später durch alle Medien gegangene Kindesentführerin und Mörderin mit Namen Melinda Krollinger.

Schaute man sich das Bild genauer an, konnte man vermuten, dass Melinda Krollinger zu dem Mann mit dem Kind hochschaute. Melinda Krollinger war 1990 an der wieder geöffneten, deutsch-deutschen Grenze gefasst worden. In ihrem Kofferraum fanden sich zwei tote kleine Kinder im Alter von fünf und sieben Jahren und eine noch lebende Vierjährige. Im Verlauf der Untersuchungen stellte sich heraus, dass Melinda Krollinger an insgesamt dreizehn Kindesentführungen beteiligt gewesen sein musste. Was mit den Kindern geschehen war, konnte nicht zweifelsfrei geklärt werden. Gerüchte besagten, dass es möglich sei, dass Kinder auch in den Laboren der Deutschen Hochschule für Körperkultur in Leipzig verschwunden wären, an der Professor Strumper arbeitete. Melinda Krollinger wurde zu lebenslanger Haft verurteilt. Nach Absitzen von sieben Monaten im Zuchthaus, erkrankte sie an einer Blinddarmentzündung. Die darauf folgende Operation überlebte sie aus unerfindlichen Gründen nicht.

Der Name des auf der Karte abgebildeten Kindes war in der Akte nicht zu finden. Man konnte aber davon ausgehen, dass es sich hierbei um eines der dreizehn verschwundenen Kinder handelte. Die anderen auf der Karte zu sehenden Personen vor dem Haus spielten keine Rolle.

Professor Strumper war, genauso wie Detlef Günkel, zu Zeiten der Wende schon nicht mehr der Jüngste. Eine berufliche Tätigkeit im wiedervereinigten Deutschland strebte er nicht mehr an. Durch seine Entdeckung der besagten Substanzen, auch wenn dies unter der Obhut der DDR geschah, verdiente er über die Jahre genug, um seinen Lebensabend nach seinen Wünschen gestalten zu können. Im Januar 2007 verstarb der ostdeutsche Professor, der ohne Frau und kinderlos geblieben war, nach seinem dritten Herzinfarkt in Leipzig.

Sein westdeutsches Gegenüber, Professor Berkenberg, fand nach einer gelungenen politischen Karriere den Weg in die Wirtschaft und letztendlich zum mehrmaligen Fußball-Europacupgewinner 1. FC Royal Genf, wo er Millionen und Abermillionen an Euro verdiente und wieder ausgab. Seine Beziehung zu Melanie Krollinger konnte, mit Hilfe seiner Freunde aus höchsten politischen Kreisen, unter den Teppich gekehrt werden. Heute galt Horst Berkenberg als der Fußballpräsident, als der Experte, wenn es um Fußball in Europa ging. Jeder, ob Sportler, Wirtschaftsmagnat oder Politiker egal welcher politischen Partei, sah sich gerne in seiner Nähe und ließ sich mit ihm ebenso gerne fotografieren. Gesellschaftlich hoch anerkannt war er Gast in jeder Talkshow und auf jedem salonfähigen Event anzutreffen. Den Grundstock seiner Millionen verdiente Horst Berkenberg mit dem Einsatz der Dopingsubstanzen – nur wussten das bloß wenige Lebende und die, dafür trug er Sorge, waren ihm verpflichtet oder er wusste auch etwas über sie, das nicht an die Öffentlichkeit gelangen sollte.

Das alles war auch der Grund, warum niemand die Karte finden durfte und auch heute noch Himmel und Hölle von Horst Berkenberg in Bewegung versetzt wurden, nichts davon an die Öffentlichkeit kommen zu lassen. Es ging um unbeschreibliche Mengen von Geld, Reputation und vor allem um Macht. Selbst die höchsten staatlichen Stellen beider deutschen Staaten und heute eines deutschen Staates, hegten ein besonderes Interesse daran, die Existenz der Karte und jetzt erst recht dieser Akte von Detlef Günkel, von der offensichtlich niemand etwas wusste, sowie alle Mitwissenden zu vernichten.

Bei einer Veröffentlichung der Begebenheiten um Doping, DDR, BRD, Fluchthilfe und den Herren Strumper und Berkenberg hätte es ein politisches und gesellschaftliches Erdbeben gegeben, wie es im Land nach dem letzten Krieg seinesgleichen suchen würde.

Kapitel 32
17. und 18. Oktober 2008, ein kleiner Ort in Thüringen

In Udos Keller saß immer noch der gefangene Jogginganzug. Mittlerweile waren Udos Frau und seine Kinder wieder nach Hause zurückgekehrt. Ihnen verbat Udo strengstens, in den Keller zu gehen oder ihn auch nur aufzuschließen. Da alle Drei die Auseinandersetzung auf dem Campingplatz hautnah miterleben mussten, würden sie sich ohne Wenn und Aber an diese Vorgabe halten. Irgendwo irgendwas erzählen, das würden sie von Hause aus sowieso nicht tun.

Der gut verschnürte Jogginganzug indessen wurde so gut es ging mit den Essensresten, die Udos Familie übrig ließ, versorgt. Udo hatte mit ihm schon längst vereinbart, den Knebel nicht mehr zu benutzen und gedroht, dies sofort wieder zu tun, wenn auch nur ein einziger Laut aus dem Keller nach oben dringen würde. Der Jogginganzug hielt sich an diese Abmachung. Sein Freizeitwert war hier gering, aber er wurde versorgt. Was ihm von seinen Kollegen ob seines Versagens blühen würde, zeichnete sich dagegen nicht so klar ab. Er nahm sich vor, so lange wie möglich hier im Keller zu verharren und sich danach für immer aus dem Staub zu machen.

Plötzlich, gegen Nachmittag des 17. Oktobers, ging Udos Telefon und eine ihm wohlbekannte Stimme, die sich allerdings anhörte, als ob ein dickes Tuch über dem Mikrofon hing, sagte nur eine einzige Zahlenkolonne.

>> 5-6-12-8-7-6-8-6-11-14-11<<

Dann wurde sofort und ohne ein weiteres Wort wieder aufgelegt.

Udo verstand den Code sofort, griff nach seinem, extra in Gotha von einem befreundeten Nachbarn besorgtes, Prepaid-Handy und wählte die Nummer 0-1-7-3-2-1-3-1-6-9-6.

Am anderen Ende der Leitung meldete sich, ohne seinen Namen zu nennen, Dirk.

>>Wie geht's?<<, fragte Udo.

Dirk berichtete kurz, was ihm und Anja in den letzten Tagen widerfahren war.

>>Es ist alles soweit ok. Hör zu! Ich brauche ein Fahrzeug und Geld. Kannst du das besorgen?<<

>>Klar kann ich das. Wohin?<<

>>Dorthin, wo wir den dicken Theo vor drei Jahren vom Moped geschubst haben. Morgen Mittag.<<

>> Alles klar, auf dem Parkplatz, erste Reihe, dritter Platz, Auto gleich Logo erster Buchstabe, Bluse gleich Logo erster Buchstabe, Jeans gleich Logo zweiter Buchstabe, wartet von 12:00 bis 12:30 Uhr.<<

>>Verstanden und tschüss<<, sagte Dirk und beendete das Gespräch.

Die eine oder andere Aufgabe stand für Udo nun an. Er sah noch einmal nach seinem ungeliebten Besuch im Keller und verließ, warm angezogen mit seinem dicken Mantel und seiner grüne Wollmütze auf dem Kopf, das kleine, nach der Wende erstandene Fachwerkhaus seiner Familie. Eines der größten Küchenmesser, das er in der Küche ausfindig machen konnte, trug er sowieso seit der Campingplatz-Attacke immer mit sich herum.

Nach wenigen Metern Fußweg überzeugte er sich davon, dass niemand, der nur annähernd verdächtig wirkte, sich in seiner Nähe herumtrieb. Dann wendete sich Udo die Straße hinauf in Richtung Ortskern. Der Ort, in dem Udo mit seiner Familie lebte, war dermaßen klein, dass eine nicht hierhin gehörende Person sofort jedem hier wohnenden Mitbürger aufgefallen wäre.

Nach nur wenigen Metern blieb Udo stehen, sah sich erneut aufmerksam um, wendete sich nach links und schellte an der Eingangstür des Hauses vor ihm. Schnell, so als ob man schon an der Tür auf sein Kommen gelauert hätte, wurde ihm geöffnet und er trat ein.

Im Haus wartete die junge Cousine seines Freundes Georg auf ihn. Ein paar Tagen zuvor hatte sein Freund sie bereits danach gefragt, ob sie eventuell, falls es überhaupt von Nöten wäre, einen leichten Dienst für Udo übernehmen könnte. Die arbeitslose Cousine freute sich über jede Gelegenheit, etwas zusätzlich zum vom Amt gewährten Lebensunterhalt dazuzuverdienen. Sie war also vorbereitet.

Jetzt nannte Udo ihr den Treffpunkt und den Zeitpunkt des Treffens, sagte ihr wie und wo sie zu parken hätte und übergab ihr einen dicken Umschlag mit Geld, den er aus seinem dicken Mantel zog. Die Cousine nahm den Umschlag an sich und legte ihn zu zwei im Flur stehenden Reisetaschen. Die prall gefüllten Reisetaschen hatte Udo ihr schon vor ein paar Tagen gegeben. Eine der Taschen sollte Anja bekommen, die andere Dirk.

Die Cousine sagte nichts weiter und Udo verschwand genauso schnell wieder, wie er gekommen war. Auf die Cousine kannte man sich verlassen. Sie würde mit ihrem roten Opel Corsa einen kleinen Ausflug unternehmen.

Wenige Minuten später weilte Udo wieder zuhause bei seinen Lieben, um mit ihnen den Abend vor dem Fernseher zu verbringen.

Die Cousine verbrachte den Abend ebenfalls mit dem Fernsehprogramm, ging früh zu Bett und würde sich morgen rechtzeitig auf den Weg machen. Zwei Stunden würde sie für die Fahrt zum vereinbarten Treffpunkt einplanen.

Kapitel 33
18. Oktober 2008, Harz

Das Lesen der Akte erklärte Einiges und brachte Unerwartetes ans Tageslicht. Die Angst und Sorge der beiden Flüchtigen wurde dadurch allerdings noch weiter verstärkt.

Nach einer erneut unruhigen Nacht, nahmen sie das Frühstück im Frühstücksraum des Hotels ein. An der Eingangstür des Raumes stand ein kleiner Tisch mit Zeitungen und Zeitschriften. Dirk nahm eine der ausgelegten Zeitungen mit zu ihrem Tisch. Die örtliche Tageszeitung machte auf der ersten Seite damit auf, dass in Schierke ein bekannter Fluchthelfer aus früheren DDR-Zeiten in einem Seniorenheim, in dem er eigentlich einen schönen Lebensabend verleben wollte, kaltblütig und grausam ermordet worden war. Als Tatwaffe wurde ein großes Messer vermutet. Zwei junge Leute, ein sportlicher Mann und eine hübsche Frau, kamen als Tatverdächtige infrage und mussten sich noch in der Gegend aufhalten.

Dirk und Anja schauten sich sorgenvoll an, aßen jeder schnell ein Brötchen und tranken rasch eine Tasse Kaffee, an der sich Anja noch den Mund verbrannte und beeilten sich so schnell es ging. Weg, weg, weg hieß die Devise für diesen Tag.

Das Verlassen des Hotels und der Weg in Richtung Torfhaus verliefen ohne weitere Probleme. Es dauerte aber, da acht Kilometer vor ihnen lagen. Sie brauchten für den Weg etwas länger als zwei Stunden.

Anja meldete sich unterwegs als Erste zu Wort.

>>Der arme Herr Günkel, der tut mir leid.<<

>>Am Ende haben sie ihn doch noch erledigt. Aber ich glaube, er wusste, dass das passiert.<<

>>Ja, das vermute ich auch. Er wollte den Menschen immer nur helfen, aber die Behörden haben ihn nur böse ausgenutzt. Vielleicht hätten wir ihn mitnehmen sollen.<<

>>Das habe ich auch erst gedacht. Hätte nicht funktioniert. Der Günkel wäre doch gar nicht aus dem Fenster gesprungen. Und vorne durch? Dann hätten sie uns doch jetzt auch. So ein Mist.<<

Während des weiteren Weges beschäftigten sich Dirk und Anja lieber mit sich selbst und erzählten sich Erlebnisse und Anekdoten aus ihrem Leben, die sie dem Anderen bisher noch nicht erzählt hatten. Vor anderen Wanderern wirkten sie so, als ob sich ein junges Paar im Wanderurlaub befindet und sich angeregt unterhält. Nur ihre Kleidung passte nicht ganz. Bei geschlossener Jacke sah es eher nach einer blauen Hose, als nach einem durchgehenden Blaumann aus. Hoffentlich würden sie heute nicht auf die Jackeneigentümer treffen, denen sie gestern diese Jacken entwendet hatten.

Dirk kannte Torfhaus durch mehrere Besuche mit dem Motorrad. Der Harz galt als eine der deutschen Königsregionen für Motorradfahrer und schon zu den Zeiten, als es noch ein getrenntes Ost und West gab, zählte der große Parkplatz in Torfhaus, von dem man einen wunderbaren Blick auf den Brocken werfen konnte, zu einem der beliebtesten Motorradtreffs in der Gegend.

Anjas Gedanken drehten sich um ein Fahrzeug, an das sie hier irgendwie herankommen wollte. Dirk wusste diesbezüglich schon mehr. Einen großen Teil des Weges stimmten beide ihre weiteren Vorgehensweisen ab. Dabei führten sie sich vor Augen, dass sie nur in Ruhe gelassen werden würden und ein normales Leben führen könnten, wenn die Thematik, für dessen Geheimhaltung sie verfolgt wurden, nicht mehr geheim und allen bekannt wäre.

Anjas letzter Freund lebte in Frankfurt am Main. Er arbeitete dort für eine bekannte deutsche Wochenzeitung und würde sich bestimmt für das explosive Thema interessieren. Ihn aufzusuchen und um etwas zu bitten brachte für Anja persönlich ob der gemeinsamen Vergangenheit etwas Brisanz mit – hatte sie ihn doch aus ihrer Wohnung hinausgeworfen und, wie sie heute glaubte, zu vorschnell verlassen. Darüber kam es anfänglich zu einem kleinen Rosenkrieg. Anja hielt damals nicht an ihrer Liebe fest und kämpfte nicht um die gemeinsame Zukunft. Am Ende hatte man sich gar nichts mehr zu sagen. Da sie aber über keinen anderen Zugang zur Presse verfügten, wollte Anja diesen Weg gehen. Das musste klappen.

Dirk dagegen wollte, trotz heftiger Proteste und ein paar Tränen von Anja, die Verfolger auf sich lenken. Er wollte seinen Weg in eine Anjas Weg entgegengesetzte Richtung lenken und diesen so lange fortsetzen, bis er in den Medien über ihren Fall zu hören oder zu lesen bekam oder seine Verfolger sich zurückziehen würden.

Nun trennen wir uns doch, dachte Anja, sah aber ein, dass es keine besseren Alternativen gab als diese. Dirk fühlte sich bei dem Gedanken ebenfalls nicht wohl. So würde er auf Anja nicht aufpassen können und er würde um sein Leben rennen müssen. Wenn Anja keinen Erfolg in Frankfurt haben würde... darüber wollte er gar nicht erst nachdenken.

Ungefähr so gegen zwölf Uhr erreichten die Beiden den großen Parkplatz in Torfhaus. An diesem Samstag war das Wetter im spätherbstlichen Sinne ausgezeichnet und eine Reihe von Autos und auch ein paar Motorräder nebst ihren Fahrern versammelten sich bereits auf dem Platz.

Dirk steuert direkt, ohne zu zögern, auf die erste Reihe des Parkplatzes und dort auf das Fahrzeug zu, welches als drittes Fahrzeug dort stand. In einem roten Opel Corsa saß eine junge Frau, die Anja nicht kannte. Dirk ging nun, gefolgt von verwunderten Blicken seiner Freundin, direkt auf den Wagen zu und die junge Frau stieg, als sie Dirk auf sich zukommen sah, aus. Jetzt erkannte Anja, dass es sich um eine etwa Zwanzigjährige handelte, die mit einer engen, weißen Jeans und einer ebenso engen, roten Bluse, die sich nur knapp über ihren großen Brüsten schloss, bekleidet war. Sie stellte sich neben das Auto und wartete, bis Dirk, mit Anja im Schlepptau, bei ihr ankam. Anja verspürte wegen des Anblicks und der Tatsache, dass Dirk diese Frau offensichtlich kannte, aufkommende Eifersucht in sich.

>>Schöne Farbkombination, die Bluse und die Hose<<, sagte Dirk.

>>Das sind die Farben meines Vereins.<< antwortete die junge Frau mit einem Grinsen.

Dann übergab sie Dirk den Autoschlüssel und einen Umschlag. Sie verließ wortlos und ohne sich noch einmal umzublicken, den Parkplatz in Richtung Bushaltestelle auf der dem Parkplatz gegenüberliegenden Straßenseite. Von dort ging regelmäßig ein Bus nach Braunlage und von dort würde sie den Weg, zurück zu ihrem kleinen Ort in Thüringen, finden.

>>Was sollte das denn werden?<<, fragte Anja verblüfft und mit einem leicht eifersüchtigen Unterton.

>>Ich kenne die Frau nicht, habe sie noch nie gesehen. Udo hat sie uns nach dem gestrigen Telefonat geschickt. Das mit den Farben war unser Code zur Erkennung. Habe da vor ein paar Jahren, nur so aus Spaß, schon mal so etwas mit Udo abgesprochen. Damit haben wir uns Fußballergebnisse und ähnliches erzählt und haben uns köstlich amüsiert. Das Kind im Manne eben. Wir hätten nie gedacht, dass wir den Code mal wirklich brauchen würden. Jetzt haben wir wenigstens ein Auto für dich. Im Kofferraum müssten zwei Taschen mit Klamotten sein. Eine für dich, eine für mich.<<

Dirk öffnete dabei den Umschlag, den ihm die in Rot und Weiß gekleidete Dame übergeben hatte. In ihm befanden sich tausendfünfhundert Euro in bar. Dirk zählte siebenhundertfünfzig Euro ab und gab diese Anja.

>>Es muss jetzt schnell gehen Süße. Wir haben keine Zeit zu verlieren, sonst erwischen sie uns noch. Wir treffen uns, wenn alles erledigt ist, bei deiner Freundin in Mettmann. Die Adresse habe ich im Kopf.<<

Mit diesen Worten ging Dirk an den geöffneten Kofferraum, schaute in die beiden dort befindlichen Reisetaschen und nahm die blaue mit der Kleidung für ihn. Er drehte sich noch einmal zu Anja um, die ein paar Tränen nicht verbergen konnte, küsste sie für einen öffentlichen Platz etwas zu leidenschaftlich, drehte sich um und ging auf die weiter hinten, am Motorradtreff stehenden, fremden Motorräder zu.

Dirk wollte diesen schnellen Abschied. Er wusste genau, dass er es sich irgendwie anders überlegt hätte, wenn es länger gedauert hätte.

Anja schaute ihm ein paar Sekunden nach, warf noch einen Blick auf die rosafarbene Reisetasche, die dann für sie sein musste, schloss den Kofferraum, stieg in den Wagen, fand den Schlüssel im Schloss steckend, betätigte die Zündung und fuhr eilig in Richtung Bad Harzburg davon. Dirk konnte noch feststellen, dass ihr kein Fahrzeug unmittelbar folgte.

Anja wusste, warum Dirk es so kurz und knapp mit dem Abschied hielt. Ihr ging es da gar nicht anders als ihm. Im Auto weinte sie leise vor sich hin. Hoffentlich würde sie ihn bald wiedersehen.

Kapitel 34
18. Oktober 2008, Anjas Weg

Anja fuhr mit dem kleinen Opel Corsa in Richtung Bad Harzburg. Es war Samstag. Ihre alte Beziehung, den aus Funk und Fernsehen bekannten Journalisten Wernher Mueller, wollte sie auf gar keinen Fall zu Hause aufsuchen. Wernher steckte, soweit Anja das wusste, in einer neuen Beziehung. Seine jetzige Freundin, die mit zwei Kindern aus erster Ehe die neue Beziehung zu einer kompletten Familie machte, war aus verschiedenen Fernsehserien bekannt und galt als extrem eifersüchtig. Hinzu kam das angespannte Verhältnis zwischen Anja zu ihrem Ex. Diesbezügliche Konflikte wollte Anja unbedingt vermeiden. Zwar suchte sie den Weg zur Presse, solche Presseveröffentlichungen aber, wie sie vielleicht vor dem Haus der eifersüchtigen Filmdiva anzutreffen sein würden, suchte sie eben nicht.

Wernher würde erst am Montag wieder in seinem Büro in der Frankfurter Innenstadt anzutreffen sein. Hoffentlich befand er sich nicht auf Reisen oder war sonst irgendwie aushäusig. Das hätte die ganze Aktion unnötig in die Länge gezogen und Dirks Gesundheit und Leben und Anjas eigenes sicherlich auch weiterhin gefährdet.

Von Bad Harzburg nach Frankfurt am Main betrug die Distanz etwa dreihundertzwanzig Kilometer. Dafür würde sie etwa drei Stunden benötigen. Die Fahrt verlief bei normalem Verkehr und ohne Stau ereignislos.

In Anja machte sich mehr und mehr das kalte Gefühl der Einsamkeit breit. Schon zu sehr vermisste sie

Dirks immerwährende Nähe. Jetzt verspürte sie Sehnsucht nach ihm und es fiel ihr schwer, nicht einfach umzudrehen, damit sie sich ihm in die Arme werfen konnte. Sie wusste aber nur zu gut um die Wichtigkeit ihres Tuns.

Nach einer kurzen Pause an der Autobahnraststätte „Hasselberg-West" mit einer Bockwurst, Kartoffelsalat und einem Kaffee, erreichte Anja das erste Ziel ihrer Reise um sechzehn Uhr zwanzig. Im Motel „Zwo" an der Hanauer Landstraße fand sie, wie von ihr erhofft, ein kleines Zimmer.

Kapitel 35
18. Oktober 2008, Dirks Weg

Nachdem Anja aus Dirks Augen verschwunden war, konzentrierte sich Dirk erst einmal auf die Beschaffung eines Fahrzeuges für ihn. Gerne hätte er für sich eines der Motorräder organisiert, die hier auf dem Parkplatz parkten. Ein paar schöne Maschinen standen dort. Aber abgesehen davon, dass ihm keinerlei Schutzkleidung und erst recht kein Helm zur Verfügung stand, wollte er auch keinen seiner Kollegen im Geiste bestehlen müssen. Als er gerade darüber nachdachte, wie er denn nun möglichst unauffällig an einen Autoschlüssel und das dazu passende Fahrzeug gelangen könnte, kam ihm plötzlich die Ex-Freundin eines alten Freundes in den Sinn.

Roswita arbeitete früher als Krankenschwester auf der Intensivstation in einem Krankenhaus in Goslar. Und Goslar lag nur fünfundzwanzig Kilometer entfernt. Dirk beschloss, dorthin erst einmal mit dem Bus zu fahren.

Auf dem an der Haltestelle aushängenden Fahrplan fand Dirk heraus, dass er mit einer Fahrzeit von rund vierzig Minuten rechnen musste. Der nächste Bus, der hier nur stündlich hielt, würde zu Dirks Freude schon in wenigen Minuten an der Haltestelle Torfhaus anhalten.

Währenddessen Dirk geduldig auf den bald kommenden Bus wartete, ließ er seine Blicke über das ihn umgebende Areal schweifen. In nördlicher Richtung neben dem Parkplatz befand sich ein Restaurant mit einer, um diese Jahreszeit nicht benutzten, etwas erhöht liegenden Terrasse. Auf ihr stand ein sehr groß wirkender, dunkelhaariger Mann in mittleren Jahren, der angespannt über die Menge an Menschen und Fahrzeugen auf dem Parkplatz guckte. Das allein hätte Dirk vielleicht noch nicht beunruhigt. In höchste Alarmbereitschaft versetzte aber ihn die gelbe Krawatte, die der Mann stolz über einem etwas zu ausgeprägten Bauch trug.

Dann hatten seine Verfolger doch die richtigen Schlüsse daraus gezogen, als sie nicht mehr in Schierke bei ihren Motorrädern auftauchten. Hoffentlich, so dachte Dirk, befanden sich diese Leute nicht schon länger auf ihren Posten. Vielleicht hatten sie nicht mitbekommen, mit welchem Auto Anja vor ein paar Minuten von hier weggefahren war.

Exakt zur selben Zeit, als der Mann auf der Terrasse Dirk entdeckte und etwas in ein Smartphone sprach, sah Dirk den Bus die Straße herunterkommen. Der Mann heftete seinen Blick auf Dirk und ließ ihn nicht mehr aus den Augen. Dirk konnte sicher sein, dass von irgendwoher seine Häscher schon auf ihn zuliefen. Er ging leicht in die Knie und merkte, dass er anfing zu zittern. Jede Sekunde rechnete er damit, dass ihn jemand von der Seite oder von hinten anspringen würde, oder, schlimmer noch, ihn von irgendwoher eine Kugel treffen würde. Aber zunächst passierte nichts.

Der Bus kam an der Haltestelle direkt neben Dirk zum Stehen. Die Türen öffneten sich und zwei ältere Herren stiegen aus, um dann zwei älteren Damen aus dem Bus zu helfen. Dirk zeigte sich ungeduldig und trat derweil von einem Bein auf das andere.

Endlich beendeten die Damen ihre langwierige Ausstiegsaktion und Dirk erklomm den Bus. Direkt hinter Dirk schlossen sich die Türen und der Bus setzte sich langsam wieder in Bewegung. Das Klima im Bus fühlte sich angenehm warm an, aber es roch etwas muffig. Natürlich erwartete Dirk nicht, mit dem Bus seinen Verfolgern entkommen zu können. Deshalb nahm er einen freien Platz auf der hinteren Sitzbank des Busses ein und schaute zurück zu dem Parkplatz, auf dem er eben noch gestanden hatte.

Der dickliche Mann mit der gelben Krawatte hielt sich nicht mehr auf der Terrasse auf. Stattdessen fiel Dirk der dunkelgraue Chevrolet Suburban neuesten Baujahrs auf, der, mit getönten Scheiben ausgestattet, langsam hinter dem Bus herfuhr. Das mussten sie sein!

Kapitel 36
18. und 19. Oktober 2008, Anjas Weg

Anja machte es sich in ihrem Hotelzimmer, der Dreihundertacht, auf dem Bett bequem. In einem nahegelegenen Supermarkt hatte sie sich mit einer Flasche Mineralwasser aus einem nahegelegenen Taunusbrunnen und einigen süßen Leckereien eingedeckt. Heute wollte sie das Haus nicht mehr verlassen. Auch für den morgigen Tag, den Sonntag, plante sie nichts Besonderes. Das sollte ja nur ein Tag werden, den sie irgendwie überbrücken musste, um Wernher am Montag in seinem Büro aufzusuchen.

Es dauerte gar nicht lange, da wurde sie schläfrig und bald schon übermannte sie der Schlaf. Sie durchlebte gerade einen schönen Traum, in dem Dirk eine nicht unwesentliche Rolle spielte, als sie plötzlich durch irgendein Geräusch, welches sie im ersten Augenblick nicht zuordnen konnte, aus dem Schlaf gerissen wurde. Zunächst im Halbschlaf, dann aber hellwach, saß Anja in ihrem Bett und lauschte.

Die Geräusche, sie vernahm sie immer noch, kamen nicht aus ihrem Zimmer. Das kam von nebenan. Genaues konnte sie nicht vernehmen. Laute Stimmen und ein gewaltiges Gepolter drang an ihre Ohren. Da stimmte doch etwas nicht.

Sollte sich Anja einmischen? Quälten sie nicht genug eigene Sorgen, als dass sie sich auch noch um die Angelegenheiten anderer Leute kümmern sollte? Wenigstens an der Zimmertür lauschen wollte sie, um notfalls doch einer in Not befindlichen Person zu Hilfe eilen zu können.

Anja postierte sich an ihrer Zimmertür, schaute durch den kleinen Spion in der Tür und versuchte zu verstehen, was da vor sich ging. Der Schliff des Türspions ließ Anja nach links und nach rechts weite Teile des, durch moderne LED-Lampen beleuchteten Ganges, einsehen.

Aus dem Nachbarzimmer trat alsbald ein glatzköpfiger Mann im dunklen Anzug, weißen Hemd und – Anja erschrak – gelber Krawatte. Ein riesiger zweiter Mann erschien, der ebenso „behaart" und ebenso bekleidet auftrat. Dieser hielt eine Person im Schwitzkasten, der eine über den Kopf gestülpte blaue Mülltüte die Luft zum Atmen raubte. Diese Person entpuppte sich als Frau, was Anja unschwer an der Figur erkannte. Die Frau strampelte heftig, stammelte durch Schwitzkasten und Mülltüte verursacht, unverständliche Worte und wedelte wild mit den Armen – letztendlich aber vergeblich. Der Mann, der zuerst das Zimmer verlassen hatte, versetzte der Frau auf dem Gang einen gehörigen Faustschlag an den Kopf. Der Schlag stellte sie endgültig ruhig. Anja konnte noch erkennen, dass die Frau, deren Statur der ihren sehr ähnelte, nur ein Unterhemd und einem Slip trug.

Die beiden Glatzen verzogen sich mit der Frau unter dem Arm in Richtung Notausgang und verschwanden dann schnell aus Anjas Blickwinkel. Das Geräusch einer zufallenden, schweren Tür ordnete Anja der Vermutung zu, dass die beiden Männer mit der Frau den Notausgang geöffnet hatten und durch ihn verschwunden waren. Jetzt lag der Gang in völliger Stille und offenbar war kein anderer Hotelgast durch das gerade noch laute Getöse aufgeschreckt worden.

Anja taumelte rücklings gegen ihr Bett und ließ sich darauf fallen. Konnte es sein, dass dieses Berliner Sicherheitsunternehmen mit seinen gelben Krawatten-Männchen in Frankfurt noch einen zweiten Fall erledigen musste? War das Zufall? Oder handelte es sich am Ende um eine folgenschwere Verwechslung und die beiden Männer hatten sich nur in der Zimmernummer geirrt? Anjas Herz klopfte heftig vor Aufregung. Das spürte sie bis in den Hals. Sie musste herausbekommen, wer da neben ihr in dem Zimmer wohnte. Schnell zog sie sich wieder an, fand in ihrer rosa Reisetasche auch eine Schirmmütze, die sie sich aufsetzte und ging zur Rezeption.

Hinter der Theke der Rezeption saß ein junger rothaariger Mann mit Borstenfrisur, nicht älter als zweiundzwanzig Jahre. Anja sah, dass ein männliches Wesen an der Rezeption saß. Sie öffnete die ersten vier Knöpfe ihrer Bluse. Damit gewährte sie dem Rezeptionisten den Einblick auf den kompletten inneren Ansatz ihrer beiden Brüste. Sie hoffte, dass er sich nun mehr darauf, als auf ihre Fragen und Wünsche konzentrieren würde.

>>Hi<<, sagte Anja langgezogen.

>>Was kann ich für sie tun?<<, fragte der junge Mann und richtete seine begeisterten Augen auf Anjas Bluse.

>>Wer wohnt denn in Dreihundertneun?<<, flötete Anja mit spitzer Stimme.

Ohne den Blick von Anjas Busen zu lösen und mit der Hoffnung, die Bluse könnte vielleicht doch noch weiter aufklaffen und weiteren Einblick gewähren, hüstelte der so Geblendete auf.

>>Lassen sie mich nachsehen – eine junge Frau – Anja... mmmhhh, da muss ich in den Computer gucken.<<

>> Warten sie<<, sagte Anja, drückte ihre Brust etwas heraus und die Blicke des Rezeptionisten weiterhin zu bannen, >>wer wohnt denn dann auf Dreihundertacht?<<

>>Ach das weiß ich ohne in den Computer zu sehen. Die Dame hat erst vor dreißig Minuten eingecheckt. Das ist das Zimmer von Frau Doris Mende. Die empfing vor ein paar Minuten noch Besuch. Warum...?<<

>>Danke<<, hauchte Anja zurück zur Rezeption und drehte sich bereits um.

Sie stieg die Treppen hinauf zurück zu ihrem Zimmer.

Die Angelegenheit lag klar auf der Hand. Die beiden Glatzen standen ihren Informationen nach im richtigen Zimmer. Es lag keine Verwechslung vor. Es lag an dem Dummkopf an der Rezeption. Er gab ihnen einen falschen Computereintrag und versehentlich eine falsche Zimmernummer mit.

Gerade zurück in ihrem Zimmer, fiel es Anja wie Schuppen von den Augen. Ihr war ein verhängnisvoller Fehler unterlaufen. Beim Einchecken an der Rezeption wollte man ihre Anmeldedaten direkt in den Computer tippen. Dabei fragte man auch nach ihrem Namen und ließ sie einen Anmeldeschein ausfüllen. Zu den auszufüllenden Daten gehörte auch die Nummer ihres Ausweises. Sie trug die richtige Nummer ein. Zudem kam Anja nicht auf die Idee, einen falschen Namen anzugeben. Die Filialen von Motel „Zwo", einer großen Hotelkette mit vielen Häusern, arbeiteten auf einem einzigen Server über Internet.

Der Gedanke, dass böse Finger da einen Zugriff herstellen konnten, konnte schnell gesponnen werden. Das klärte zwar nicht, woher Anjas Verfolger überhaupt wussten, in welcher Hotelkette sie absteigen würde, aber Anja konnte sich nach allem, was sie in jüngster Zeit hören und erleben musste, gut vorstellen, dass ihr Name nur irgendwo aufzutauchen brauchte, um deren Aufmerksamkeit zu erregen. Ihren Namen kannten sie also vermutlich auch.

Vermutlich würde es nicht lange dauern, bis erneut gelbe Krawatten im Hotel auftauchen würden. Schnell würden sie ihren Irrtum bemerken. Hoffentlich tun sie der armen Doris Mende nichts an, dachte Anja, währenddessen sie ihre Sachen zusammenraffte. Sie packte die rosa Reisetasche, ging, diesmal zum Leidwesen des Rezeptionisten zugeknöpft, zur Rezeption, bezahlte und verließ fluchtartig das Hotel in Richtung Zentrum. Es war mittlerweile dreiundzwanzig Uhr geworden und sie wusste nicht wohin sie nun gehen sollte. Den kleinen roten Corsa, mit dem sie hergefahren war, wollte sie lieber nicht mehr anrühren. Vielleicht warteten sie sogar schon dort auf sie. Bestimmt wussten sie, mit welchem Fahrzeug sie fuhr. Nein, zu Fuß konnte sie sich besser verstecken.

Ziellos zog Anja die Hanauer Landstraße hoch und folgte den Straßenbahnschienen der Linie elf. An der Hölderlinstraße entdeckte sie in der Dunkelheit ein Hinweisschild an einer Laterne hängen, das auf das „Hotel am Parkgelände" hinwies. Zum Hotel sollten es nur wenige hundert Meter sein.

>>Gute Idee, versuche ich es mal da<<, sagte Anja laut und ging die besagte Straße flott hinauf.

Als sie quietschende Reifen aus Richtung Hanauer Landstraße zu hören glaubte, drehte sie sich erschreckt um. An der Straßenmündung konnte sie kurz einen großen, weißen BMW X5 erkennen, der in Richtung Motel „Zwo" fuhr. Anja meinte im Wagen zwei Männer mit Glatze zu erkennen, die zum Glück nicht in ihre Richtung guckten. Die letzten Meter zu ihrer hoffentlich neuen Bleibe legte Anja lieber rennend zurück.

Das „Hotel am Parkgelände" hielt die Rezeption auch um diese Zeit noch besetzt. Eine ältere Dame strahlte Anja freundlich entgegen, als sie, etwas außer Atem, durch die große Eingangstür in die Halle trat.

>>Ist noch ein Zimmer für zwei Nächte frei?<<

>>Klar Kleine, nimm am besten hier die Drei<<, sagte die nette Dame und reichte Anja einen Zimmerschlüssel herüber.

>>Die Anmeldung machen wir morgen, schlaf dich erst mal aus<<, sagte die Alte weiter.

Anja bedankte sich, nahm ihre Tasche und sah zu, dass sie auf ihr Zimmer, hinaus aus der Öffentlichkeit, verschwinden konnte. Morgen würde sie sehen, wie es weitergehen könnte.

Sie nahm kurz eine heiße Dusche und legte sich bald hin. Ihre Gedanken wanderten zu Dirk und sie hoffte inständig, dass es ihm gut ging. Sehr bald, so dachte sie, würde sie ihn wiedersehen.

Anja wurde am nächsten Morgen erst gegen elf Uhr wach.

Kapitel 37
18. Oktober 2008, Doris Mende in Frankfurt

Doris Mende war erst vor ein paar Monaten von der Frankfurter Modellagentur entdeckt worden. Bei einem Sparziergang mit einer Freundin an der Mosel in Trier – dort lebte sie - sprach sie ein netter Herrn in Begleitung einer netten Dame an. Das Pärchen hielt sie für attraktiv und bot ihr an, doch mal in den nächsten Tagen in ihrer Modellagentur in der Paulizienstraße in Köln vorzusprechen. Doris fühlte sich von dem Angebot geschmeichelt und fuhr tatsächlich nur drei Tage später nach Köln, um sich dort vorzustellen. Sie entsprach auch dort den Vorstellungen der Agentur. Schnell wurden Verträge unterzeichnet und schnell lernte Doris in ein paar Kursen, wie sie zu lächeln und wie sie sich zu bewegen hatte. Sie schien ein Naturtalent zu sein und schon wenig später nannte sie ihre erste professionell erstellte Setcard ihr Eigen.

Danach dauerte es wiederum nur ein paar Tage und Doris erhielt ihr erstes Engagement. Für einen bekannten Damenausstatter an der Hanauer Landstraße in Frankfurt sollte sie auf einer der wichtigsten Veranstaltungen des Ausstatters mit noch fünf anderen Mädchen dessen neue Kollektion präsentieren. Ein Hotelzimmer wurde für sie gebucht, so dass sie den Tag vor der Veranstaltung in Ruhe genießen und sich auf ihre Aufgaben vorbereiten konnte. Am Tag der Veranstaltung, am Sonntag, dem 19. Oktober, wäre sie ausgeruht und könnte direkt vom Hotel die wenigen Meter zum Damenausstatter sogar zu Fuß zurücklegen.

Am Vortag der Präsentation reiste Doris nach Frankfurt und erreichte kurz vor neunzehn Uhr das für sie vorgebuchte Motel „Zwo". Sie checkte bei einem ganz süßen Rezeptionisten mit roten Haaren ein, der seine Augen nicht von ihrer auffälligen Figur lassen konnte. Nach Übergabe des Zimmerschlüssels, begab sie sich direkt auf ihr Zimmer. Sie hatte schon im Zug ein Abendessen, bestehend aus ein paar Keksen und einem Apfel, zu sich genommen und wollte nun den Abend mit ihrer samstäglichen Lieblingssendung im Fernsehen beschließen.

Sie entkleidete sich soweit, dass sie nur noch ein leichtes Unterhemd und einen Slip trug. Dann legte sie sich auf ihr weiches Bett und schaltete den Fernseher ein. Doris versuchte, sich auf das, was ihr geboten wurde, zu konzentrieren.

Ja, sie spürte die Nervosität deutlich, aber sie würde den morgigen Tag schon meistern. Bei denen geht es immer alles so flott, dachte Doris, als es heftig an ihre Tür klopfte. Sie vermutete, dass es jemand von ihrer Agentur oder vom Damenausstatter sein könnte, der sie begrüßen wolle. Doris sprang wie das junge Wiesel vom Bett und öffnete die Tür, ohne in den Türspion zu gucken, der extra für solche Fälle in der Tür des Hotelzimmers eingelassen worden war.

Zwei glatzköpfige Männer, von denen der erste Doris mit einem gewaltigen Stoß zurück ins Zimmer schubste, betraten nun ihren Raum. Beide trugen dunkle Anzüge und der eine, ein gewaltiger Riese, hielt eine blaue Mülltüte in der linken Hand.

Doris versuchte zu protestieren.

>>Was soll das denn? Wer sind sie?<<

Der auf ihre Worte folgende Schrei blieb ihr im Halse stecken. Der große Riese stülpte ihr flugs die

Mülltüte über den Kopf und nahm die zarte Person in den Schwitzkasten.

>>Halt die Schnauze, sonst drehen wir dir gleich hier den Hals um<<, sagte die andere Glatze.

Sie spielte hier offensichtlich den Chef des Riesen. Doris wollte aber nicht aufhören, sich zu wehren. Durch ihren Kopf schossen Bilder von Vergewaltigung und Mord. Sie strampelte so wild sie konnte und es der weniger werdende Sauerstoff in ihrer Mülltüte es zuließ, mit den Beinen. Dabei trat sie mit voller Wucht gegen das Nachtschränkchen, das neben ihrem Bett stand. Dieses fiel mit einem lauten Gepolter auf die Seite. Die beiden Männer bemühten sich nun, Doris aus dem Zimmer zu zerren. Auf ihrem Weg zur Tür erwischte Doris mit ihren strampelnden Füßen noch den Wandspiegel neben der Tür zum Bad. Dieser fiel mit einem lauten Knall auf den Boden. Spätestens das musste die Menschen in den Nachbarzimmern, sofern da sich dort jemand befand, auf die Ereignisse hier aufmerksam gemacht haben. Unbeirrt zogen die beiden spärlich behaarten Männer die junge Frau auf den Hotelgang. Diese strampelte aber immer noch ohne Unterlass. Dem Kleineren der beiden Herren wurde das zu viel und er schlug herzhaft mit der Faust auf den Kopf von Doris. Diese erschlaffte und wurde weiter in Richtung Notausgang gebracht.

Es stellte kein größeres Problem dar, die erschlaffte Doris über die Treppe hinunter zu schaffen und in den weißen BMW X5 zu verfrachten. Noch je ein Kabelbinder für die Hände und für die Füße, ein Loch in die blaue Mülltüte und einen kleinen Knebel in den Mund von Doris und die Sache war unter Dach und Fach.

Nur vier Kilometer vom Motel „Zwo" entfernt, auf der anderen Mainseite im Bärengarten, hielt der BMW schon wieder an. Doris befand sich inzwischen wieder bei Bewusstsein und wurde nun aus dem Auto gezerrt und in eine kleine Halle in einem direkt neben der Straße stehenden Flachbau getrieben.

In der Mitte eines großen Raumes standen drei weitere Männer und eine Frau. Die Männer ähnelten den beiden BMW-Fahrern. Die braunen Haare der Frau fielen lang über ihre Schultern. Dazu trug sie einen knallroten Overall und schwere schwarze Schuhe.

Doris befand sich noch nicht auf Höhe des Quartetts, da schrie der Erste sie schon an.

>>Wo ist die Karte, du Miststück?<<

Der Zweite eilte Doris bereits entgegen und riss ihr die Mülltüte vom Kopf.

>>Antworte, du dumme Sau, oder ich reiße dir jeden Fingernagel einzeln aus!<<

Mit diesen Worten schlug er Doris mit flacher Hand vor die Stirn. Doris wusste immer noch nicht, wie ihr geschah.

>>Welche Karte?<<, versuchte sie ein paar Worte durch den Knebel hindurch zu quetschen.

Der dritte Mann stöhnte hörbar auf, als er Doris ohne Tüte erblickte.

>>Das ist nicht die Schlampe, die wir suchen.<<

Er wandte sich an die beiden Männer, die Doris gebracht hatten.

>>Wo habt ihr die denn her, ihr Schwachköpfe?<<

Die Frau im roten Overall sah bis jetzt dem Treiben nur zu. Nun aber griff sie in die Tasche ihres Overalls, holte eine Baretta 92FS mit Perlmutt-Griff und silbernem Schaft heraus und trat auf Doris zu. Sie schaute Doris mehrere lange Sekunden in die angstvollen Augen, lächelte sie gütig an, gab ihr einen flüchtigen Kuss auf die zitternden Lippen, hob die Waffe an ihren Kopf und drückte zweimal schnell hintereinander ab. Ihren Aufprall auf dem Boden erlebte Doris nicht mehr.

Die Frau schaute dem Fall von Doris noch nach, dann blickte sie zu den beiden Glatzen hoch. Sie trugen die Verantwortung dafür, dass Doris in dieser misslichen Lage steckte.

>>Ihr geht los und holt uns die Richtige. Kommt ja nicht ohne sie wieder zurück, sonst könnt ihr der hier gleich folgen.<<

Damit zeigte sie auf die tot am Boden liegende Doris. Der Geruch von Schweiß lag in der Luft und die Frau im roten Overall richtete sich an die anderen Männer.

>>Ihr entsorgt die Kleine im Main<<, und nach einer kurzen Pause ein Stück lauter, >>sofort!<<

Zwei der Männer griffen nach der toten Doris, die eher friedlich aussehend dalag und schafften sie aus dem Raum.

Irgendwann in den nächsten Tagen würde man eine kleine Notiz in den Tageszeitungen in Frankfurt und Trier lesen.

„Tote Triererin im Main gefunden".

Die Polizei würde im Dunkeln tappen und Doris würde von ihrer trauernden und ratlosen Familie beerdigt. Die Täter würde man im Modellumfeld und im Umfeld des Damenausstatters vergeblich suchen.

Kapitel 38
18. Oktober 2008, Dirks Weg

Dirk verspürte nicht das erste Mal auf seiner abenteuerlichen Reise starke Angst, aber zum ersten Mal kam so etwas wie aufkeimende Panik hinzu. Seine Verfolger zeigten bisher keinerlei Skrupel und zögerten nicht, auch in aller Öffentlichkeit gegen ihn mit ungezügelter Gewalt vorzugehen. Die nächste Bushaltestelle, an der dieser Bus halten würde, käme bestimmt schon in Kürze. Würden seine Verfolger dann den Bus stürmen, oder würden sie ihn sogar schon vorher mit allen Mitteln stoppen? Schließlich fuhren außer Dirk und dem Busfahrer nur noch zwei ältere, grauhaarige Damen mit dem Bus. Sie saßen etwas weiter vorne, in der Nähe der mittleren Tür. Vielleicht würden die Verfolger auch warten, bis Dirk aussteigen würde. Auch das würde ja nicht mehr lange auf sich warten lassen. Ewig hier sitzen bleiben, das ging ja nicht.

Dirk sah zurück auf den hinter dem Bus fahrenden Chevrolet. Außer diesem bewegten sich noch ein paar andere Fahrzeuge auf der Straße. Die meisten von ihnen überholten den langsam fahrenden Bus allerdings. Die mehrspurige Straße ließ das hier ohne Schwierigkeiten oder Gefahr zu. Personen konnte Dirk nicht im Verfolgerfahrzeug ausmachen. Die Scheiben waren dunkel getönt und ermöglichten keinen genauen Blick ins Fahrzeuginnere. Der Gegner zeigte sich bisher immer ganz gut organisiert. Es hätte gut möglich sein können, dass auch weiter unten in der Nähe von Bad Harzburg weitere gelbe Krawatten, wie Dirk seine Verfolger in Gedanken nur noch nannte, warteten.

Da kam die nächste Haltestelle schon am Ende der nun beginnenden langen Geraden ins Blickfeld. Zwei Personen, eine Frau mittleren Alters in einem dunklen Hosenanzug und ein etwa gleichaltriger Herr, ebenfalls im Anzug aber diesmal ohne gelbe Krawatte, warteten dort auf den Bus. Das normale, im Harz mit einem öffentlichen Bus fahrende Publikum bestand entweder aus Wanderern oder aus Einheimischen. Nur selten trugen diese Leute dunkle Anzüge und fuhren dann Bus. Als normal konnten einem die beiden Wartenden daher nicht vorkommen. Es ging also los.

Dirk fasste den Entschluss, die Sache aktiv anzugehen und das Spiel so lange es ging nach seinen Regeln zu spielen und zu bestimmen. Er stand auf und ging in Richtung der beiden älteren Damen, die ungefähr in der Mitte des Busses saßen. Dann beugte er sich zu den beiden, ihn nun lieb und freundlich anlächelnden Frauen herab und sprach mit tiefer, nahezu irre klingender Stimme.

>>Es tut mir ausgesprochen leid meine Damen, aber bitte glauben sie mir, es gibt keine andere Möglichkeit. An der nächsten Bushaltestelle steigen sie beide, ohne irgendeinen Laut von sich zu geben, aus. Tun sie das nicht, drehe ich ihnen persönlich und sofort den Hals um.<<

Das freundliche Lächeln der Damen verwandelte sich in bloßes Staunen und von dort weiter in einen ängstlichen, entsetzten Blick. Dirk taten die beiden Frauen außerordentlich leid, aber er hoffte, sie außer Gefahr bringen zu können, wenn er nun so mit ihnen umsprang.

Und tatsächlich standen die Frauen auf und bewegten sich zur mittleren Tür des Busses, nicht ohne Dirk dabei nicht aus den Augen zu lassen. Beide sprachen miteinander kein Wort.

Dirk zog das immer noch in seinem Besitz befindliche, große Messer und bewegte sich auf den auch nicht mehr so jungen Busfahrer zu.

>>Hinsetzen!<<, raunzte dieser ihn von vorne an.

Dirk stand inzwischen direkt bei ihm und drückte dem Busfahrer das Messer mit leichtem Druck an den faltigen Hals.

>>Du hältst den Bus so an, dass die beiden Figuren da nur vorne einsteigen können.<<

Dabei zeigte Dirk mit seiner freien Hand auf die nun bald erreichte Bushaltestelle. Den raschen Blick des Busfahrers wahrnehmend, griff Dirk aber schnell wieder mit der rechten Hand an eine Haltestange, damit er nicht durch eine rasche Bewegung des Busses aus dem Gleichgewicht geriet. Der alte Busfahrer führte so etwas bestimmt im Schilde.

Der Bus erreichte die Haltestelle und kam so zum Stehen, wie es Dirk von dem Fahrer forderte. Beide Türen des Busses, die mittlere, an der die beiden alten Damen standen und die vordere, an der die beiden an der Haltestelle ausharrenden Personen einsteigen wollten, öffneten sich. Frische Herbstluft durchflutete den stickigen Bus.

Die beiden grauhaarigen Frauen stiegen aus und drehten sich noch einmal mit bösem Blick zum Bus und zu Dirk um.

An der vorderen Tür verstellte Dirk dem beanzugten Paar den Zugang.

>>Tür zu und losfahren!<<, rief er dem Busfahrer zu.

Dem gerade zusteigenden Mann, der zuerst den Weg in den Bus suchte, trat Dirk bei der Gelegenheit vor die Brust, so dass dieser nach hinten taumelte und der Frau im Hosenanzug in die Arme fiel.

Die Türen des Busses schlossen sich sodann und der Bus setzte sich mit brummendem Motor in Bewegung.

>>Was soll das Ganze? Wer entführt schon einen leeren Bus?<<, fragte der Busfahrer mit fester Stimme und ohne jegliche Angst.

Dirk beeindruckte ihn mit seiner Aktion wohl nicht sonderlich.

>>Ich erkläre es gleich<<, sagte Dirk, >>fahren sie erst einmal ihre Strecke weiter.<<

Dirk kontrollierte die Lage. Die beiden alten Damen waren auf das Pärchen im Anzug zugegangen und redeten heftig und stark gestikulierend auf die Beiden ein. Der Mann, den Dirk getreten hatte und der in den Armen der Frau gelandet war, stand mittlerweile wieder und bedeutete dem Verfolgerwagen, dem Bus weiter zu folgen. Die Frau telefonierte mit ihrem Handy. Dirk vermutete also richtig. Die beiden an der Haltestelle stehenden Leute gehörten auch zu denjenigen, die ihn verfolgten.

Jetzt galt es als nächstes, den Busfahrer außer Gefahr zu bringen.

>>Halten sie bitte dort vorne an der Kurve an, lassen den Motor laufen und steigen ganz schnell aus. Ich werde verfolgt und brauche den Bus. Mehr erklären kann ich ihnen das nicht.<<

>>Du spinnst wohl. So ein Spinner hat mir gerade noch gefehlt.<<

Das bis soeben noch hinter dem Bus herfahrende Fahrzeug fuhr nun auf die linke Spur und setzte sich direkt neben den Bus. Sie starteten also den nächsten Versuch.

Dirk setzte dem Busfahrer erneut das Messer an den Hals, um seinen Wünschen Nachdruck zu verleihen.

>>Ich gebe dir gleich Spinner, du armes Würstchen. Wirst sehen, wie es dir geht, wenn ich dich aufgeschlitzt habe.<<

Mit diesen Worten verstärkte Dirk den Druck des Messers am Hals des Fahrers etwas. Dadurch entstand eine kleine Wunde, aus der ein einzelner Tropfen Blut floss. Die härtere Gangart zeigte ihre Wirkung und dem Busfahrer genügte das scheinbar. Er verlangsamte die Fahrt und hielt schließlich am Straßenrand an. Dann öffnete er die Tür des Busses und begann ganz langsam sich von seinem Fahrersitz zu erheben. Dabei griff er nach dem Schlüssel des Busses. Dirk bemerkte das und klopfte ihm mit der flachen Seite seines Messers fest auf den Handrücken. Mit der freien Hand griff er dem Fahrer an den Jackenkragen seiner Uniformjacke und beförderte ihn mit einem Schwung nach draußen. Den Aufschrei des Fahrers, den dieser abgab, als er mit den Händen voraus über den Kies des Seitenstreifens der Fahrbahn rutschte, hörte Dirk schon nicht mehr. Er schloss die Tür wieder, schwang sich selber auf den Fahrersitz und gab Gas.

Dirk wusste, wie man einen LKW fuhr und hoffte, dass es mit einem Bus auch nicht anders sein würde. Nachdem der Bus wieder etwa sechzig Stundenkilometer fuhr, bemerkte Dirk, dass das Fahrzeug der Verfolger immer noch neben dem Bus fuhr und nun Anstalten machte, diesen zu überholen – vermutlich um den Bus auszubremsen.

Genau in diesem Augenblick riss Dirk das Steuer des Busses nach links herum. Der Bus vollführte einen Schlenker, ja fast einen Sprung auf das neben ihm fahrende Fahrzeug zu und rammte dieses etwa auf Höhe der Beifahrertür. Mit stark eingedrückter Tür verlor der Fahrer des Chevrolets für einen Moment die Kontrolle über das Auto, reagierte falsch, riss seinerseits das Lenkrad nach links und geriet so in den Gegenverkehr. Mit rund achtzig Stundenkilometern kam ihm dort ein mit Kies beladener Kipplaster entgegen. Ein Ausweichmanöver gelang beiden Fahrern nicht mehr und Kipplaster und Verfolgerfahrzeug prallten frontal gegeneinander.

Was den Kipplaster schwer beschädigte, riss das Auto der Verfolger total auseinander. Es wurde mehrere Meter in die Fahrrichtung, aus der es gekommen war, mitgeschliffen und landete völlig zertrümmert im Straßengraben, links neben der Straße. Ob es Überlebende gab, konnte Dirk im Rückspiegel nicht erkennen. Seine Aufmerksamkeit wurde dadurch hinlänglich gebunden, seinen Bus wieder stabilisieren zu müssen. Einzig und allein den humpelnd aus dem Kipplaster steigenden Fahrer desselbigen erkannte er und war heilfroh darüber, dass diesem offensichtlich nichts Schlimmeres geschehen war.

Dirk brachte den Bus nach dem Aufprall mit zwei oder drei Schlangenbewegungen des Fahrzeuges wieder in die Spur. Es würde nicht lange auf sich warten lassen, bis die Polizei von dem Unfall erfuhr und neue Verfolger sich an seine Fährte heften würden. Erst einmal aber konnte er diese für einen Moment abhängen. Das galt es so gut wir möglich auszunutzen.

Zwei langgezogene Kurven später zeigte sich auf der rechten Seite die nächste Bushaltestelle. An ihr standen vier Jugendliche und ein älterer Herr in Wanderkleidung. Nichts deutete darauf hin, dass weitere Verfolger dort auf Dirk lauerten. Der steuerte den stark beschädigten, aber fahrtüchtigen Bus an die Haltestelle, hielt das Fahrzeug an, stoppte den Motor, öffnete alle Türen, nahm seine Tasche und stieg aus. Die verdutzt dreinblickenden Fahrgäste beachtete er schon nicht mehr. Gegenüber der Bushaltestelle stand ein Schild, dass auf einen Abzweig Richtung Innenstadt von Bad Harzburg hinwies. Diesen wollte Dirk nun zu Fuß nehmen.

Von weiter unten vernahm er das Sirenengeheule mehrerer Fahrzeuge. Dirk überquerte die Straße und als er gerade in den Abzweig im Laufschritt einbog, sah er schon einen blau-silbernen Polizeiwagen den Berg heraufsausen, gefolgt von einem Notarztwagen und einem Feuerwehrwagen.

Dirk verschwand schnell zwischen den nächsten Häusern. Siebenhundert Meter weiter, kurz hinter dem Stadtpark, fiel Dirk ein alter Mercedes 250 SLK auf. So ein Fahrzeug sah man sowieso recht selten. Eines aber machte es einmalig. An allen Ecken und Enden stand auf dem mit Folie beklebten Wagen zu lesen: „Wir in Goslar! Täglich Theater Husarenschänke".

Nach Goslar, dachte Dirk so bei sich, als eine junge Frau, bestenfalls zweiundzwanzig Jahre alt und trotz des herbstlichen und kühlen Wetters mit einem viel zu kurzen Minirock bekleidet, aus einem Hauseingang auf den Mercedes zusteuerte und ihn aufschloss.

>>Können sie mich mit nach Goslar nehmen, muss dort heute noch ins Krankenhaus<<, rief Dirk schnell zu der jungen Frau herüber.

Diese musterte ihn kurz und ohne eine Regung zu zeigen.

>>Steigen sie ein.<<

Wie geheißen, so getan. Dirk stieg in den Mercedes ein und klemmte seine Reisetasche zwischen Knie und Handschuhfach. Weiter als fünfzehn Kilometer betrug die Entfernung nach Goslar zum Glück nicht, so dass sich diese unbequeme Haltung ertragen ließ.

>>Zur Harzklinik?<<, flötete die Fahrerin des Mercedes, >>hoffentlich nichts Ernstes<<.

>>Doch!<<

Dirk setzte einen düsteren Blick auf und unterdrückte damit jedes weitere Gespräch. Er wollte nicht durch irgendeine dumme Bemerkung auch noch dieses Mädchen unnötig in Gefahr bringen.

Jetzt kannte er Anja. Früher hätte er vielleicht noch versucht, mit der hübschen, jungen Frau zu flirten. Er wäre der Einbildung unterlegen, noch in ihrer Liga spielen zu können. Dies hatte sich aber mittlerweile grundlegend geändert.

Als die Zweiundzwanzigjährige mit Dirk auf dem Beifahrersitz das gelbe Ortseingangsschild der Stadt Goslar schon im Rückspiegel sah, sagte die junge Frau am Steuer wieder etwas.

>>Ich weiß nicht genau, wo ich sie absetzen kann. Die Deutschen Liberalen haben ihren Herbstparteitag in Goslar und alles ist voll.<<

>>Macht doch nichts<<, sagte Dirk und freute sich darauf, sich bald vor seinen Häschern verstecken zu können.

Die Deutschen Liberalen, lachte Dirk in sich hinein. Aus verschiedenen Fernsehauftritten der Partei wusste Dirk, dass diese sich gerne mit gelben Krawatten schmückten. Ein dummer Zufall. Wenn das auch hier so wäre, würde er Parteitagsbesucher und Verfolger, wenn sie sich weiterhin mit gleichen Krawatten mustern sollten, nicht mehr auseinanderhalten können. Eigentlich ein Witz, für den es sonst bessere Gelegenheiten gab.

Direkt vor dem Haupteingang der Klinik in Goslar, einem großen und zur Nutzung passend, in weiß gehaltenen Gebäude mit Flachdach und sieben Etagen, fand die junge Fahrerin des Mercedes eine Gelegenheit zum Anhalten. Dirk stieg aus, bedanke sich freundlich, schenke der netten Frau ein schelmisches Lächeln und strebte zielstrebig dem Eingang des Krankenhauses zu.

Die Freundin eines alten Freundes, Roswitha, die Dirk hier in Goslar aufsuchen und die er um Hilfe bitten wollte, arbeitete damals, als sie noch mit Dirks Freund liiert war, als Krankenschwester auf der Intensivstation des Hauses. Roswitha maß ungefähr einen Meter und fünfundsiebzig und trug ihr braunes Haar kurz. Dirk hoffte, dass dies immer noch der Fall sein würde, er sie sofort erkannte und sie sich bereiterklären würde, ihm aus der Patsche zu helfen. Mit ihrer Hilfe wollte er sich hier ein paar Tage verstecken. Wo Roswitha wohnte, wusste Dirk nicht.

An der links liegenden, den ganzen Raum beherrschenden, Empfangstheke des Krankenhauses ging Dirk achtlos vorbei. Er wollte auf jeden Fall vermeiden, dass irgendjemand in diesem Hause wusste, außer Roswitha natürlich, dass er sich hier aufhielt. Dann wurde auch nichts in irgendeinen Computer eingegeben und niemand konnte wissen, dass Roswitha Besuch bekam.

An der rechten Wand fand sich eine große Tafel, auf der zu lesen stand, welche Abteilung mit welchem

Professor oder Chefarzt sich auf welcher Etage befand. Unter den Informationen für die fünfte Etage fand Dirk das, wonach er suchte. „ICU, Chefarzt Dr. Schmidtke" stand hier. Dirk wusste, dass ICU „Intensive Care Unit" bedeutete.

Mit sieben oder acht Besuchern, von denen der ein oder andere ein Mitbringsel für einen Krankenbesuch in der Hand hielt, stand Dirk vor dem ziemlich langsamen Fahrstuhl, der er wenige Meter weiter den Gang hinunter fand.

Dirk betrat den Fahrstuhl und drückte den Knopf für die fünfte Etage. Dabei fiel ihm ein Mann auf, der ebenfalls den Fahrstuhl bestieg. Der Mann, in etwa in seinem Alter, trug einen blonden Bürstenschnitt und musterte ihn eindringlich mit stahlblauen Augen. War das etwa einer von denen? Wie konnten sie ihn hier aufspüren?

Der Mann trug eine schwarze Jeans und ein lilafarbenes Hemd. Das passte jetzt nicht zu den bisherigen Auftritten der Verfolger. Aber bedeutete das etwas? Immer wieder wanderten die Augen des Mannes zu Dirk.

Der Fahrstuhl hielt auf der ersten Etage und drei Personen verließen eilig den Aufzug. Der Mann mit dem blonden Bürstenschnitt blieb.

Dirk fühlte sich in die Enge getrieben. Er überlegte, wie er dem Mann entwischen könnte, ohne, dass es zu Handgreiflichkeiten käme und ohne, dass andere Menschen gefährdet würden. Auf die Schnelle kam ihm keine wirklich gute Idee. Leichte Zweifel blieben ihm auch. Er musste sich eingestehen, dass der Bürstenschnitt nicht so aussah, als ließe er sich leicht übertölpeln.

Auf der zweiten Etage stieg ein Mann mit einer roten Rose in der Hand und einem Teddybär im Arm aus und zwei Frauen in weißen Kitteln und grünen Hosen aus Baumwolle, also Ärztinnen oder Krankenschwestern, stiegen zu.

Auf der dritten Etage stieg niemand aus, dafür gab es Zuwachs durch zwei Erwachsene, einen Mann und eine Frau, sowie deren zwei kleine Kinder. Das größere der Kinder, ein etwa sieben Jahre altes Mädchen mit niedlichen Zöpfen, trug den rechten Arm in Gips gelegt und guckte traurig.

Der Bürstenschnitt stand immer noch da und schaute immer wieder zu Dirk herüber. Der schwitzte. Was sollte er tun? Er wusste nicht mehr, wohin er jetzt noch flüchten sollte und er merkte, wie seine Kraft mehr und mehr nachließ. Sollte er aufgeben? Und Anja? Er hatte nichts mehr von ihr gehört – na gut, das war ja auch so ausgemacht gewesen. Schön fühlte es sich trotzdem nicht an. Wenn die Verfolger ihn hier im Krankenhaus aufspüren konnten, dann konnten sie auch Anja in Frankfurt finden.

Dann, auf der vierten Etage, trat der Bürstenschnitt einen Schritt auf Dirk zu, zwinkerte mit dem linken Auge und hauchte mit heller, seichter Stimme nur ein Wort.

>>Tschüss.<<

Dann verließ er den Aufzug. Draußen drehte er sich noch einmal um, hob den Arm zum Gruß und war in der nächsten Sekunde, noch bevor sich die Fahrstuhltür wieder schloss, verschwunden.

Dirk fielen tausend Steine vom Herzen. Das war nur jemand, der ihn toll fand, der auf ihn stand. Der wollte ihm gar nichts tun.

Endlich erreichte der Fahrstuhl die fünfte Etage und Dirk konnte ihn mit einem tiefen Seufzer verlassen. Außer Dirk verließ niemand den Aufzug auf dieser Etage. Auch sonst hielten sich vor dem Fahrstuhl und in den drei von hier ausgehenden Gängen keine weiteren Personen auf.

Der mittlere Gang, so konnte man es auf einem großen grauen Schild mit übergroßer Schrift lesen, führte in den Bereich, den Dirk aufsuchen wollte. Er stieß eine Glastür auf und stand in einem knatschorange gestrichenen Gang mit fünf oder sechs Türen auf beiden Seiten. Diese Türen führten offensichtlich in Krankenzimmer, in denen sich Patienten einer chirurgischen Abteilung erholten oder noch auf ihre Operationen warteten. Am Ende dieses Teils des orangenen Ganges versperrte eine weitere Tür die Sicht.

Diese Tür aus Milchglas war verschlossen. Über der Tür stand in schwarzen, nicht zu übersehenden Buchstaben das Wort „Intensivstation". An der rechten Wand neben der Tür hing eine Gegensprechanlage. Schon von weitem konnte Dirk das darüber hängende, eingeschweißte Plakat erkennen. Auf dem Plakat standen in roter Schrift die Sätze: „Betreten der Station nur mit Erlaubnis des Personals. Bitte drücken Sie den roten Knopf der Gegensprechanlage und melden Sie sich mit Nennung Ihres Namens an."

Hier konnte Dirk also nicht so einfach durchmarschieren. Als Besucher für einen auf der Station liegenden Patienten ging er auch nicht durch. Für welchen Namen hätte er sich auch anmelden sollen? Darüber hinaus wusste Dirk noch nicht einmal mit Sicherheit, ob Roswitha noch in diesem Krankenhaus oder gar auf dieser Station arbeitete und wann, wenn es denn so wäre, ihre Schicht lief.

Dirk schaute sich um. Zwei Türen zurück im orangenen Gang, standen zwischen zwei Türen drei unbequeme, graue Plastikstühle an der Wand. Vielleicht konnte er dort erst einmal ausharren und sehen, was geschah. Die drei Stühle gehörten wohl zu der ersten Tür vor den Stühlen. Hinter dieser Tür arbeitete der medizinische Dienst der Klinik. Dieser bot an diesem Tag keine Sprechstunde an. Dirk ließ sich auf dem mittleren Stuhl nieder. Hier störte er niemanden und hier fiel er nicht großartig auf.

Dirk saß rund zehn Minuten auf seinem Stuhl und wartete darauf, dass irgendetwas geschah. Dann endlich kam eine junge, etwa dreißig Jahre alte Frau mit hängenden Schultern und traurigen Augen durch den orangenen Gang und strebte der Tür zur Intensivstation zu. Die Frau mit den traurigen Augen drückte den roten Knopf der Gegensprechanlage.

>>Ja bitte<<, kam es aus dem kleinen Lautsprecher der Anlage.

>>Julia Weigel, ich möchte gerne zu Herrn Weigel.<<

Ein lautes Surren eines Türöffners erreichte Dirks Ohr, die traurige Frau drückte gegen die Tür aus Milchglas und war kurz danach hinter dieser verschwunden.

Dirk überlegte, was er tun könnte und kam auf drei Optionen.

Er könnte warten, bis irgendwann Roswitha kommen würde. Aber würde sie überhaupt auftauchen? Eventuell gab es auch einen anderen Zugang zur Station für das Personal und sie würde nie hier entlang kommen.

Er könnte an die Gegensprechanlage gehen, dort den Namen Weigel nennen und hoffen, ebenso wie die traurige Frau hineingelassen zu werden. Aber ließ man mehr als eine Person überhaupt hinein? Vielleicht kannten die Bediensteten auch die Familienmitglieder, die sie hineinlassen sollten.

Die dritte Option wäre es, beim nächsten Mal, wenn der nächste Angehörige an der Gegensprechanlage stand, sich dazuzustellen, freundlich zu grüßen und einfach mit durch die Tür zu schlüpfen. Ein besorgter Angehöriger würde sich daran wahrscheinlich gar nicht stören und den mit durch die Tür Gehenden als Angehörigen vermuten, der ebenfalls einen auf der Intensivstation schwer krank liegenden Verwandten besuchte. Diese Option hielt Dirk nach einiger Überlegung für die Beste.

In den nächsten dreißig Minuten geschah nichts Entscheidendes. Zweimal ging die Milchglastür auf und Besucher kamen heraus. Auch die traurige Frau von vorhin verließ die Station wieder. Ihre Augen wirkten jetzt nicht fröhlicher, als es der Fall war, als Dirk sie auf die Station gehen sah.

Dirk empfand große Bewunderung für die Menschen, die hinter dieser Milchglastür arbeiteten. Sie mussten jeden Tag mit traurigen Menschen und mit dem Tod von Angehörigen der Menschen umgehen. Dass auch Roswitha so einen schweren Job leistete, hatte er früher, als Roswitha noch mit seinem Freund zusammen war, gar nicht wirklich registriert.

Dann ging endlich die Tür aus Richtung Fahrstuhl auf. Ein alter, grauhaariger Mann rollte mit einem Rollator durch die Tür und hielt auf die Milchglastür zur Intensivstation zu. Er beachtete Dirk nicht, als er an ihm vorbei kam und steuerte direkt auf die Gegensprechanlage zu. Der alte Herr drückte den roten Knopf.

>>Sie wünschen bitte<<, kam eine freundliche Stimme aus dem Lautsprecher.

>>Weber<<, kam seine äußerst knappe und mürrisch wirkende Antwort.

Da stand Dirk aber auch schon neben ihm.

>>Einen schönen guten Abend.<<

Dirk lächelte dem Mann ins Gesicht, in dem er eigentlich freundliche Augen sah. Der alte Mann gab nur ein mürrisches Knurren von sich und griff nach dem Griff der Milchglastür, von der in dieser Sekunde der Ton des Türöffners erschallte. Dirk bewegte sich etwas schneller und stieß die Tür auf. Wer weiß, welche Sorgen den alten Mann hierher trieben und warum er sich so mürrisch zeigte. Sicher besaß er einen triftigen Grund für seine schlechte Laune.

Dirk betrat die Intensivstation direkt hinter dem alten Herrn. Er befand sich nun in einem fensterlosen, in weißer Farbe gestrichenen Gang. Von diesem Gang, der ausgesprochen steril wirkte, gingen auf jeder Seite fünf Türen ab, dann kam auf der linken Seite eine Art Theke und dahinter befanden sich noch einmal fünf Türen auf jeder Seite. Es roch stark nach Desinfektionsmitteln für die Hände. An der Theke und im Gang hielt sich niemand auf. Einige der Türen standen auf. Verschiedene Pieptöne, die aus den Zimmern kamen, drangen mal mehr, mal weniger deutlich hervor. Der ältere Herr steuerte eine der Türen auf der linken Seite an und war kurz danach hinter dieser verschwunden.

Dirk sah sich um. Die Türen direkt links und rechts neben ihm standen offen. Bei dem Raum rechts handelte es sich um einen Aufenthaltsraum für Personal und Besucher. Er war spärlich mit zwei alten Holztischen und ebensolchen Stühlen eingerichtet.

Auf einer Anrichte stand eine Kaffeemaschine. Der Raum links war ein Zimmer für Patienten. In ihm standen zwei Krankenbetten und Dirk konnte eine Reihe von Anschlüssen für die unterschiedlichsten Geräte erkennen. Die leeren Betten in dem offensichtlich nicht belegten Zimmer waren nicht bezogen. Lange würde es bestimmt nicht brauchen, bis jemand vom Personal auftauchen und ihn nach seinen Wünschen fragen würde. Sollte er sich nun rechts einfach im Zimmer verstecken oder sogar ins Bett legen? Oder war es besser, sich im linken Raum einen Kaffee zu nehmen? Der Kaffee stellte für Dirk die bessere Alternative dar, und das nicht nur, weil der Durst ihn quälte. Käme jemand vom Personal, so würde dieser jemand doch gar nicht wissen, ob nicht jemand anderes ihn hereingelassen hatte.

Dirk wählte also den linken Raum, nahm sich eine auf der Anrichte stehende Tasse, goss sich Kaffee ein und setzte sich auf einen der Holzstühle. Seine Position wählte er dabei so, dass er die Tür zu diesem Aufenthaltsraum direkt beobachten konnte.

Wie Dirk es voraussah, dauerte es nicht so lange, bis jemand kam. Ein Mann in weißem Kittel betrat den Raum. Es handelte sich wohl um einen Arzt der Station. Der Mann trug ein Stethoskop um seinen Hals.

>>Tach<<, sagte der Arzt knapp und Dirk antwortete ebenso.

Auch der Arzt genehmigte sich einen heißen Kaffee, setzte sich an den anderen Tisch und beachtete Dirk nicht weiter.

Und wieder dauerte es nicht lange, bis eine weitere Person den Raum betrat und wie angewurzelt stehen blieb. Es handelte sich tatsächlich um Roswitha, die da vollkommen überrascht zu Dirk herübersah. Sie befand sich also im Dienst, was für ein Glück. Dirk sah, dass Roswitha etwas sagen wollte und legte sofort seinen Zeigefinger an seine Lippen um Roswitha zu bedeuten, erst einmal nichts zu sagen. Roswitha kräuselte ihre Stirn, verstand und reagierte richtig.

>>Puh, der Lüders auf der vier macht mich fertig<<, sagte Roswitha zu dem Arzt und setzte sich zu ihm.

>>Kein Kaffee?<<, fragte dieser sie.

>>Nein, ich glaube der Lüders macht es nicht mehr lange, das nimmt mir den Appetit.<<

Ab und an schaute Roswitha vorsichtig zu Dirk herüber und Dirk sah viele Fragezeichen in ihrem Gesicht.

Zehn Minuten und zwei starke Kaffee später erhob sich der Arzt und beugte sich zu Roswitha herunter.

>>Ruh dich mal aus, Roswitha. Ich mach den nächsten Gang alleine und bin dann ja sowieso gleich weg. Dann bist du wieder dran. Doktor Gerdes kommt dann gleich.<<

>>Ok, gerne<<, antwortete Roswitha und der Arzt verließ zügig den Raum.

Wie von der Tarantel gestochen wirbelte Roswitha zu Dirk herum.

>>Was machst du denn hier? Dich habe ich ja lange nicht mehr gesehen. Warum sollte ich gerade nichts sagen? Liegt jemand von deinen Leuten hier auf der Station? Wie geht es Jörg? Bist du noch mit Gundi zusammen?<< stieß es aufgeregt und ohne Pausen aus ihr hervor.

>>Langsam, langsam<<, sagte Dirk bedächtig und versuchte Roswitha mit besänftigenden Handbewegungen zu beruhigen.

>>Im ganzen Krankenhaus liegt niemand, den ich kenne. Ich bin auf der Flucht<<, fügte Dirk mit gequältem Gesichtsausdruck an, >>aber das ist eine ellenlange Geschichte.<<

>>Macht nichts, ich habe Spätschicht und richtig viel Zeit.<<

Dirk erzählte Roswitha all das, was ihm in den letzten Tagen und seinem Onkel Walter vor Jahren widerfahren war. Er berichtete über den weiteren Verlauf des Lebens ihres Ex-Freundes Jörg, erzählte von dem Ende seiner Beziehung zu Gundi und schwärmte mit leuchtenden Augen von seiner noch frischen Liebe zu Anja. Schließlich kam er zum Ende seiner stundenlangen Ausführungen. Roswitha hörte die meiste Zeit aufmerksam zu. Manchmal musste sie nach Patienten sehen. Ansonsten sprach sie kein einziges Wort.

>>So, jetzt weißt du alles, was du wissen musst. Ich muss irgendwo bleiben, mich irgendwo verstecken. Vielleicht bis Dienstag oder Donnerstag nächster Woche.<<

>>Na ja, du kannst bei mir bleiben. Auf der Couch im Wohnzimmer ist genug Platz.<<

>>Nein, nein<<, antwortete Dirk sofort, >>das ist mir zu gefährlich. Ich will dich nicht unnötig in Gefahr bringen. Die haben mich schon so oft aufgespürt. Vielleicht kommen die auch auf dich. Harz, Goslar, auf die Idee könnte man doch kommen, oder?<<

>>Weißt du?<<, läutete Roswitha, nachdem sie wieder einen längeren Rundgang durch die Krankenzimmer gemacht, hier und dort Ampullen und Ver-

bände ausgewechselt und Warntöne abgestellt hatte, etwas verhalten die nächste Gesprächsrunde ein.

>>Es ist bei mir nicht mehr so, wie früher.<<

Dabei schaute sie Dirk mit großen Augen an. Der verstand nicht, was Roswitha ihm sagen wollten, obwohl er die leichte Röte ihrer Wangen durchaus wahrnahm.

>>Ich verstehe dich nicht<<, sagte er.

>>Ich bin eben... eben nicht mehr hetero nach Jörg, wenn du verstehst, was ich meine.<<

Dirk schaute Roswitha ungläubig an. Dann lachte er herzhaft und laut.

>>Hey, ich habe genug Sorgen. Da möchte ich mich jetzt nicht auch noch um deine sexuellen Vorlieben kümmern müssen.<<

Dabei klopfte er der vor ihm sitzenden Roswitha heftig auf die linke Schulter, so dass Roswitha darunter zusammenfuhr und fast von ihrem Stuhl gefallen wäre.

>>Mir ist es egal, mit wem du...<<, sagte Dirk weiter.

>>Schon gut. Darum geht's auch nicht wirklich. Aber worum es geht ist, dass meine Freundin auch hier arbeitet und das zum Glück nicht auf der Intensivstation. Könnte dich ja schlecht hier auf Intensiv legen. Da würden die anderen an den Geräten sofort merken, wie schwer krank du bist. Aber bei meiner Freundin, da bekomme ich dich für drei bis vier Tage unter und keiner merkt, wo du hergekommen bist.<<.

Ja, genau darauf hatte Dirk insgeheim spekuliert. Glück muss man auch mal haben. Natürlich konnte er sich das vorher nicht mit irgendwelchen Details genauer ausmalen. Jetzt stimmte es ihn froh, dass

Roswitha tatsächlich hier ihren Dienst verrichtete und es diese Freundin hier im Krankenhaus gab.

>>Julia ist auf der Chirurgischen im dritten Stock. Da gehen wir mal direkt hin. Sie hat auch gerade Dienst und wenn ich ein paar Minuten hier weg bin, ist das nicht tragisch. Meine Kollegen Bastian und Dr. Gerdes sind ja noch da.<<

Roswitha stand auf, nahm Dirk an die Hand und zog ihn hinter sich her. Auf dem Gang der Station erschien ihr Kollege Bastian.

>>Bin mal kurz weg<<, rief Roswitha ihm zu.

Der nickte nur und Roswitha und Dirk verließen die Intensivstation, um in die dritte Etage zur chirurgischen Abteilung Nummer Drei zu gelangen.

Auf dem Weg dahin hielt Dirk Roswitha einmal kurz an der Schulter zurück.

>>Sag deiner Julia nichts davon, warum ich hier bin. Denk dir irgendetwas anderes aus. Je mehr Leute davon wissen, umso gefährlicher wird es eben für diese Leute. Das will ich nicht. Bitte glaube mir, das ist kein Spiel hier.<<

Auf der chirurgischen Station angekommen, steuerte Roswitha direkt auf das Schwesternzimmer zu und verschwand bald hinter einer zweiten Tür. Nach wenigen Augenblicken tauchte Roswitha wieder auf.

>>Zimmer dreihundertacht <<, sagte sie und strebte gleich den Gang der Station entlang, dem Zimmer entgegen.

Im Zimmer angekommen stellt Dirk fest, dass es sich um ein Zweibettzimmer handelte. In keinem der Betten in dem offensichtlich unbenutzten Zimmer lag jemand. Roswitha griff in den Schrank, der an der rechten Wand zwischen Eingang und Toilettentür stand und warf Dirk ein Krankenhaushemd zu.

>>Zieh das an<<, sagte sie und schmunzelte dabei.

Dirk zog sich wohl oder übel bis auf die Unterhose aus, legte seine Kleidung wohlgeordnet auf einen Stuhl und streifte sich das hinten offene Operationshemd über. Auch wenn Roswitha nun auf der anderen Seite der Liebe lebte, spürte Dirk etwas Verlegenheit. Roswitha verschloss ihm im Nacken das Hemd, indem sie in die beiden Bänder eine Schleife machte.

Kurz darauf öffnete sich die Zimmertür und eine nicht mehr ganz junge Krankenschwester mit knallrot gefärbten Haaren kam herein. Sie trug etliche Kilos an Übergewicht mit sich herum.

>>Das ist Julia<<, sagte Roswitha.

Dirk grüßte, in seinem luftigen Aufzug auch ihr gegenüber etwas verlegen, freundlich. Julia beachtete ihn nicht weiter und übergab Roswitha mehrere Schalen, einen kleinen Eimer und diverse Arten von Verbänden.

>>Leg dich bitte auf den Bauch<<, sagte Roswitha und Dirk tat, wie ihm geheißen.

Julia verließ den Raum wieder ohne ein weiteres Wort.

>>Ihr gefällt meine heterosexuelle Vergangenheit nicht und du gehörst schließlich dazu. Nimm es ihr bitte nicht so übel<<, erklärte Roswitha und Dirk gab ein kurzes, zustimmendes Grummeln von sich.

Dirk machte es sich in seinem Bett auf dem Bauch bequem. Roswitha streifte ihm einen Schlauchverband über den Fuß und das Bein, hinauf bis zur Leiste. Daraufhin polsterte sie so manche Stelle an Dirks Bein mit Watte- und Papierbinden. An der Achillessehne und an den Stellen, wo Knochen unmittelbar unter der Haut lagen, wurde besonders sorgfältig gepolstert. Es folgte eine L-förmige Longuette und schließlich mehrere Bindenschichten aus Gips. Während der Prozedur wechselten Dirk und Roswitha kein Wort.

Beide befanden sich tief versunken in ihren Gedanken. Roswitha überlegte, wie sie das hier mit Dirk über die nächsten Tage bringen könnte und warum sie das überhaupt tat. Gut, sie konnte Dirk früher gut leiden, aber... Sie fand, dass Dirks Geschichte irgendwie blöd wirkte. Wenn da mal nicht Weibergeschichten dahinter steckten. Sie war aber auch gespannt, wie sich das weiter entwickeln würde und ob es in Bälde etwas über den Fall zu lesen gäbe.

Dirk dachte auch darüber nach, wie es in den nächsten Tagen weiter gehen könnte. Er hoffte so sehr, dass Anjas Plan aufging, sie alle Einzelheiten veröffentlichen könnte und die Verfolger dadurch gestoppt werden würden. Dann könnten sie beide wieder in ihr normales und dann neues gemeinsames Leben zurückkehren.

Nachdem Dirks Bein, es handelte sich um sein rechtes, versorgt war, wurde sein rechter Arm genauso eingegipst.

>>Arm- und Beinfraktur nach Arbeitsunfall<<, sagte Roswitha noch, >>ich muss wieder runter. Wir sehen uns.<<

Schnell verschwand Roswitha aus dem Zimmer.

Dirk verspürte ziemlichen Hunger. Seit dem Morgen gab es nichts mehr zu essen. Hoffentlich hatten Julia und Roswitha auch an seine tägliche Versorgung gedacht. Bald schlief er ein, auch wenn er sich nicht sonderlich gut mit seinen eingegipsten Gliedern bewegen konnte. Seine letzten Gedanken gehörten dem morgigen Sonntag, der bestimmt – so vermutete Dirk - sehr ruhig verlaufen würde.

Kapitel 39
19. Oktober 2008, Anjas Weg

Anja wurde erst gegen elf Uhr wach. Da lag es auf der Hand, dass im Hotel kein Frühstück mehr angeboten wurde. Besser so. So würde sie auch hier nicht auffallen können. Zu präsent schwirrten ihr noch die Erlebnisse des letzten Abends durch den Kopf, als sie nur durch viel Glück entkommen konnte. Das dies gleichzeitig das Ende ihrer jungen Zimmernachbarin aus Motel „Zwo" bedeutete, wusste Anja zu dem Zeitpunkt noch nicht. Es hätte sie unsagbar traurig, aber auch unheimlich wütend gemacht.

Anja hängte am Abend vorsichtshalber das kleine Schild mit der Aufschrift „bitte nicht stören" von außen an ihre Zimmertür. So wurde sie auch nicht vom Zimmerservice gestört.

Nun, am Morgen, machte sie sich in Ruhe fertig und freute sich über eine heiße Dusche. Endlich konnte sie sich wieder ihren langen Haaren ausgiebig widmen und sie in Form bringen. Jetzt fühlte sich wieder attraktiv genug für die Welt. Dirk hätte ihr sicherlich von ganzem Herzen zugestimmt. Nun spürte Anja Hunger und Durst. Sie wollte sich irgendwo ein Restaurant, Café oder einen Imbiss suchen. Danach plante sie einen Besuch im nahegelegenen Zoo. Diesen Sonntag musste sie irgendwie hinter sich bringen. Dann wollte sie früh zu Bett gehen, um sich am Montag auf den Weg zur Presse und zu Wernher Mueller, ihrem Ex-Freund, machen.

Als Anja die leere Hotelhalle und die Rezeption erreichte, saß dort nicht mehr die nette ältere Dame vom gestrigen Abend. Der nun dort arbeitende junge

Mann würdigte sie mit keinem Blick und Anja verließ schnell das Hotel, bevor der Hotelangestellte auf die Idee kommen konnte, sie an die noch fehlende Gästeregistrierung zu erinnern.

Draußen wendete sich Anja umgehend nach links. Dort schien es verschiedene Geschäfte zu geben, die am Sonntag natürlich alle geschlossen waren. Aber die Wahrscheinlichkeit, dass es dort vielleicht eine Gelegenheit zur Nahrungsaufnahme gäbe, schien Anja durchaus größer zu sein, als es der Weg in die andere Richtung versprach. Nach gut zweihundert Metern sah Anja auf der gegenüberliegenden Straßenseite ein kleines, verträumt wirkendes Café. Von außen konnte man durch die mit Grünpflanzen zugestellten Fenster erkennen, dass an einigen Tischen sogar Publikum saß.

Als Anja die Straße überqueren wollte, sah sie von rechts einen weißen BMW ziemlich schnell die Straße hinunter kommen. Total erschreckt wich sie zwischen die geparkten Autos am Straßenrand zurück und versuchte dort, zwischen zwei Fahrzeugen in Deckung zu gehen. Sind die immer hinter mir her und wissen die immer, wo ich bin? Panik! Wohin? War hier jemand, der ihr helfen konnte? Dann erreichte der weiße BMW endlich die Stelle, an der sich Anja versteckt hielt, verlangsamte sein Tempo dort aber nicht. Anja versuchte auszumachen, wer in dem Fahrzeug saß, ob es sich wieder um die beiden Männer handelte, die schon im Motel „Zwo" ihr Unwesen getrieben hatten. Nein, diesmal kam es anders. Der Wagen wurde gefahren von einer rund fünfunddreißigjährigen Frau mit kurzen schwarzen Haaren. Auf dem Rücksitz saß ein kleines, ebenfalls schwarzhaariges Mädchen. Das Mädchen schaute interessiert in Anjas Richtung und es kam Anja so vor, als ob das kleine Mädchen ihr zuwinken würde. Dann verschwand der BWM auch schon aus ihrem Blickfeld.

Nur ein Fehlalarm, was für ein Glück.

>>Kann ich dir helfen, Kleines? Hasste was verloren?<<

Was der alte Mann mit seinem Rollator von der Bordsteinkante zu Anja herunter sagte, musste sie wohl oder übel über sich ergehen lassen.

>>Danke!<<, sagte Anja und lächelte den Alten freundlich an.

Dann drehte sie sich um, überquerte schnell die Straße und sah zu, flott im Eingang des Cafés zu verschwinden. Dort angekommen, fand Anja einen freien Tisch, von dem aus sie sowohl die Straße als auch den Eingang des Cafés gut im Blick behalten konnte.

Während sich Anja ein Stückchen Käsekuchen mit Sahne gönnte und dazu einen Milchkaffee trank, passierte auf der Straße und im Café nichts weiter Erwähnenswertes. Anja verlor langsam ihre Angst und fühlte sich wieder etwas sicherer. Ihre Gedanken flogen zu ihrem Freund Dirk. Wo mochte er jetzt sein? Befand er sich einigermaßen in Sicherheit oder in Gefahr? Gerne wäre sie nun in seiner Nähe, würde mit ihm reden und seine Anwesenheit und Berührungen genießen. Du bist schwer verliebt, dachte Anja und hätte das gerne in die Welt hinausgeschrien. Bisher konnte sie es keiner Menschenseele erzählen. Sie freute sich darauf, das hoffentlich bald nachholen zu können.

Eigentlich wusste sie nicht viel von Dirk. Und so richtig kennenlernen konnte sie ihn auch noch nicht. War es richtig gewesen, diesen ganzen Zauber hier mitzumachen? Sie könnte jetzt immer noch einfach nach Hause fahren oder zur Polizei gehen. Oder doch nicht? Was wollte sie überhaupt? Ja, den Typen fand sie klasse. So ein bisschen Abenteuer fühlte sich ja auch nicht schlecht an. Das dämliche Rennen durch Frankfurts Straßen kam ihr aber dann doch viel zu blöd vor. Trotzdem, den einen Tag würde sie auch noch schaffen.

Anja zahlte bald ihren Verzehr, verließ das Café und ging in Richtung des Frankfurter Zoos davon. Etwas glücklicher und befreiter als vorhin, als sie den weißen BMW erblickte, freute sie sich nun fast wie ein kleines Kind, auf Erdferkel, Erdmännchen und Brillenbären.

Nach einem entspannten Nachmittag bei trockenem Wetter, einem ausgiebigen Rundgang um den großen Weiher des Tierparks, einem weiteren Imbiss in der Nähe des Affenhauses und herzzerreißend lustigen Szenen mit zwei kleinen Jungen und einem kleinen Mädchen am Löwengehege, trat Anja gegen Abend den Rückweg zu ihrem Hotel an.

Anja schaute sie sich intensiv um und beobachtete genau die Umgebung des Hotels. Dann erst betrat sie das Hotel. An der Rezeption saß wieder die ältere Dame vom Vortag und blätterte in einer Zeitschrift. Sie schaute kurz hoch, lächelte Anja über ihre Lesebrille hinweg an und nickte zum Gruß. Anja erwiderte den Gruß ebenfalls mit einem Nicken und verzog sich so schnell sie konnte auf ihr Zimmer. Augenscheinlich war ihre Gästeregistratur komplett vergessen worden und das gereichte ihr nun zum Vorteil. Schlechte Erfahrungen mit Registraturen kannte Anja schon zur Genüge. Der Abend, veredelt mit einer diesmal kalten Dusche und einer Fernsehshow, verlief schnell und

Anja schlief auch bald zufrieden ein. Morgen würde es wieder spannend werden.

Kapitel 40
19. Oktober 2008, Krankenhaus Goslar

Dirk stellte sich auf einen ereignislosen Sonntag ein. Mit eingegipstem Arm und ebensolchem Bein freute er sich auf die Mahlzeiten und die vielen Fernsehsendungen, die er sich in Ruhe ansehen wollte. Sicherlich würde er auch Zeit finden, über sein zukünftiges Leben mit Anja nachzudenken. Er war froh, sie kenngelernt zu haben und wähnte sich glücklich, dass die Umstände ihrer ersten Tage nicht dazu geführt hatten, dass sie sich wieder abwendete. Ganz im Gegenteil, ihre junge Liebe stärkte das. In diesen Gedanken verloren, bemerkte Dirk kaum, wie sich die Tür zu seinem Zimmer öffnete.

Eine ihm unbekannte Schwester betrat den Raum.

>>Wo ist denn Schwester Julia?<<

>>Die ist krank<<, kam die knappe Antwort zurück.

Na ja, dachte Dirk und maß dem keine weitere Bedeutung bei. Die Krankenschwester ordnete Dirks Bett und half ihm, sich so angenehm zu betten, wie es mit Gipsarm und Gipsbein möglich war. Dann verschwand sie auch schon wieder und Dirk wendete sich erneut seinen Gedanken und dem Fernseher zu.

Dieselbe Schwester, die vorhin Dirk half, sich angenehm zu betten, saß einige Stunden später vor dem Dienst-Computer im Schwesternzimmer und widmete sich den langweiligen, administrativen Aufgaben, die dieser Sonntag für sie vorsah. Unter den vielen Papieren, die auf ihre Bearbeitung warteten, fand sich auch eine graue Anmeldekarte des Patienten auf Zimmer dreihundertacht mit dem gebrochenen Arm und dem gebrochenen Bein. Die Schwester rief das entsprechende Programm im Computer auf – der Patient musste ja schließlich ordentlich registriert sein, damit alle Rechnungen gegenüber der Krankenkasse und dem Patienten selber, richtig ausgestellt und abgerechnet werden konnten.

Nicht lange, nachdem die Krankenschwester mit einem letzten Klick auf die Entertaste den Vorgang beendete und Dirks Daten so in die Welt hinausgeschickt hatte, blinkte ein Computer irgendwo in Thüringen kurz auf. Ein vor diesem Computer sitzender Mann in blauen Jeans und einem hellgrünen Hemd notierte das, was er auf seinem Computer sah und griff umgehend zum Telefon.

Gegen Mittag kam Roswitha in Dirks Zimmer, um ihm zu berichten, was Dirk schon längst wusste - Julia litt an einer Erkältung und eine Kollegin hatte ihre heutige Schicht übernommen. Roswitha überbrachte aber auch schlechte Neuigkeiten, die Dirk noch nicht kannte. Die eifrige Kollegin, die anstelle Julias die Schicht ableistete, hatte den Computer pflichtbewusst mit Dirks Patientendaten gefüttert. Roswitha wusste sofort, was das bedeuten konnte. Dirks Geschichte war alarmierend genug gewesen. Sie glaubte zwar immer noch, dass Dirk ihr irgendeinen Bären aufbinden wollte. Was aber, wenn nicht? So hatte Roswitha vorsichtshalber dafür gesorgt, dass Dirk von Zimmer dreihundertacht auf vierhundertsiebzehn in die vierte Etage verlegt werden konnte. Na ja, viel war das nicht, aber erst einmal besser als nichts.

Dirk überlegte kurz, ob es Sinn machen würde, das Krankenhaus ganz zu verlassen und anderswo Unterschlupf zu suchen, verwarf den Gedanken aber schnell wieder. Konnte es in einem Hotel oder in Roswithas Wohnung wirklich für alle sicherer sein?

Zum Glück fiel Roswitha ein, dass es Dirk unangenehm sein könnte, die ganze Zeit im Operationshemdchen zu liegen. Um Abhilfe zu schaffen, besorgte sie ihm einen blauen Trainingsanzug in Größe XXL. Der würde über den Gips passen. Dirk war Roswitha sehr zugetan dafür. Schnell zog er sich mit ihrer Hilfe um.

Roswitha kam noch auf eine andere glorreiche Idee. Sie hatte in ihren alten Unterlagen nachgesehen. Dort fand sie eine alte Telefonnummer von Dirks Neffen Hennert. Hennert pflegte damals eingehend, wie Roswitha auch, seine brennende Bewunderung für Hubert Doll, einem verrückten Musiker aus der Hip-Hop-Szene, der zur der Zeit, als sich Roswitha mit Dirks Freund Jörg noch gut verstand, eine große Nummer im Musikgeschäft gewesen war. Oft unterhielten sich Hennert und Roswitha angeregt über Hubert Doll und schwärmten von seinen musikalischen Künsten. Nun hatte sich Roswitha daran erinnert und hatte, ohne Dirk vorher zu fragen oder zu informieren, die alte Telefonnummer von Hennert ausprobiert und ihn tatsächlich auch erreicht. Hennert wusste nun, dass Dirk im Krankenhaus von Goslar lag und hatte sich sofort auf den Weg von Düsseldorf an den Rand des Harzes gemacht. Gegen Abend sollte er Goslar erreicht haben. Dirk traute seinen Ohren nicht, als Roswitha ihm davon erzählte. Fast wäre er vor Wut und Entsetzen aus seinem Gips gesprungen. Hatte sein Freund Jörg nicht früher immer gesagt, dass Roswitha manche Dinge über seinen Kopf hinweg entschieden und vorangetrieben hatte? War nicht auf diese Art und Weise der Mietvertrag in Oberhausen unterschrieben worden, in einer Stadt, in der Jörg niemals leben wollte, mit einer Wohnung, die er gar nicht bezahlen konnte? Tja, jetzt hatte Dirk den Salat.

Dirk brauchte aber Roswithas Hilfe noch und er verspürte ob ihrer Hilfe auch ein gewisses Gefühl der Verpflichtung. Also reagierte er ihr gegenüber nicht böse. An Ruhe konnte er jetzt aber nicht mehr denken. Diese wich einer unterschwelligen Sorge und Angst. Dirk befürchtete zu Recht, dass die Truppe, die ihn bereits durch den Harz gejagt hatte, sich nun wieder formieren würde und ihren Job hier im Krankenhaus zu einem Ende bringen wollte.

Und was wollte Hennert überhaupt hier? Klar, es rührte Dirk sehr, dass er sich Sorgen um seinen Onkel machte. Hennert konnte aber doch nicht wirklich helfen. Weder bei den angeblich gebrochenen und eingegipsten Knochen noch bei Dirks wahren Problemen.

Hennert, ein junger Mann Ende zwanzig, trug sein blondes Haar meist kurz. Obwohl vom weiblichen Geschlecht oft umschwärmt, wandte er sich, so wie Roswitha auch, dem eigenen Geschlecht zu. Das tat seiner Anerkennung in der Familie und im Freundeskreis keinen Abbruch. Er und sein Lebenspartner genossen hohe Beliebtheit und wurden von allen gemocht. Hennert arbeitete als Beamter in einer Behörde der nordrhein-westfälischen Landeshauptstadt. Sportlich, als begnadeter Tänzer, stand Hennert gut im Saft. Er hätte sicher auch dem einen oder anderen Verfolger entgegentreten können, aber das entsprach eigentlich gar nicht seinem Naturell.

>>Na ja<<, sagte Dirk zu Roswitha, >>warten wir ab, was wir tun können, wenn Hennert hier ist. Dann müssen wir zusehen, dass er schnell wieder verschwindet.<<

>>Ja, und wenn was schief geht, hier. Da wohn ich jetzt.<<

Roswitha reichte Dirk einen kleinen Zettel, auf dem ihre Adresse stand. Dirk stopfte ihn in die Tasche seiner Trainingshose.

Kurz nach der Tagesschau flog plötzlich mit einem lauten Knall die Zimmertür zu Dirks Krankenzimmer auf. Erschreckt und in Erwartung eines Angriffs fuhr Dirk herum.

>>Hallo, altes Haus!<<

Mit lautem Getöse erstürmte Hennert das Zimmer. Und er trat nicht alleine herein, sondern bugsierte seine kleine Schwester Nike ins Zimmer.

>>Hi<<, grüßte Nike langgezogen in den Raum hinein und baute sich über alle Backen grinsend direkt vor Dirks Bett auf.

Dabei klopfte sie mit beiden Händen ungehemmt auf Dirks Gips herum. Hennert nahm die andere Seite des Bettes ein.

Nike war gerade neunzehn Jahre alt geworden. Mittelgroß trug sie lange, bis zum Po reichende braune Haare. Nike, Serena und Hennert hießen die Kinder von Dirks älterer Schwester Brigitte.

Dirk faselte etwas von einem schweren Motorradunfall, einer total zerstörten Maschine und mehrfach gebrochenen Knochen. Nike und Hennert hörten sich ganz ruhig die Geschichte an, die sich Dirk da ausgedacht hatte. Dirk kam zum Ende seiner Ausführungen.

>>Es ist so lieb, dass ihr gekommen seid. Aber ich muss noch ein paar Tage bleiben und am Besten fahrt ihr wieder heim.<<

>>Nichts da<<, antwortete Hennert energisch, >>wir bringen dich nach Hause. Morgen organisieren wir den Transport – keine Widerrede.<<

Nach weiterem Smalltalk verließen Nike und Hennert das Krankenhaus wieder, kündigten aber ihre Wiederkehr für den nächsten Morgen an. Sie würden ein in Goslar gebuchtes Zimmer beziehen und wollten dann noch irgendeine Diskothek der Umgebung unsicher machen.

Dirk freute sich aufrichtig über den Besuch seiner Nichte und seines Neffen. Aber jetzt war es gut, den Besuch so schnell wieder losgeworden zu sein. Dirk wusste ja, dass sein Onkel Walter nach seiner Flucht aus der DDR in einem Krankenhaus endgültig zu Schaden gekommen war. Deswegen zweifelte er inzwischen daran, dass seine Idee, Roswitha im Krankenhaus aufzusuchen, eine gute Idee gewesen war.

Kapitel 41
20. Oktober 2008, Anjas Weg zur Presse

Das Wetter in Frankfurt am Main zeigte sich am Montagmorgen genau so, wie man sich graue Montage vorstellte. Der wolkenverhangene Himmel ließ keinen einzigen Sonnenstrahl hindurch. Das dadurch erzeugte Licht wirkte schlichtweg nur grau. Die neun Grad Celsius und ein leichter, kalter Wind trugen auch nicht dazu bei, fröhlichere Gefühle aufkommen zu lassen.

Anja fühlte sich schon wieder mal nicht ausgeschlafen. Heute würde sie – so der Plan – ihren Ex-Freund, der bei der Presse arbeitete, treffen, damit dieser ihrem aktuellen Freund beistand. Abstrus das Ganze.

Sie duschte und zog sich für ihren Geschmack etwas zu bunt an. Aber andere Klamotten, als diese knallrote Flanellhose und die knatsch-grüne Bluse, konnte sie in ihrer Reisetasche nicht finden. Na ja, sie hatte sich die Sachen nicht selber ausgesucht und freute sich jetzt, sie überhaupt zu besitzen.

Anja schlich leise die Hoteltreppe herunter. Wenn es irgendwie ging, wollte sie vermeiden, doch noch im Hotel registriert zu werden. Wenn sie dabei die Zeche prellen müsste, würde sie auch das tun.

An der Rezeption saß wieder der junge Mann, der auch am gestrigen Morgen dort seinen Dienst verrichtet hatte. Vor der Rezeption standen zwei, vielleicht gerade mal fünfzehn Jahre alte Mädchen, die heftig mit dem jungen Mann flirteten. Typisch Mann, dachte Anja.

>>Tschüss dann<<, rief Anja in den Raum, was offensichtlich niemanden auch nur im Ansatz interessierte.

Sie verließ, ohne die gefürchtete Registrierung und ohne die Zeche zu zahlen, das Hotel. Die ältere Dame, die an Anjas erstem Abend hier an der Rezeption saß, trug die Verantwortung für den Fehler, ihre Daten nicht sofort aufgenommen zu haben.

Anja kannte ihr Ziel genau. Sie musste zur Neuen Mainzer Straße. Dort arbeitete in einem der Hochhäuser ihr Ex-Freund Wernher Mueller. Er besetzte eine absolut führende Position bei dem Fernseh-, Radio- und Zeitungsmagazin „Das Abbild". Die Zeitung erschien einmal wöchentlich, brachte aber auch die eine oder andere Sonderausgabe heraus, wenn es galt, über wichtige Themen zu berichten. Das dazu gehörende Fernsehmagazin wurde im bedeutendsten aller deutschen Privatsender an zwei Abenden der Woche mit neuen Themen ausgestrahlt. Das Radioprogramm stand täglich in einem anderen Bundesland auf dem Programm. Wernher, der Boss aller, traf als Chefredakteur die Entscheidungen, wenn es um die Aufnahme neuer Themen und neuer Sensationen ging.

Um die Neue Mainzer Straße zu erreichen, legte Anja rund zwei Kilometer zu Fuß zurück. Sie ließ sich Zeit, blickte sich immer wieder um und suchte nach Anzeichen dafür, verfolgt, angegriffen oder bedroht zu werden. Aber es passierte nichts und nach fünfzig Minuten stand Anja vor dem Hochhauseingang. Der große, überdachte und vollkommen verglaste Eingangsbereich bestand aus mehreren Fenstern, die über die komplette Etage gingen, aus einer Drehtür und einer sich automatisch öffnenden Schiebetür.

Jetzt oder nie, überlegte Anja und entschied sich ohne großartig weiter darüber nachzudenken dafür, hineinzugehen.

Anja durchschritt die Schiebetür und fand sich in einem gewaltigen, über mehrere Etagen reichenden Portal wieder. Boden und Wände waren dort, wo letztere nicht aus Glas bestanden, mit dunklen steinernen Fliesen versehen. Jeder Schritt hallte durch das gesamte Portal, an dessen hinterem Ende eine fünf Meter breite Rezeptionstheke aus weißem Marmor stand. Hinter dieser Theke warteten drei hübsch uniformierte Damen, die Anja mit ihren lustigen Hütchen an die Mitarbeiterinnen einer weltweit agierenden Hamburger-Braterei erinnerten.

>>Ich möchte gerne zu Herrn Wernher Mueller<<, sagte Anja zu der Dame, die in der Mitte stand.

Die hob arrogant die Brauen und musterte Anja in ihrer bunten Kleidung von oben bis unten. Einen schnippischen Unterton konnte sie sich nicht verkneifen.

>>Haben sie etwa einen Termin?<<

>>Nein<<, antwortete Anja, >>aber Herr Mueller wird mich sicher empfangen, wenn er hört, wer ich bin.<<

>>Das haben hier schon viele gesagt<<, lautete die kurze Antwort der Dame hinter der Theke.

Sie lächelte siegesgewiss zu ihren Kolleginnen herüber.

>>Jetzt hören sie mir mal gut zu, liebe Frau<<, fuhr Anja aus der Haut, >>wenn sie nicht umgehend Ihren Griffel fallen lassen, ans Telefon gehen, bei Herrn Mueller anrufen und bei ihm Anja Berties anmelden, dann sorge ich dafür, dass dies heute hier ihr letzter Tag ist.<<

Die Dame an der Rezeption schaute Anja, so wie ihre Kolleginnen auch, mit großen Augen an, setzte sich aber keineswegs in Bewegung.

>>Wird's bald<<, legte Anja nach und die Angesprochene, deren Lächeln mittlerweile mehr und mehr zu einer Grimasse wurde, zuckte zusammen und griff zum Hörer.

>>Einen schönen guten Morgen Herr Mueller<<, hörte Anja sie in Telefon sagen, >>hier steht eine Frau Berties und möchte zu ihnen vorgelassen werden.<<

Erst geschah gar nichts und die Dame fragte weiter.

>>Hallo? Herr Mueller? Haben sie mich gehört?<<

Noch eine weitere Wartepause.

>>Ja, ja, ich schicke sie sofort hoch.<<

Die uniformierte Dame wendete sich an Anja.

>>Durch die Glastür, dann sind die Aufzüge links. Siebenunddreißigste Etage. Sie werden am Fahrstuhl abgeholt.<<

Anja drehte sich um, die Dame hinter der Rezeption drehte sich um und beide beachteten sich nicht mehr. Anja ging zu den Aufzügen, konnte einen auch sofort besteigen und drückte den entsprechenden Knopf für die angegebene Etage. In wenigen Sekunden – Anja kam sich vor wie auf der Achterbahn – erreichte sie die siebendreißigste Etage und die Türen des Fahrstuhls öffneten sich.

Den Aufzügen gegenüber beherrschte eine, über die gesamte Etage gehende, Fensterfront die Sicht. Anja hoffte insgeheim, von hier oben einen tollen Blick über Frankfurt genießen zu können. Aber weit gefehlt. Die umstehenden Hochhäuser überragten zum

Teil deutlich jenes, in dem sich Anja befand und verdecken den guten Ausblick.

Unmittelbar vor dem Aufzug stand ein Mann, wohl Mitte vierzig, der die gleiche Uniform trug wie die Damen an der Rezeption. Nur sein Hütchen wirkte weniger lustig.

>>Folgen<<, sagte er laut und bestimmt, als er Anja aus dem Fahrstuhl aussteigen sah.

Anja gehorchte. Der Mitarbeiter des Sicherheitsdienstes geleitete Anja in einen Gang, von dem Bürotüren nach links und rechts abgingen. Am Ende des Ganges klopfte er an eine Tür und eine Stimme, an die sich Anja noch gut erinnern konnte, antwortete knapp.

>>Ja!<<

Der Wachmann öffnete die Tür uns ließ Anja vorbeitreten.

Anja verspürte eine langsam steigende Nervosität und sie befiel eine leichte Übelkeit. Sie musste jetzt in ihre Vergangenheit eintauchen, um ihre Zukunft zu retten. Wie abstrus kam ihr das vor? Doch jetzt war es zu spät, sich das anders zu überlegen. Vor ihrem geistigen Auge erschien Dirks Gesicht und sie trat durch die Tür.

Vor Anja öffnete sich ein Eck-Büro mit einer Größe, die der Größe ihrer kompletten Wohnung in Gummersbach in nichts nachstand. Der Raum maß mindestens vierzig Quadratmeter. Hinten in der Ecke, vor der Fensterfront, stand ein riesig wirkender Schreibtisch aus dunklem, schwerem Holz. Dahinter saß in einem ebenso riesigen Ledersessel Anjas frühere Liebe, Wernher Mueller.

Wernher Mueller trug, wie immer, einen dunklen Anzug und ein weißes Hemd. Er grinste, keineswegs verlegen, über das ganze Gesicht und wirkte dabei in gewisser Art und Weise arrogant.

>>Na Schätzchen, mal nach der wahren Liebe schauen?<<

Wernher sah verändert aus. Seinen Kopf zierte nicht mehr wie einst, eine lockige, blonde Mähne, sondern einer totale Glatze. Die klaren, leuchtenden Augen und der Bart, der etwas grauer geworden daher kam, fielen aber immer noch auf. Anja erinnerte sich gut daran.

>>Tach Wernher, wie geht es dir?<<

>>Du hast mich damals rausgeworfen und jetzt, nach Jahren, fragst du mich, wie es mir geht?<<

>>Bin ich fremdgegangen oder du?<<, antwortete Anja mit einer Gegenfrage.

Wernher lachte herzlich.

>>Dann ist ja jetzt alles geklärt, mein Schatz. Was kann ich für dich tun? Du bist doch nicht hierher gekommen, um über alte Zeiten zu plaudern.<<

Dabei sah er Anja fragend und, für ihn typisch, ein wenig abschätzend an.

Es dauerte geschlagene drei Stunden, bis Anja mit der Schilderung ihrer Geschichte soweit fertig war, dass Wernher in etwa verstand, worum es ging. Wernher sprach nicht ein einziges Mal dazwischen oder erfragte etwas. Nur der Ausdruck seines Gesichts änderte sich viertelstündlich. Sah es zu Beginn eher hochnäsig, belustigt und gelangweilt aus, wechselte es dann zu interessiert und aufmerksam, um dann später erst entsetzt und zum Teil angewidert auszusehen und um zuletzt entschlossen und kämpferisch daher zu kommen. Wernhers Instinkt als Journalist, verbunden mit dem unbedingten Willen zur Wahrheit, trat hervor. Anja bemerkte es zwar noch nicht, aber sie hatte ihr Ziel bereits erreicht.

Anja endete mit ihren Erzählungen und übergab Wernher die Akte des Fluchthelfers Günkel und Walters Karte. Wernher betrachtete ausgiebig die Unterlagen und ging sie der Reihe nach durch. Dann griff er sofort zum Telefon. Es dauerte nur wenige Sekunden, bis sich jemand meldete.

>>Georg? Sorge bitte dafür, dass sämtliche Produktionen gestoppt werden.<<

Es entstand eine kurze Pause.

>>Ja, alles, alle Medien, Zeitschrift, Radio und Fernsehen, ja. In dreißig Minuten will ich jeden, wirklich jeden im Besprechungsraum Eins sehen. Wer fehlt kann dann gleich seine Papiere abholen. Ja, das ist mein Ernst – in einer halben Stunde.<<

Dann legte er auf, zog eine Grimasse des Missmuts und schaute Anja an.

>>Wir holen deinen Freund da raus. Das wird die größte Sache, über die wir seit Langem berichtet haben. Das wir der Knaller. Aber jetzt müssen wir dich erst mal in Sicherheit bringen, bis wir die Sache raus haben.<<

Wieder griff Wernher zum Hörer und wieder wählte er eine Nummer.

>>Guten Tag Kai, ich brauche das sichere Haus für – sagen wir mal – drei oder vier Tage.<<

Dann hörte Wernher eine kurze Zeit aufmerksam zu, bevor er wieder sprach.

>>Ist klar, ich schick dir die Person rüber. Mach es gut und tschüss.<<

Dann richtete er sich an Anja. Sie hatte nach dem Ende ihrer Geschichte kein Wort mehr über ihre Lippen gebracht.

>> Alles wird gut, du wirst gleich abgeholt.<<

Kapitel 42
20. Oktober 2008, Dirk nicht in Sicherheit

Eine Zeit lang dachte Dirk noch über den Besuch seiner Verwandtschaft nach. Dann schlief er auch schon bald ein. Als er am nächsten Morgen von einer dicken Krankenschwester, die Blut abnehmen wollte, unsanft geweckt wurde, überkam ihn gleich so ein komisches Gefühl. An diesem Tag würde etwas passieren und das würde nicht im Zusammenhang damit stehen, dass Anja ihren Presseheini aufsuchen wollte.

Erst einmal blieb alles ruhig, so ruhig, wie man es in einem Krankenhaus üblicherweise erwarten konnte. Die blutentnehmende Krankenschwester verließ das Zimmer mit einem murrenden Geräusch – sollte wohl ein Gruß sein. Und schon betrat die nächste Krankenhausbedienstete den Raum und brachte das Frühstück. Dirk verzehrte dieses genussvoll und legte das leere Tablett auf die Ablage neben seinem Bett. Dann legte er sich wieder ins Bett zurück, um ein wenig zu dösen und mal wieder an Anja zu denken.

Im Halbschlaf hörte Dirk, wie die Tür zu seinem Zimmer an diesem Morgen zum dritten Mal geöffnet wurde. Ähnlich wie schon vor langen Jahren bei seinem Onkel Walter im Krankenhaus von Bad Hersfeld, platzten zwei Herren, ein jüngerer mit seltsam hellen Haaren und ein älterer mit tiefschwarzen Haaren, in Dirks Zimmer. In Dirks Magen grummelte an diesem Morgen sowieso schon so ein komisches Gefühl. Deswegen stellte er sich zunächst einmal schlafend und blinzelte durch seine nur minimal geöffneten Augen ins Zimmer hinein. Es handelte sich offensichtlich

um Ärzte, was Dirk an deren Kleidung und den mitgeführten Gerätschaften zu erkennen glaubte. Waren die
aus Versehen in sein Zimmer geraten?

>>Hast du die Spritze?<<, fragte der Jüngere.

>>Ja, die volle Dröhnung<<, meinte der Ältere.

Das war genau der Augenblick, in dem Dirk seine
Ruhe verlor und sich dafür entschied, doch lieber
wach und aktiv zu werden. Der Ältere, der mit der
Spritze in seiner linken Hand, beugte sich so weit zu
Dirk vor, dass er für diesen erreichbar wurde. Mit all
der ihm zur Verfügung stehenden Wucht, schwenkte
Dirk seinen eingegipsten Arm in Richtung des Sprit-
zenhalters und traf ihn, mit ebensolcher Wucht zwischen Hals und Schulter. Der Gips brach ebenso, wie
das Schlüsselbein des Älteren, der mit einem erbärm-
lichen Geheule zusammenbrach. Der Jüngere blieb zu
allererst wie angewurzelt stehen, griff aber dann flott
in seine Kitteltasche und zog einen Revolver hervor.
Dirk meinte noch die Marke Colt zu erkennen, ließ
sich aber ohne einen weiteren Gedanken daran aus
seinem Bett rollen. Er krachte laut auf den Fußboden.

Wenigstens lieferte der gezückte Revolver Dirk
die Gewissheit, dass er nicht einen unschuldigen Arzt
des Krankenhauses niedergeschlagen und verletzt
hatte.

Der Jüngere brachte nun seinen Revolver in Anschlag. Da wurde die Zimmertür aufgestoßen und
Hennert und Nike standen urplötzlich im Zimmer. Der
Angreifer, der sich davon irritieren ließ, drehte sich zu
den beiden um. Nike schaute auf den am Boden liegenden, immer noch jammernden, älteren der beiden
Angreifer hinab. Hennert dagegen erkannte die Situation sehr schnell und schlug mit der mitgebrachten

Sportzeitschrift auf den Kopf des Mannes mit dem Revolver.

Die Zeit der Verwirrung nutze Dirk für sich aus. Er wuchtete sich auf die Beine, griff sich das Tablett von seinem Frühstück und versuchte nun seinerseits, dieses auf den Kopf des Revolverhelden krachen zu lassen.

Nun erkannte auch Nike, dass es sich bei den beiden Herren in weißen Kitteln um vieles, aber nicht um Ärzte handelte. Mit einem gezielten Tritt, wohl gelernt im letzten Selbstverteidigungskurs, gegen die verletzte Schulter des auf dem Boden kauernden Älteren, setzte sie diesen nun endgültig außer Gefecht. Sein Jammern erstarb und wandelte sich in ein, jetzt nur noch leises, Gurgeln.

Dirk erwischte mit seinem Tablett-Angriff den Jüngeren nicht richtig und traf nur sein rechtes Ohr, das dafür aber richtig. Halb abgerissen, so sah es zumindest aus, hing dieses nun blutend an der rechten Seite des Kopfes des Jüngeren. Der wirbelte mit einem Aufruf des Schmerzes jetzt wieder zu Dirk herum und versuchte den Revolver auf ihn zu richten.

Jetzt war es wieder an Hennert, zuzuschlagen. Und das tat Hennert auch. Diesmal nahm er dafür aber nicht die Zeitschrift, sondern hatte sich seiner Not einen Stuhl gegriffen, der direkt neben der Tür stand. Der Revolverheld blieb keine Chance, als ihm der Stuhl über das Kreuz gezogen wurde. Er fiel zu Boden. Noch bevor er den selbigen berührte, schickte Nike mit einem weiteren gezielten Tritt gegen den Kopf den jüngeren Angreifer endgültig in die Bewusstlosigkeit.

Niemand sprach während dieser Auseinandersetzung auch nur ein Wort.

>>Schnell, wie müssen hier weg. Die sind vielleicht nicht allein hier<<, sagte Dirk jetzt.

Dabei griff er sich den Revolver und Nike nahm sich geistesgegenwärtig die Spritze, die neben dem Älteren am Boden lag. Hennert riss die Tür auf und Dirk versuchte, seinen ihn nur behindernden Beingips dadurch zu zertrümmern, indem er mit dem Bein gegen den Türpfosten trat. Das gelang ihm aber nur zum Teil. Hennert und Nike schauten sich das eigentümliche Schauspiel an.

>>Ich erkläre es euch später. Lasst uns erst mal verschwinden<<, sagte Dirk hektisch, als er die verwunderten Blicke seiner Verwandtschaft bemerkt.

Gemeinsam traten die drei Verwandten nun auf den Gang hinaus und sahen sich suchend um. Aus dem rechts liegenden Schwesternzimmer trat eine hübsche, junge Krankenschwester in weißem Kittel auf den Gang und schaute in die Richtung der Drei. Sekunden später brach sie wie vom Blitz getroffen zusammen. Auf ihrem Rücken bildete sich ein immer größer werdender, blutroter Fleck. Nur es war kein Blitz, sondern eine Kugel, die sie von hinten getroffen hatte. Weitere Angreifer waren am Ende des Ganges aufgetaucht und begannen sofort damit, mit äußerster Brutalität in den Gang hinein zu schießen.

Hennert, Nike und Dirk traten sofort die Flucht an, als die blonde Krankenschwester fiel. Unversehrt erreichten sie den Aufzug. Dessen Tür öffnete sich und Entsetzen legte sich über Dirks Gesichtsausdruck. Im Fahrstuhl stand ein Mann, etwa vierzig, im dunklen Anzug und... mit einer gelben Krawatte. In seiner rechten Hand hielt er eine Glock. Dirk wusste, dass seine Verwandtschaft und er nur dann eine Chance haben würden, das Krankenhaus halbwegs unversehrt zu verlassen, wenn er ebenso brutal oder besser noch ein Stück brutaler vorgehen würde als seine Verfolger. So trat er ohne zu zögern und mit all der ihm zur Verfügung stehenden Kraft mit seinem Gipsbein direkt zwischen die Beine des breitbeinig vor ihm stehenden Angreifers. Hennert dachte noch bei sich, dass zerplatzende Hühnereier sich auch nicht anders anhören würden, da fiel der Mann im Fahrstuhl, ohne ein einziges Geräusch von sich zu geben, um. Nike zerrte ihn weiter in den Fahrstuhl hinein und die drei Verwandten stiegen ein.

Die Fahrstuhltür schloss sich direkt hinter ihnen. Dabei hörte es sich so an, als ob eine oder mehrere Kugeln die sich schließende Fahrstuhltür trafen.

Dirk drückte auf den Knopf zur Tiefgarage des Krankenhauses. Der Eingangsbereich des Krankenhauses wurde sicher von den Typen bewacht. Davon konnte man sicher ausgehen. Während der Fahrt hinab meldete sich Hennert vorsichtig zu Wort.

>>Was hat das alles zu bedeuten? Was sind das für Leute? Was ist mit deinem Gips?<<

Dirk bekam einen trockenen Mund.

>>Das erzähle ich euch später. Wir haben keine Zeit für die lange Geschichte. Jetzt müssen wir erst einmal irgendwie hier raus. Ihr habt ja schon gemerkt, dass mit denen schlecht Kirschen essen ist.<<

Der Aufzug erreicht das Kellergeschoss, ohne dass der Fahrstuhl anhielt oder weitere Personen zustiegen. Die Fahrstuhltür öffnete sich und Dirk betrat zuerst die Tiefgarage.

>>Wo habt ihr denn Euer Auto stehen?<<, fragte Dirk Hennert.

>>Wir sind doch mit der Bahn gekommen.<<

>>Zum Taxistand!<< sagte Nike in einem fast schon befehlenden Ton und trabte der Ausfahrt der Tiefgarage entgegen.

Hennert und Dirk schauten sich beide erstaunt an. Mit soviel Courage rechneten sie bei Nike gar nicht. Sie folgten der Jüngsten kommentarlos.

Ohne irgendein weiteres Problem erreichten sie den Taxistand vor dem Krankenhaus und bestiegen den ersten dort stehenden Wagen, einen Mercedes der B-Klasse. Es stank nach kaltem Zigarettenqualm. Ein bärtiger Fahrer schaute sich, während von weitem laute Polizeisirenen zu vernehmen waren, der Reihe nach die Zusteigenden an. Er warf einen Blick auf Dirks zerstörte Gipsverbände, kräuselte die Stirn und sprach mit südländischem Akzent.

>>Woin solt den jehn?<<

>>Was<<, fragte Hennert irritiert, aber da nannte Dirk schon die Adresse von Roswitha. Er hatte sich an den Zettel in seiner Hosentasche erinnert.

Dirk wusste, dass dies ein Fehler sein könnte, aber eine andere Adresse, die den Taxifahrer schnellstens in Bewegung gesetzt hätte, kannte er in Goslar und Umgebung nicht. Als das Taxi das Krankenhausgelände verließ, kamen ihnen drei Polizeiwagen in rasendem Tempo und mit eingeschaltetem Blaulicht entgegen. Den Taxifahrer schien das nicht im Geringsten zu beunruhigen und er setzte seine Fahrt einfach fort.

Hennert und Nike unterhielten sich die ganze Zeit während der Fahrt über ihr gerade erlebtes Abenteuer. Ihre Angst, die sie dabei gehabt haben mussten, konnte man immer noch spüren.

Das Haus, in dem Roswitha mit Julia lebte, lag völlig im Dunkeln.

>>Ihr wartet hier an der Ecke. Wenn ich innerhalb einer halben Stunde nicht wieder hier auftauche, verschwindet ihr zurück nach Essen. Dann kümmert ihr euch nicht um mich, ich regele das dann anders<<, sagte Dirk zu den Beiden.

Hennert schaute ihn an und Dirk konnte in seinen Augen sehen, dass Hennert „Du kannst mich mal" dachte. Nike war auch nicht anders drauf.

>>Ja, ja<<, sagte sie nur und drehte sich um.

Weitere Worte waren nicht erforderlich. Dirk nahm sich den Revolver, die Glock des Angreifers aus dem Fahrstuhl und die von Nike aufgesammelte Spritze und näherte sich vorsichtig der Haustür des Hauses, in dem Roswitha und Julia lebten.

Es handelte sich um ein vierstöckiges Gebäude aus den neunzehnhundertfünfziger Jahren mit acht Wohneinheiten und kleinen Balkonen zur Straße. Roswitha besaß hier schon lange eine liebevoll umgebaute und eingerichtete Eigentumswohnung im Dachgeschoss. Ohne ahnen zu können, dass es Dirk aufgrund seiner Vereinsliebe sicherlich besonders gefallen würde, verwendete sie bei der Gestaltung der Wohnung die Grundfarben Rot und Weiß.

Nun aber würde er diese Farbgebung gar nicht mehr richtig wahrnehmen beziehungsweise ohne weiteres erleben können.

Kapitel 43
20. Oktober 2008, Anja in Sicherheit

Wernher klimperte zwanzig Minuten lang auf seiner Computertastatur herum und wechselte kaum ein Wort mit Anja. Seine steigende Unruhe und eine gewisse Aufgeregtheit merkte man ihm deutlich an. So kannte Anja ihn und eigentlich handelte es sich genau um das, was sie einst an ihm geliebt hatte – dieses „sich-festbeißen" in eine gerechte Sache. Leider offenbarte Wernher später dann auch Seiten, die nicht so toll waren. Und mit Dirk konnte man ihn ja nun gar nicht vergleichen.

Nach diesen zwanzig Minuten des Schweigens und Klimperns klopfte es sachte an der Bürotür und ohne eine Aufforderung zum Eintritt abzuwarten, betrat ein dunkelhaariger Mann in Jeans und Hemd den Raum. Sein Alter konnte Anja aufgrund der lockigen Haarpracht auf dem Kopf, aber auch im Gesicht, nicht im Ansatz schätzen. Ohne ein Wort des Grußes und ohne Anja eines Blickes zu würdigen, baute sich der Haarige vor Wernhers Schreibtisch auf.

>>Gerald, das ist Anja<<, sagte Wernher und deutete mit dem rechten Zeigefinger auf die Selbige.

>>Bring sie mir sicher unter. Bis auf Widerruf. Kann locker bis zu einer Woche dauern.<<

>>Is klar, Boss<<, antwortete Gerald und drehte sich zu Anja um.

>>Komm.<<

Anja folgte der Aufforderung.

>>Tschüss Wernher<<, rief sie noch.

>>Du hörst von mir, Gerald wird sich um alles kümmern.<<

Wernher befand sich jetzt voll in seinem Element und ließ sich durch nichts mehr stören, auch nicht von seiner Verflossenen.

Gerald und Anja verließen das Büro und erreichten mit dem Fahrstuhl, für den Gerald einen Steuerungsschlüssel mit sich führte, die unterste Etage der Tiefgarage. Gerald sagte die ganze Zeit nichts, nahm Anja aber freundlicherweise ihre rosa Reisetasche ab, die sie die ganze Zeit wie ihren Augapfel hütete.

An einem dunkelgrauen Mercedes der C-Klasse kam Gerald zum Stehen, wies Anja an, einzusteigen und verstaute das Gepäck im Kofferraum. Dann stieg er ein, startete den Motor und fuhr mit quietschenden Reifen zur Ausfahrt der Tiefgarage. Auf der Straße angekommen, wendete er das Fahrzeug zuerst nach links, an der nächsten Ampel nach rechts, an der dann folgenden Ampel wieder nach rechts und schließlich an der nächsten Ampel wieder nach links. Dabei schaute er immer wieder aufmerksam in den Rückspiegel und die Außenspiegel. An seiner Miene konnte Anja nicht erkennen, ob sie verfolgt wurden. Und Gerald wiederholte das Spiel mit den Ampeln und dem Abbiegen noch zweimal. Anja gewann den Eindruck, dass sie sich noch keinen Meter vom Bürohaus, in dem Wernhers Büro lag, entfernt hatten.

>>Wo fahren wir hin, Gerald<<, versuchte Anja ein Gespräch zu starten.

>>Pst<<, war das einzige Geräusch, welches Gerald von sich gab.

Er schaltete den CD-Player ein. Dummerweise steckte eine CD mit Fanliedern im Player und ausgerechnet handelte es sich um eine von Schalke 04. Das macht ihn auch nicht sympathischer, dachte Anja und hielt den Mund.

Gefühlte zwei Stunden danach – tatsächlich zeigte die Uhr keine fünfundvierzig Minuten später an – erreichten Gerald und Anja ihren Zielort Bad Homburg. Am Ende des Kirschblütenwegs befand sich auf der rechten Seite eine große, weiße Villa aus den Siebziger-Jahren. Gerald fuhr diese Villa aber über den Rebenweg an, um ungesehen und von hinten durch den großen Garten ins Haus gelangen zu können. So sah also ihr Ziel aus. Sie stellten das Auto ab und schlichen an den mannshohen Büschen und dem kleinen Pflaumenbaum entlang durch die leicht zu öffnende Terrassentür ins Haus.

Anja sah sich um. Sie stand in einem rund 30 Quadratmeter umfassenden, modern eingerichteten Wohnzimmer.

>>Mach es dir bequem<<, sagte Gerald und zog die Vorhänge an den Fenstern und der Terrassentür zu.

>>Hier musst du es die nächsten Tage aushalten. Du gehst nicht vor die Tür und nicht in den Garten. Hörst du?<<

>>Ja ist klar<<, antwortete Anja und dachte dabei an Dirk und die gemeinsamen Abenteuer mit ihm.

Es machte sie froh, sich hier für ein paar Tage verkriechen zu können und sie empfand keinerlei Lust, ihren Kopf dadurch zu riskieren, nur weil sie meinte, das Haus verlassen zu müssen. Nein, sie würde hier auf das Ende der Geschichte warten, dabei voll und ganz auf Wernher vertrauen und hoffen, dass Dirk auch unversehrt über die Runden kommen würde. Vor ihrem inneren Auge träumte sie von einem Wiedersehen mit Dirk. Es wurde ihr dabei ganz warm. Sie freute sich sehr auf eine gemeinsame Zukunft. Die

Frage, wo sich Dirk jetzt bloß aufhielt, ließ sich aber nicht verdrängen und nagte an ihr.

Gerald riss sie aus ihren Träumen.

>>Der Kühlschrank ist voll. Die Kaffeemaschine steht in der Küche. Meine Freunde und ich sind immer in der Nähe und haben dich im Auge, Tag und Nacht. Also keine Angst. Wir holen dich wieder ab, wenn es soweit ist. Mehr brauchst du nicht zu wissen. Mach die Tür hinter mir zu.<<

Damit drehte er sich um, schlüpfte durch die vorgezogenen Vorhänge an der Terrassentür und verließ das Haus so, wie er vor ein paar Minuten hineingekommen war.

Anja setzte sich auf die orangene Couch und schaute sich im Raum um. Fernseher, Radio, Zeitschriften auf dem Tisch, Bücher im Regal, sie würde sich beschäftigen können.

Bald lehnte sie sich auf der Couch zurück und befand sich im Nu wieder mit ihren warmen Gedanken bei Dirk. Die kleinen Kameras, die überall im Zimmer verteilt hingen, bemerkte sie nicht. Sie wären ihr aber auch egal gewesen.

Kapitel 44
20. Oktober 2008, Wernher in Aktion

Als Wernher den Konferenzraum Eins betrat, in dem die vom ihm anberaumte Redaktionskonferenz stattfinden sollte, stellte er zu seiner Freude fest, dass schon alle Plätze belegt waren. Selbst zusätzlich hereingebrachte Stühle fanden Verwendung. Seinen Aufruf zur Dringlichkeit wurde also von allen seinen Kolleginnen und Kollegen begriffen. Links am Fenster versammelten sich die Kollegen vom politischen Ressort. Direkt daneben saßen zwei Frauen aus der Wirtschaftsredaktion. Rechts fand der Redakteur des Sportteils seinen Platz. Ihm sah Wernher zu allererst an, dass er nicht wusste, warum auch er an dieser Versammlung teilnehmen sollte. Selbst die Lokalnachrichten bestachen durch ihre Anwesenheit. Die vier Kollegen saßen direkt neben den verantwortlichen Damen des Fernsehmagazin „Das Abbild" und versuchten mit diesen fröhlich zu flirten, was diese aber mit Missachtung honorierten. Und sogar die Moderatorin der Fernsehsendung, Hilde Gerstenberger, hatte sich bequemt, in den Versammlungsraum zu kommen. Ganz vorne am Tisch saß ein junger Mann der Radioproduktion.

Ja, das war Wernhers Imperium. Unter dem Namen „Das Abbild" erschien eine Wochenzeitung, die jeweils mehr als fünfhunderttausend Käufer fand. Unzählige Leser mehr kamen über den dazugehörenden Internetauftritt. Medieninstitute schätzen die wöchentliche Leserschaft insgesamt auf rund zwei Millionen Menschen.

In jeder Woche, jeweils an verschiedenen Wochentagen, wurde auf den Radiosendern der Landesrundfunkanstalten der verschiedenen Bundesländer eine zweistündige Radiosendung unter gleichem Namen, nämlich „Das Abbild" gesendet. Am Montag lief sie live, an den anderen Tagen der Woche wurde eine Aufzeichnung von Montag gesendet.

Immer am Mittwoch und am Freitag startete um einundzwanzig Uhr fünfundvierzig das Fernsehmagazin „Das Abbild", mit der bekannten und insbesondere bei den männlichen Zuschauern beliebten, aber auch in Fachkreisen anerkannten, Moderatorin Hilde Gerstenberger.

Wernher musste bei dem Gedanken an die Beliebtheit der Moderatorin immer schmunzeln. Er kannte mindestens eine Person, bei der Hilde nicht so gut weg kam, und dabei handelte es sich um Anja. Hilde war der Grund ihrer Trennung gewesen.

>>Leute<<, begann Wernher seinen Vortrag, >>alles was wir derzeit auf Produktion haben, könnt ihr streichen. Wir haben den größten Skandal seit Bestehen der Republik. Wenn wir damit rausgehen und mit der laufenden und der nächsten Woche fertig sind, dann wird es in diesem Lande den ein oder anderen Politiker und ganz sicher auch manchen Sportfunktionär weniger geben. Ein paar Kriminelle mehr werden hinter Gittern sitzen oder sich verpissen. Das wird Deutschland erschüttern. Und das Beste dabei ist, wir haben die Beweise, wir haben die direkten Betroffenen und wir berichten exklusiv.<<

Hilde Gerstenberge strahlte über das ganze Gesicht und zwinkerte Wernher zu. Wenn Wernher solche vollmundigen Ankündigungen machte, dann war da auch was dran. Dann würde sie sich im Fernsehen wieder mal ins rechte Licht rücken können. Das wäre für ihre Karriere sehr förderlich. Und vielleicht könnte sie Wernher mal wieder dazu bewegen, ihr etwas näher auf die Pelle zu rücken. Damals war er doch schon mal scharf auf sie gewesen. Leicht spreizte sie ihre Beine, so dass Wernher das deutlich bemerkt haben musste. Den aber interessierte das überhaupt nicht, zumindest nicht jetzt.

Wernher richtete sich lieber an die Kolleginnen und Kollegen, die wöchentlich die Produkte des Mediengiganten mit Vorankündigungen in allen Medien bewarben.

>>Ich will Trailer sehen und hören, die genau auf das, was ich soeben gesagt habe, hinweisen. Und ich will auf allen Werbetafeln und Litfaßsäulen davon lesen, was in dieser Woche in unserem Druckwerk zu lesen sein wird. Also los, auf geht's!<<

Drei Kollegen und vier Kolleginnen von verschiedenen Redaktionen sprangen wie auf Befehl auf und strebten eilig der Tür zu. Sie wussten, was jetzt von ihnen erwartet wurde und die Zeit war knapp. Nähere Einzelheiten brauchten sie jetzt noch nicht zu wissen. Nachtschicht für alle war angesagt.

>>So Leute, das haben wir erst einmal auf dem Weg<<, fuhr Wernher weiter fort.

Anjas Beweise, die Karte und die Akte, hielt er bisher unter dem Arm. Jetzt schleuderte er sie auf den Tisch. Die Unterlagen wurden nun reihum gegeben und erzeugten das ein oder andere Ah oder Oh.

>>Ihr habt die Einzelheiten vor euch. Das ist die Geschichte dazu: Heute kam eine sehr alte Freundin in mein Büro.<<

Bei diesen Worten warf Wernher der Hilde einen vielsagenden Blick zu, den diese aber überhaupt nicht zu deuten wusste.

>>Die alte Freundin übergab mir diese Unterlagen und erzählte mir, dass...<<

Wernher erzählte nun Anjas Geschichte. Interessiert hört die Anwesenden zu, unterbrachen ab und an die Erzählung, schlugen in der Akte nach, um Bestätigungen zu finden oder machten sich Notizen und Maßnahmenpläne, aus denen hervorging, was zu tun und wer zu interviewen wäre.

Die Diskussion und das Pläneschmieden wurde nur durch eine Lieferung Pizza in der Mittagzeit und das Kochen von unzähligen Tassen Kaffee unterbrochen. Nach etwas mehr als fünf Stunden endete die Konferenz. Wernher blieb nicht der Einzige, der journalistisches Blut geleckt hatte. Alle seine Kolleginnen und Kollegen verließen mit glänzenden Augen den Konferenzraum. Der oder die ein oder andere schwitzten heftig oder fummelten an ihren Handys herum.

Der gemeinsam gefasste Plan sah wie folgt aus: Es war Montag. Heute Abend würde es im Radio eine neue Live-Sendung geben, in der die Bombe mit allen Namen platzen sollte. Der zuständige Redakteur würde dafür sorgen, dass diesmal alle Landesrundfunkanstalten zugeschaltet sein würden. Die bisher vorgesehene Sendung würde abgesagt, die eingeladenen Gäste würden ausgeladen werden. Ein Sprecher der Bundesregierung oder sogar ein Mitglied der Regierung sollte stattdessen befragt werden. Bevorzugt wollte man versuchen, eine Stellungnahme aus dem für Sport zuständigen Innenministerium zu erhalten. Ein Teil der Radiosendung sollte sich damit befassen, in Erfahrung zu bringen, um welche Organisation es sich bei denjenigen handeln würde, die überwiegend durch ihre gelben Krawatten aufgefallen waren.

Hätte sich entgegen aller Beweise dann herausgestellt, dass an der ganzen Geschichte nichts dran gewesen wäre, hätte man immer noch zurückrudern können. Übertriebene Werbung war in der Branche keine Seltenheit.

Davon ging man aber in der Medienzentrale nicht aus. Ein Übertragungsteam befand sich bereits auf dem Weg nach Genf, um dort in den heiligen Hallen des 1. FC Royal Genf nach Horst Berkenberg zu suchen. Er sollte direkt mit der Sache konfrontiert und befragt werden.

Ein weiteres Team machte sich auf den Weg nach Warstein, um dort den Ermittlungen bezüglich der explodierten Tankstelle nachzugehen.

Hilde Gerstenberger würde dann am Mittwoch den Stoff der Radiosendung aufgreifen. Jemand vom Innenministerium, jemand vom Deutschen Sportbund, jemand von der FIFA, ein oder zwei Sportler der Olympiamannschaften von damals oder später und ein möglichst führendes Mitglied der Rockergruppe Amotinado aus Essen sollten zu der Sendung eingeladen werden. Die Telefone liefen bereits heiß.

Ein Mitarbeiter aus dem Landesstudio Essen befand sich schon auf dem Weg zum Hauptquartier der Amotinados, um dort die Einladung zur Sendung zu überbringen, Überzeugungsarbeit zu leisten oder um wenigstens ein paar Informationen zu bekommen. Der Mitarbeiter würde - aber das konnte jetzt noch niemand absehen - sozusagen mit einem blauen Auge davonkommen.

Am Donnerstag dann würde die komplette Geschichte, inklusive eines Abdrucks der Karte und allen

Informationen aus der Akte, in der Wochenzeitung erscheinen.

Und am Freitag würde Hilde Gertenberger wiederum in ihrer Sendung darauf eingehen. Mit welchen Gästen die Sendung dann vonstatten gehen würde, das würde man noch sehen. Wernher und seine Mitarbeiterinnen und Mitarbeiter gingen davon aus, dass es zu einem großen Wirbel in der Politik, Untersuchungsausschüssen und vielen gegenseitigen Vorwürfen im Bundestag kommen würde. Auch rechnete man damit, dass sich Kollegen anderer Medien auf die Strukturen des Deutschen Sportbundes oder des Olympischen Komitees und auf das Leben von Horst Berkenberg mit allen Umständen stürzen würden. Bis Donnerstag gab es dann bestimmt neue Erkenntnisse, die dann in der Sendung aufzugreifen wären.

Dem Kollegen von der Sportredaktion wurde ein Kollege von der Politikredaktion zur Seite gestellt. Am Mittwoch würde der 1. FC Royal Genf in der Champions League gegen einen deutschen Vertreter in Bremen antreten. Dort wollte man jeden vom Genfer Verein, den man finden konnte, mit den Vorwürfen konfrontieren und Interviews einfordern.

Wernher ging davon aus, dass seine Einschaltquoten und Zeitungsverkäufe in ungeahnte Höhen schnellen würden. Neben dem sehr angenehmen Effekt steigender Einnahmen durch Werbeplatzverkäufe würde es fortan keinen Grund mehr geben, Dirk und Anja nach dem Leben zu trachten. Einen kleinen Gedanken verschwendete Wernher auch an Hilde Gerstenberger, verdrängte diesen aber schnell wieder, als sich vor seinem geistigen Auge das Bild seiner jetzigen Partnerin dazwischen schob.

Nach Dirks erfolgreicher Rettung – so dachte Wernher – galt es noch, den Geretteten zu interviewen, in die Sendungen zu holen und alle Einzelheiten über die Verfolgungen von Dirk, Anja und auch Walter zu veröffentlichen.

Gute Tat, gutes Geschäft – was will man mehr? Hoffentlich war das für Dirk nicht schon zu spät.

Kapitel 45
20. Oktober, abends, Dirk bei Roswitha

Seltsam, dachte Dirk, als er vor der Haustür des Hauses, in dem Roswitha und Julia lebten, abstoppte. Die Tür stand offen. Sie war leicht angelehnt, aber nicht ins Schloss gefallen. Hätte er gelernt, in diesem Metier auf Kleinigkeiten zu achten, dann wären ihm die sechs Zigarettenkippen bestimmt aufgefallen, die unmittelbar neben der Tür lagen. Dann wäre er vielleicht noch aufmerksamer geworden.

Vorsichtig drückte Dirk die schwere Tür auf und glitt, als der Spalt groß genug erschien, ins dunkle Treppenhaus hinein. Den Revolver schob er sich am Rücken in den Hosenbund. Das hatte er oft in verschiedenen Filmen im Fernsehen oder Kino gesehen, empfand das kalte und drückende Gefühl aber ziemlich unangenehm – wenn sich nun ein Schuss lösen würde, würde es unangenehme Auswirkungen auf das Sitzen haben. Die Glock hielt Dirk in der rechten Hand, die von Nike gesicherte und mitgenommene Spritze in der linken.

Aufgrund der ziemlich dunklen Nacht war es im nicht beleuchteten Treppenhaus ebenfalls stockdunkel. Vorsichtig tastete sich Dirk mit der Hand an der Wand entlang. Er wollte so die ersten Stufen erreichen, traute sich dabei aber nicht, das Treppenhauslicht einzuschalten. Nur so ein Gefühl, aber irgendwie kam ihm hier alles komisch vor. Sollte er besser abhauen? Nein, das war keine Option. Wenn, dann saß Roswitha seinetwegen in der Patsche. Jetzt fühlte er sich verantwortlich. Jemanden im Stich lassen? Das hätte er sowieso auf gar keinen Fall getan. Sie ließ ihn, als er sich in Bedrängnis befand, ja auch nicht hängen.

Hennert und Nike blieben währenddessen nicht untätig. Beide besprachen sich kurz und dachten dann nicht im Traum daran, abzureisen oder ihren Onkel hier allein zu lassen. Sie wussten zwar nicht, was geschehen war und wie er in diese Situation geraten war, dass diese aber nicht dem normalen Lebenswandel ihres Onkels entsprach, wussten sie sehr wohl. Die Erlebnisse im Krankenhaus reichten ihnen aus. Sie würden nicht nach Hause fahren. Also bezogen sie erst einmal Posten am kleinen Aschentonnenhaus, welches sich zwischen dem Haus, in dem Dirk gerade verschwunden war und dem nächsten Haus befand. Von dort aus konnten sie die Haustür immer noch sehen, blieben aber selbst erst einmal unentdeckt.

Dirk sah in dem dunklen Treppenhaus rein gar nichts. Das führte dazu, dass er die metallenen Briefkästen nicht bemerkte, die in Schulterhöhe an der Wand angebracht waren. Mit Mühe und Not konnte er einen lauten Aufschrei vermeiden, als er sich die untere Ecke des Briefkastens in die Schulter rammte. Mann, das tat weh.

Im Haus war es mehr oder weniger ruhig. Aus der Parterrewohnung links kamen keinerlei Geräusche, hinter der Tür zur rechten Parterrewohnung schien jemand fernzusehen oder Radio zu hören. Jetzt stand Dirk auf den ersten Stufen und machte sich Schritt für Schritt auf, die nächste Etage zu erklimmen. In der ersten und zweiten Etage blieb weiterhin alles ruhig. Als Dirk sich auf der dritten Etage umschaute, vernahm er aus der Etage über ihm, also aus der vierten Etage, ein alarmierendes Geräusch. Es hörte sich an wie das vorsichtige Schließen einer Tür. Auch schien jemand leise, aber gut hörbar, zu atmen. Dirk blieb stehen und wartete ab.

Hennert und Nike konzentrierten sich derweil so sehr darauf, die Straße und die Haustür im Auge zu behalten, dass sie nicht merkten, wie sich ihnen jemand von hinten vorsichtig näherte.

>>Na, ihr zwei Hübschen<<, sagte der bereits etwas ältere Mann, der eine Pistole in seiner Hand hielt, mit der er auf Hennert und Nike anlegte.

Diese fuhren überrascht herum und bewegten sich keinen Zentimeter mehr, als sie in den dunklen Lauf der Pistole sahen.

>>Vorwärts<<, sagte der Mann, >>gaaaanz langsam vorwärts, zu Tür. Und keinen Mucks!<<

Es fing an zu regnen.

Dirk stand immer noch vorsichtig am Absatz der dritten Etage und versuchte, die Geräusche von oben zu deuten. Sicherheitshalber entsicherte er die Glock. Da bohrte sich von links hinten eiskalter Stahl in seinen Nacken und eine tiefe Stimme sprach langgezogen und bestimmt.

>>Lass die Knarre fallen, Jungchen.<<

Von oben drangen nun die Schritte mehrerer Personen sowie das Kreischen einer hellen Frauenstimme an sein Ohr.

>>Nimm die Finger weg, du Arschloch!<<

>>Halt dein blödes Maul, Tusse. Denk erst gar nicht dran, um Hilfe zu schreien. Noch ein Mucks und hier ist gleich Ende<<, vernahm Dirk eine andere, jetzt männliche Stimme.

Andere Bewohner des Hauses schien die Unruhe im Treppenhaus und die dadurch aufgekommene Lautstärke nicht zu interessieren.

Der Mann, der Hennert und Nike vor sich her trieb, strebte nun mit seinen Gefangenen der Haustür entgegen und deutete den Beiden an, hineinzugehen.

Dirk spürte derweil immer noch den kalten Stahl im Nacken und ließ seine Glock auf den steinernen Boden fallen. Das verursachte ein lautes metallenes Scheppern. Auch das schien andere Hausbewohner nicht aufzuschrecken.

Von oben näherten sich Dirk zwei Frauen – Roswitha und ihre rothaarige Freundin Julia – die in Bademänteln und Puschen gekleidet, von einem bewaffneten Mann in schwarzer Kleidung die Treppe hinunter geführt wurden.

Mittlerweile begannen auch Hennert und Nike damit, die Treppe, natürlich unter Zwang, zu erklimmen. Auch sie kamen bald auf der dritten Etage, auf der sich Dirk befand, an.

Dirk hielt immer noch die Spritze aus dem Krankenhaus in seiner linken Hand und suchte nach einer rettenden Idee, diese gegen seinen Angreifer einsetzen zu können. Sollte das hier etwa das Ende sein? Anjas Kontaktaufnahme zur Presse gelang ihr also nicht mehr rechtzeitig genug. Oder der Presse kam die Geschichte zu irreal vor und sie entwickelten kein Interesse daran. Dirk dachte an die vielen Auseinandersetzungen, die mittlerweile hinter ihm lagen. Er dachte an die vielen brutalen Szenen, die zu erleben er gezwungen worden war. Sollte das jetzt wieder so brutal werden? Was sollte er tun, damit Roswitha, Julia und er hier halbwegs unversehrt herauskommen würden? Heimlich hoffte er noch auf Hennert und Nike, von denen er annahm, dass sie noch unbemerkt auf der Straße warteten.

Eine andere Möglichkeit gab es wohl nicht. Dirk wollte herumwirbeln und dem Bewaffneten die Spritze in den Hals rammen, da stoppte ihn von der anderen Seite eine leise, fast flüsternde Frauenstimme.

>>Lass es lieber, Kleiner. Oder wir legen dich gleich hier um.<<

Etwas später waren alle, nämlich Roswitha und ihre Freundin Julia, Hennert und Nike sowie Dirk auf der dritten Etage versammelt. Als Dirk Hennert und Nike ebenfalls in der Gewalt der Angreifer sah, zerbrach sein Widerstand vollends. Daran trug er jetzt auch noch die Schuld. Innerlich verfluchte er diese verhängnisvolle Karte, mit der alles angefangen hatte.

>>Hinknien und keinen Mucks<<, befahl einer der Bösewichte.

Er verlieh seinen Worten dadurch Nachdruck, indem er Hennert in die Kniekehle trat, so dass dieser einknickte. Alle anderen knieten sich nun neben Hennert. Sie fürchteten sich vor dem, was nun folgen sollte. Dirk stellte fest, dass es stark nach Knoblauch roch und wunderte sich darüber, so etwas in dieser Lage überhaupt zu bemerken.

>>So, jetzt ist es soweit.<<

Das war wieder die leise Frauenstimme.

>>Jetzt ist es endlich vorbei. Hast uns ganz schön auf Trab gehalten und jetzt hast du Blödmann die anderen auch noch mit hineingezogen. Gut, das macht nichts – außer vielleicht Spaß.<<

Die bewaffneten Gesellen, die um die Knienden herumstanden, lachten vergnügt über diesen faden Witz.

Von der Straße aus betrat eine weitere Person das Haus und kam eilig die Stufen herauf. Das war deutlich zu vernehmen. Sie versuchte dabei nicht, leise zu sein. Das ließ Dirks Hoffnung erneut aufkeimen und vertrieb langsam seine Resignation und Verzweiflung. Vielleicht kam da ein Hausbewohner die Treppe hinauf, der helfen würde oder die Polizei rufen könnte.

Die drei Männer, nämlich der, der Hennert und Nike eingefangen, der, der Roswitha und Julia hergeführt und der, der Dirk überwältigt hatte, zielten nun wie bei einer Hinrichtung auf die Nacken der vor ihnen knienden Gefangenen und schauten zu der Frau mit der leisen Stimme hinüber. Diese hatte gerade das Treppenhauslicht angeschaltet. Und sie schien sich in keiner Weise daran zu stören, dass noch jemand im Treppenhaus zu hören war. Dirk suchte verzweifelt nach einem Ausweg, fand aber in seiner Panik keinen.

Das ist nun also das Ende, dachte er resignierend. Schweiß bildete sich auf seiner Stirn und seine Knie verursachten ihm plötzlich ungeheure Schmerzen. Er schaute zu den anderen herüber. Roswitha weinte lautlos vor sich hin. Ihre Freundin Julia stierte ausdruckslos die Wand vor ihr an. Hennert und Nike fassten sich an den Händen. Nike konnte man ansehen, dass auch sie fieberhaft nach einer Lösung suchte.

Die Frau mit der leisen Stimme lächelte. Ihre Augen blitzten vor Vergnügen und sie hob die rechte Hand, um ihren Kollegen den Befehl zum Abdrücken zu geben. Dabei leckte sie sich vor Erregung mit der Zunge über ihre trockenen Lippen.

Die Person, die sich seit gerade erst im Haus befand, erreichte im selben Augenblick die zweite Etage. Sie beugte sich aber über das Geländer, schaute nach oben und rief so laut es ging.

>>Wilke? Rückzug, der Auftrag ist aufgehoben.<<

Das Lächeln auf den Zügen der Frau, die ihren rechten Arm gerade in dieser Sekunde herabsinken lassen wollte, erstarb und machte einem enttäuschten Gesichtsausdruck platz.

>>Wir können die doch trotzdem abknallen, wo wir sie jetzt schon haben<<, rief die Frau hoffnungsvoll zurück und beugte sich ebenfalls über das Treppengeländer.

>>Nichts da, Wilke<<, kam es von unten, >>wir können froh sein, wenn wir unseren Arsch hier unbescholten raus kriegen. Los, Aufbruch und weg von hier.<<

Die Frau drehte sich, ohne Dirk und die anderen noch mit einem einzigen Blick zu würdigen, um und stieg wortlos die Stufen herab. Einer der bewaffneten Männer trat noch nach Julia, traf sie am rechten Oberarm und folge dann seiner Chefin. Die anderen beiden Männer zögerten noch. Sie gehörten zu denjenigen, die bereits in Warstein hinter Dirk her gewesen waren und dort ihre verletzten Freunde versorgen mussten. Nun trachteten sie nach persönlicher Rache und sahen sich, die Waffen immer noch im Anschlag, an. Von unten schallte nun die Stimme der Frau durch das Treppenhaus, die offensichtlich Wilke genannt wurde.

>>Wird's bald?<<

Die beiden Männer zögerten keine Sekunde mehr, drehten sich um und folgten ihrer Befehlsgeberin.

So schnell, wie es hier im Treppenhaus für Dirk und seine Freunde brenzlig geworden war, so schnell ging es auch schon wieder zu Ende. Alle verharrten wie gelähmt in ihren Positionen. Roswitha fasst sich zu aller erst wieder.

>>Lasst uns erst einmal hoch gehen. Ich brauch nen Schnaps.<<

Wortlos folgten ihr die anderen mit weichen Knien, hängenden Köpfen und Schultern in die vierte Etage.

Roswitha schenkte allen einen klaren Schnaps ein. Sie prosteten sich zu und gossen den Schnaps in einem Zug herunter. Dann wendete sich Roswitha an Dirk.

>>Ich glaube, du hast uns eine Menge zu erzählen.<<

Dabei setzte sie ihren durchdringenden Blick auf. Julia, Nike und Hennert nickten dazu.

Dirk überlegte eine Weile.

>>Mach mal den Fernseher an. Am besten irgendeinen Nachrichtensender<<, erwiderte er dann.

Roswitha wollte zuerst protestieren, sah aber in Dirks Augen, drehte sich dann lieber um und schaltete den Fernseher ein. Auf drei Programmen liefen Nachrichtensendungen und alle drei Sendungen brachten dasselbe Thema und ähnliche Schlagzeilen: „Berkenberg unter schwerem Verdacht", „Berkenberg vor Verhaftung", „Innenminister unter Druck".

Da fiel Dirk endgültig ein Stein – und was für einer - vom Herzen. Tränen sammelten sich in seinen Augen. Anja hatte es doch noch rechtzeitig geschafft. Die Meldungen retteten ihm und seinen Weggefährten das Leben in allerletzter Sekunde.

>>Setzt euch<<, sagte Dirk, >>das wird eine lange Geschichte.<<

Kapitel 46
Ende Oktober 2008, Die
Veröffentlichung und ihre Folgen

Die Sendungen und Zeitungsveröffentlichungen zeigten genau die Wirkung, die sich Wernher vorstellte und erhoffte. Die Reaktionen in den Bereichen Sport, Wirtschaft und Politik gerieten ebenfalls exakt so, wie es Wernher vorhersah. Seine mit einem großen Knall versehenen Veröffentlichungen brachten ihm den vollen Erfolg.

Das Fernsehmagazin „Das Abbild" erreichte nie zuvor gesehene Einschaltquoten.

Die Wochenzeitung wurde den Zeitungsverkäufern geradezu aus den Händen gerissen.

Jede Person des öffentlichen Lebens, die sich nur im Entferntesten irgendwie mit den Erlebnissen von Walter und Dirk in Zusammenhang bringen konnte, versuchte der Zeitung einen Kommentar oder zumindest eine kleine Erwähnung aufzudrängen.

Sämtliche mögliche Auszeichnungen, wie zum Beispiel der Preis für die Reportage des Jahres, der in der Medienwelt jährlich vergeben wurde, schienen Wernher sicher zu sein.

Schon am Abend des ersten Berichtes, am Montag, in dem über das Unwesen des allseits bekannten und geschätzten Horst Berkenberg und über die Mithilfe des für den Sport zuständigen deutschen Innenministeriums und der DDR-Behörden berichtet wurde, griffen sämtliche Nachrichtenredaktionen im Westen und Osten Deutschlands, die etwas auf sich hielten, das Thema auf. Ganze Heerscharen von Journalisten machten sich an die Arbeit und hefteten sich an die

Fersen derer, die in irgendeiner Form damit etwas zu tun haben könnten. Es dauerte nicht lange, da griffen auch bedeutende internationale Medien die Thematik auf und machten sie zum Thema abendfüllender Talkshows.

Längst pensionierte sowie aktuelle Politiker verschiedener Parteien gerieten in Erklärungsnot, nachdem der Öffentlichkeit klar wurde, dass das Gemauschel mit Dopingmitteln nicht nur aus der Zeit des kalten Krieges stammte, sondern auch heute noch von bestimmten staatlichen Stellen gesteuert wurde.

Sportlerinnen und Sportler meldeten sich zu Wort, welche die eine oder andere bedeutende oder unbedeutende Beobachtung gemacht haben wollten oder selber Opfer irgendwelcher Mittelchen und Intrigen ihrer Trainer geworden waren. Natürlich traten auch siegreiche Sportlerinnen und Sportler auf den Plan, die jegliche Beteiligung weit von sich wiesen und auf kontaminierte Zahnpaste oder ähnlich seltsame Methoden verweisen wollten. Wahrscheinlich lag die Wahrheit, wie immer, irgendwo in der Mitte.

Die Diskussionen in jeder, aber wirklich jeder Talkshow im Fernsehen oder Radio, drehte sich fortan nur um dieses eine Thema.

Der Bundesinnenminister geriet unter Druck, nachdem man aufdeckte, dass die Strukturen und Vorgaben seit damals nicht maßgeblich geändert worden waren. Horst Berkenberg hatte immer noch seine Finger im Spiel. So manche Zuwendung an politisch wirkende Personen in den letzten Jahren konnte durchaus als Vorteilsnahme oder gar Bestechung entlarvt werden. Rücktritte wurden von denen gefordert, deren Westen diesmal weiß geblieben waren. Drei Wochen nach Veröffentlichung die ersten Informationen, trat der Bundesinnenminister unter größtem Gejammer und Beteuerung seiner Unschuld zurück. Dadurch geriet die komplette Bundesregierung in schwere Turbulenzen und schließlich, aufgrund innerer Zerstrittenheit, ins Wanken. Koalitionen zerbrachen und Neuwahlen konnten für Ende Oktober nicht mehr ausgeschlossen werden.

Bei einem langjährigen, weiblichen Mitglied des Bundestages, welches im Innenausschuss und Sportausschuss führend und bestimmend seiner Tätigkeit nachging, wurde die Immunität aufgehoben. Später wurde Anklage wegen Bestechlichkeit erhoben. Das war das politische Bauernopfer. In der Folgezeit wurde das Thema von der Politik zerredet und verschleiert.

Ein Untersuchungsausschuss des Bundestages wurde gebildet und beauftragt, die Vorgänge in politischer Hinsicht zu durchleuchten. Es wurde der Bevölkerung von sämtlichen Parteispitzen versprochen, ohne Wenn und Aber alle Einzelheiten unter größtmöglicher Transparenz aufzudecken, Namen zu nennen und schonungslos Aufklärung zu betreiben. Am Ende geschah nichts.

Eine Forschungseinrichtung des für Forschungen im Sport verantwortlichen Gustav-Herler-Instituts in der Nähe von Dorsten wurde geschlossen. Weitere Einrichtungen und mehrere Wohnungen, die allesamt im Zusammenhang zu Horst Berkenberg standen, wurden von der Staatsanwaltschaft durchsucht.

Die NADA, die Nationale Anti-Doping Agentur, kündigte an, der Sache auf den Grund zu gehen und zukünftig für einen sauberen Sport zu sorgen.

Horst Berkenberg selber wurde verhaftet und Teile seines Vermögens beschlagnahmt. Da man aufgrund der Schwere seiner Taten mit Verdunklungsgefahr rechnete, blieb er in Untersuchungshaft. Die Staatsanwaltschaft warf ihm neben den Betrügereien ums Doping, Anstiftung zur Körperverletzung und zum Mord in mehreren Fällen vor. Seine Ehefrau, die ein beträchtliches Vermögen mit in die Ehe gebracht hatte, ließ sich von ihm scheiden, nachdem offenbar wurde, dass die Beziehung zu der Kindesentführerin und Mörderin Melinda Krollinger nicht das einzige Krösken von Horst Berkenberg geblieben war. Jüngeren Frauen wendete der Horst sich immer wieder gerne zu. Gerüchte, es gäbe gemeinsame Kinder von Horst Berkenberg und Melinda Krollinger, bestätigten sich nicht. Die einzige Tochter aus der Ehe der Berkenbergs trat in die Öffentlichkeit und verurteilte die Geschäftsgebaren ihres Vaters aufs Schärfste. Dies nicht ohne zarte Hinweise auf Gewaltausbrüche des Vaters in ihrer Kindheit fallen zu lassen.

Der 1. FC Royal Genf, den Berkenberg einst an die Spitze Europas führte, distanzierte sich von allen Vorwürfen und wies Zusammenhänge zwischen der Dopinggeschichte, dem damit verdienten Geld von Horst Berkenberg und dem Erfolgen des Vereins, weit von sich. Der Europäische Fußballbund leitete trotz allem eine Untersuchung ein. Ein Ausschluss des Fußballvereins von allen europäischen Wettbewerben in den nächsten fünf Jahren wurde erwogen. Die gesamte Sportwelt diskutierte aufgeregt, wie mit der Situation umzugehen sei.

Die Organisation aus Berlin, die glaubte, ihre Mitarbeiter dadurch uniformieren zu müssen, indem sie ihnen die selben farbigen Krawatten vorschrieb und die beauftragt worden war, Dirk zu jagen und auszuschalten und die wohl schon für Walters Zustand verantwortlich zeichnete, wurde ebenfalls durchsucht. Es gab unzählige Verhaftungen und noch mehr Untersuchungen. Dadurch wurde die Organisation letztendlich zerschlagen. Nichts würde von ihr übrig bleiben. Verbindungen der Organisation zur Polizei in verschiedenen Bundesländern und in die Kreise von berüchtigten Rockergruppen wurden eingehend untersucht. Belastbare Fakten konnten allerdings nicht gefunden werden.

Ein gemeinsamer Untersuchungsausschuss der Länder Nordrhein-Westfalen und Thüringen machte sich daran, die Verstrickungen der Polizei in die Angelegenheit zu überprüfen. Mehrere ältere Beamte wurden bald in den frühzeitigen Ruhestand versetzt, zwei jüngere Polizisten wurden beurlaubt, ein Polizeipräsident sogar von den eigenen Kollegen und im Beisein zahlreicher Pressevertreter verhaftet.

Alle direkten Beteiligten, wie Udo, Nike oder Hennert, wurden von der Polizei verhört und von den Medien mehrfach interviewt.

Udo verweigerte bald seine Teilnahme an Talkshows. Nike dagegen wurde dort zu einem gerngesehener Gast. Sie nahm die Chance wahr, der Öffentlichkeit ihre sozialpolitischen Ansichten zu verkünden und steuerte auf eine politische Karriere in einer Partei links von der Mitte zu.

Hennert, der schon immer über eine besondere musische Ader verfügte, verstand es, die neu geschaffenen Kontakte zur Presse zu nutzen. Gemeinsam mit seinem Lebenspartner Joachim trat er mehrfach als Gesangsduo in verschiedenen Fernsehsendungen auf und begründete damit eine Karriere als Sänger.

Selbst Personen, die nur am Rande mit Dirks Geschichte in Verbindung gebracht werden konnten, wurden von den Medien aufgesucht und belästigt. So musste der Cafébesitzer in Warstein, in dem Dirk mit Anja auf einen Kaffee gesessen hatten, für mehrere Wochen sein Café schließen, weil er der Belagerung durch die Presse und der damit verbundenen Belästigung der Gäste nicht mehr standhalten konnte.

Dirk wurde von den Behörden ordentlich durch die Mangel gedreht und musste zu allen Einzelheiten Stellung nehmen. Schlussendlich aber wurde er von allen Vorwürfen, die man ihm eventuell hätte machen können, wie zum Beispiel der Schuld an der explodierenden Tankstelle in Warstein, freigesprochen. Die ungewollte Popularität, die Dirk durch die Medien gewann, schadete ihm in seinem Beruf nicht und brachte ihm das ein oder andere, nicht für möglich gehaltene Mandat.

Der Fall „Walter" wurde eingehend untersucht und sogar zwei mögliche Täter, die ihm vor Jahren im Krankenhaus in den heutigen, bedauerlichen Zustand versetzt hatten, wurden identifiziert und mit internationalem Haftbefehl gesucht. Und tatsächlich konnte einer davon, bereits selber in einem hohen Alter, in der Nähe von Meran in Südtirol von den italienischen Carabinieri verhaftet und den deutschen Behörden übergeben werden.

Nach gut einem halben Jahr verebbte der öffentliche Hype dann. Andere Themen rückten in den Vordergrund. Neue Skandale wurden aufgedeckt.

Kapitel 47
Letzte Dekade Oktober 2008, bei Udo in Thüringen

Eines guten Tages gegen Ende Oktober, als Udos Vernehmungen über die Vorgänge auf dem Campingplatz an der Unstrut bereits hinter ihm lagen und er nicht mehr damit rechnen musste, dass die Polizei oder die Presse etwas von ihm und seiner Familie wollte, war es endlich soweit. Er griff sich die gelbe Krawatte, die seit jenen Tagen in seinem Kleiderschrank hing. Die Krawatte gehörte seinem Gefangenen, der immer noch unten im Keller saß. Udo öffnete die Kellertür und ging hinein. Mit seinem dortigen Gefangenen verstand sich Udo mittlerweile recht gut. So manche gemeinsam gespielte Partie Schach zählte zu den Ereignissen, die dem Gefangenen über die letzten Tagen und Wochen geholfen hatte. Einmal, als Udos Familie nicht zuhause und es draußen bereits dunkelte, führte er den Gefangenen hinaus auf seinen Hof. Dieser freute sich über die Gelegenheit, frische Luft zu atmen, sehr.

Der Gefangene, er hieß Klaus, zeigte schon lange kein Interesse mehr daran, auszubrechen oder jemanden anzugreifen. Klaus war froh, mit einem blauen Auge davongekommen zu sein und hier im Keller friedlich hocken zu können. Klaus hatte Udo soweit kennengelernt, dass er wusste, dass man ihm nichts antun würde.

Heute warf Udo Klaus die gelbe Krawatte zu.

>>Es ist soweit, Klaus.<<

Zwischen den Männern bedurfte es keiner weiteren Worte. Sie verabschiedeten sich mit einem festen

Händedruck. Udo wies Klaus den Weg nach draußen. Er würde nie mehr etwas von ihm hören oder sehen.

Kapitel 48
Oktober 2008, das große Wiedersehen

Bald beruhigten sich alle Anwesenden in Roswithas Wohnung wieder soweit. Das Zittern der Knie und die Schnappatmung ließen nach. Alle fühlten große Erleichterung darüber, dass sie der drohenden Erschießung in der dritten Etage noch so eben entkommen waren. Roswitha stellte ihre Qualitäten als Hausfrauen unter Beweis und machte Schnittchen. Schlafen konnte niemand. Man diskutierte und durchleuchtete bis zum Morgengrauen immer wieder die Geschichten um Walter und Dirk und guckte dazu ein ums andere Mal die Nachrichten. Nach dem Abrücken der Bande auf der dritten Etage und den zahlreichen Medienberichten, fühlten sie sich sicherer als zuvor und erwarteten eigentlich keine weiteren Attacken mehr.

Dirk versuchte noch in der Nacht, die Redaktion von „Das Abbild" telefonisch zu erreichen. Alles in ihm drängte danach, mit Anja zu sprechen. Sie musste es ja geschafft haben. Aber ging es ihr auch gut? Immer wieder redete er sich ein, dass doch alles gut gegangen war. Doch so oft er sich das auch sagte, so oft kamen da auch die Zweifel daran auf.

Überraschenderweise dauerte es nur wenige Sekunden nachdem er der netten Dame am anderen Ende der Leitung seinen Namen nannte, bis er zu Wernher Mueller durchgestellt wurde.

Zum ersten Mal unterhielten sich die beiden Männer miteinander. Dirk berichtete von den Ereignissen der Nacht. Wernher stockte der Atem. Da wäre er ja fast noch zu spät gekommen.

Die beiden Männer besprachen kurz die weiteren Vorgehensweisen und Veröffentlichungen. In wenigen Tagen wollte man sich in Frankfurt zusammensetzen, um die direkten Interviews und Auftritte von Dirk zu vereinbaren. Wernher konnte Dirk nur zu leicht davon überzeugen, dass er jetzt den Weg in die Öffentlichkeit zu Ende gehen musste. Und das Wichtigste für Dirk in diesem Augenblick – Anja ging es gut und Wernher versprach, sie umgehend nach Goslar bringen zu lassen.

Zwei Stunden und exakt vierundzwanzig Minuten nachdem Dirk und Wernher ihr Telefongespräch beendeten, klingelte es an Roswithas Haustür. Dirk, Roswitha und die anderen zuckten heftig zusammen. So ganz konnte ihre Erleichterung die Angst noch nicht vertreiben. Dirk, der sich in der Verantwortung gegenüber den anderen sah, fing sich als erster und ging zur Tür, um diese vorsichtig zu öffnen. Roswitha, Julia, Hennert und Nike, die zusammen im Wohnzimmer geblieben waren, warteten angespannt. Hennert griff einen der Stühle und Nike besorgte sich ein Messer aus der Küche. Ihre im Krankenhaus erbeuteten Waffen hatten die Angreifer ja mitgenommen. Roswitha hielt in jeder Hand eines der Trinkgläser, wie zum Wurf bereit und Julia stellte sich hinter den Sessel, bereit sich zu ducken. Alle Konzentration gehörte nun den Geräuschen von der Haustür. Und von dort hörten die Vier einen spitzen Schrei und dann nichts. Kam das von Dirk? War die Sache doch noch nicht beendet? Ging es schon wieder von vorne los?

Nike, die Jüngste, traute sich als erste, die Wohnzimmertür wuchtig aufzustoßen und nachzuschauen, welche Bedrohung es jetzt zu überstehen galt. Diesmal würde sie sich nicht so einfach überraschen lassen und schon gar nicht aufgeben. Ihre Angst stieg ins unermessliche, aber sie war zu allem bereit.

Was sie entgegen ihrer Erwartungen sah, erzeugte einen bunten Strauß von Gefühlen in ihr. Dazu gehörten große Erleichterung, riesige Freude und auch ein bisschen Herzenswärme. Und dann musste sie herzhaft und laut lachen.

Dirk hielt eine junge Frau in den Armen und küsste sie leidenschaftlich. Das musste Anja sein. Freudentänze wurden aufgeführt. Nike tanzte mit und nach und nach gesellten sich auch die anderen Vier hinzu. Es wurde ausgelassen gefeiert, erzählt, gestaunt und geherzt. Jetzt, wo Anja neben ihm stand, befand sich die Welt für Dirk schon fast wieder in bester Ordnung. Und Anja ging es ganz genauso.

Hennert und Nike nahmen sich dann am nächsten Morgen ein Taxi und machten sich später per Zug auf den Heimweg nach Essen – sie würden zu Hause ihren Freunden und Familienmitgliedern viel zu erzählen haben. Beide versprachen, Dirks Eltern zu besuchen und das Nachholen der verpassten Geburtstagsfeier vorzubereiten.

Roswitha und Julia nahmen sich im Krankenhaus frei. Sie mussten das Erlebte verdauen und brauchten mindestens einen Tag Ruhe. Am nächsten Tag erst würden sie wieder ihren Dienst antreten. Es kam ja nicht alle Tage im Leben einer unbescholtenen Krankenschwester vor, dass sie mit Waffen bedroht wurde. Roswitha und Julia zählen aber zu den hartgesottenen Gesellinnen und würden damit schon klar kommen. Soweit war Dirk sich sicher und das beruhigte sein schlechtes Gewissen. Schließlich hatte er sie ja alle mit hineingezogen.

Schlusskapitel
Später einmal, bei Walter

Es herrschte wieder Ruhe im Alltag. Dirk und Anja verstanden es, recht schnell einen normalen Start in ein gemeinsames Leben hinzulegen. Und genauso schnell merkten sie, dass auch das funktionieren würde. Das zurückliegende Abenteuer hatte sie zusammengeschweißt. Für ihre Zweisamkeit benötigten sie das aber nicht wirklich. Sie liebten sich und so wie es jetzt aussah, planten sie den Rest ihrer Zeit zusammen verbringen zu wollen. Anja dachte bereits insgeheim daran, mit Dirk eine komplette Familie mit Kindern zu gründen. Darüber sprach sie aber noch nicht. Dirk war noch nicht ganz soweit. Das Szenario, mit dem er Anja eines Tages einen Heiratsantrag machen wollte, reifte aber bereits in seinem Kopf. Und die Umsetzung würde nicht mehr lange auf sich warten lassen.

Dirk brannte darauf, endlich seinen Onkel Walter wiederzusehen. Sein letzter Besuch war jener, mit dem das große Abenteuer begann. In dem ganzen Trubel danach, der dadurch noch verschärft wurde, dass Dirk in seinem Beruf auch mal wieder ran musste, fand er bisher keine Gelegenheit, Zeit mit Onkel und Tante zu verbringen.

Auch wenn Walter aufgrund seiner schweren Krankheit – bei der es sich, wenn man es genau betrachtete, eigentlich gar nicht um eine Krankheit handelte, sondern sein Zustand von einem chemischen Anschlag herrührte - eigentlich keine Fähigkeiten zu einer großartigen Reaktion mehr besaß, freute sich Dirk ganz besonders auf ihn. Er wollte seinem Onkel unbedingt seine große Liebe Anja vorzustellen, die seit Goslar nicht mehr von seiner Seite gewichen war.

An einem regnerischen Tag im November trat Dirk mit seinem grünen Peugeot 404 Cabriolet, diesmal mit Anja auf dem Beifahrersitz, den Weg zu seinem Onkel an.

>>Du musst ihn unbedingt kennenlernen. Auch wenn er nicht mehr viel mitbekommt, will ich ihm die ganze Geschichte erzählen<<, meinte Dirk.

>>Hast du die immer noch nicht oft genug erzählt?<<, lachte Anja und warf Dirk einen kessen Blick zu.

Es dauerte keine drei Tage, bis Anja bei Dirk in Essen-Heisingen eingezogen war. Ihren Job im Bergischen Land musste sie zwar endgültig aufgeben, dafür unterstützte sie jetzt Dirks in seinem Unternehmen.

Die bisher normalen Tage mit Dirk, mit normalen Tagesabläufen, gefielen ihr so gut, dass sie es sich nicht mehr anders vorstellen wollte. Auch mit Dirks Familie – Hennert und Nike kannte sie ja schon aus Goslar – kam sie ganz gut zurecht.

Ja, man konnte sagen, dass das Geschehene Anja und Dirk eng miteinander verband. Beide fühlten sich glücklich.

Nun saßen sie in Walters Wohnzimmer und Dirks Tante Jutta reichte Kaffee und leckeren Obstkuchen. Dirk begann zum wiederholten Male damit, seine Geschichte zu erzählen. Diesmal achtete er nicht darauf, ob er bestimmte Erlebnisse vielleicht besser so oder so schildern sollte. Er erzählte seinem Onkel das Geschehene in allen Einzelheiten.

Dirks Tante Jutta kannte schon einiges durch die Presse und die Untersuchungen der Polizei, zeigte sich nun aber doch erschüttert, als sie alle jetzt bekannten

Einzelheiten bezüglich der Erkrankung ihres Mannes aus erster Hand erfuhr. Unbändige Wut stieg in ihr hoch. Dirk konnte sie zumindest dahingehend beruhigen, dass alle Verantwortlichen mittlerweile ermittelt, beziehungsweise gefasst worden waren und bestimmt ihrer gerechten Strafe zugeführt werden würden.

Nun kannte Tante Jutta zwar auch Walters Verhältnis zu Astrid, dass diese aber so früh sterben musste, tat ihr eher leid, als dass sie Astrid irgendetwas nachtragen wollte. Und Walter? Na ja, sie liebte den alten Schwerenöter ja auch dafür, dass er so war, wie er war. Tante Juttas hohes Alter hatte sie zu weise werden lassen, um aus dieser Geschichte nun eine große Nummer zu machen. Walter zahlte schließlich auch mehr als genug dafür, nämlich mit seiner Gesundheit.

Walter erwischte heute einen besonders guten Tag. Fast hätte man den Eindruck gewinnen können, dass Walter das eine oder andere, was Dirk erzählte und Anja bestätigte und ausschmückte, sogar verstehen konnte. Als Dirk schließlich zum Ende seiner Abenteuergeschichte kam und sich darüber ausließ, welche Strafen die gefassten Verursacher des Übels von der Justiz zu erwarten hatten, huschte, ganz deutlich zu sehen, ein Lächeln über Walters Gesicht. In Walters eher brachliegenden Gehirnwindungen machte sich, wie aus heiterem Himmel kommend, ein Gedanke breit – ein Gedanke, der Walter vor langen Jahren schon einmal durch den Kopf ging.

„Vielleicht wird irgendjemand später mal die Karte finden."

Walter öffnete den Mund und seine Lippen formten sich zu lautlosen Worten und diese Worte wurden zu lautlosen Sätzen... bis plötzlich, ja bis plötzlich zwei ganz kurze Sätze, wenn auch undeutlich, artikuliert werden konnten.

>>Die Karte ist gefunden, alle offenen Fragen sind beantwortet. Es ist vorbei.<<

Walter lachte verzerrt, verzog sein Gesicht zu einer Grimasse, lehnte sich in seinem Sessel schwerfällig zurück, strahlte über das ganze Gesicht, schloss seine Augen und schlief ein.

Schlusswort

Dieses Buch verdankt seine Existenz einer kleinen, unscheinbaren Postkarte aus Chemnitz und der Fantasie des Autors. Es gibt darüber hinaus keinerlei wahre Zusammenhänge. Ähnlichkeiten zu wahren Begebenheiten wären rein zufällig.

Alle Personen sind frei erfunden. Allerdings hat der Autor bei der Beschreibung einer ganzen Reihe von Personen, mal mehr und mal weniger auf Charaktere aus seinem direkten Umfeld zurückgegriffen. Keine der lebenden Personen ist jedoch vollständig und der Wahrheit entsprechend beschrieben.